全職搭檔
上
愛看天
illust.EnLin

Contents

第一章 白斌醒酒記

丁浩早上醒來時才五點多，這不是他願意的，關鍵是睡在旁邊的人用大半個身子壓著他，把他當人形抱枕摟得死緊，因此丁浩完全是被勒醒的。

丁浩揉了揉眼睛去推他，「白斌？」

白斌昨天帶人去現場，半夜才回來，現在也睡得迷迷糊糊，把丁浩的手推開，又本能性地環著他的腰往自己懷裡帶，含糊不清地嗯了一聲。

丁浩側頭看了一眼床頭櫃上的錶，唔，還差十五分鐘就六點，白斌快醒了。

六點整，白斌的身體比腦袋先清醒，貼著丁浩小腹的地方像在尋找入口一般左右蹭著，半夢半醒地把丁浩的腿分開，擠了進去。

丁浩哼了一聲，稍微調整了一下躺著的位置，抱著白斌的脖子放鬆自己，讓他進來。

丁浩的身體被調理得好多了，比起以前要花很長的時間撫慰、做前戲，現在只要定時抹藥膏、喝中藥就可以輕鬆接納白斌。

白斌感覺到下面被熟悉的溫暖包裹住，還有抱著自己脖子的那雙手、近在耳邊的呼吸，讓他有點克制不住，埋頭在那柔軟裡挺動起來。

「白斌，你、你醒了沒啊？等一下別弄在……裡面……」

清晨的勃發往往最能挑起慾望。白斌的眼神漸漸清明，不過這也意味著他更能感受到被夾住、吮吸的美妙滋味。雖然很想直接在裡面感受最後腸道抽搐的快感，不過既然丁浩都這麼說了，他也不會反對，「好。」

丁浩昨晚剛上藥，現在他在裡面動起來也沒什麼困難，不一會兒身體也開始發熱，跟著他的動作擺動起來……

早上七點半，兩個人晨間運動結束，清理完畢。白斌去做飯，丁浩等著吃的時候順便收拾好床鋪，把床單收起來，扔去洗衣機。

現在沒時間洗了，等晚上回來吧。這麼想著，他又看見陽臺上晾著的床單，那好像是昨天晚上洗的，至於原因就跟今天早上一樣，不多解釋。

白斌煮了麵，按照慣例炒了一道菜。因為冰箱裡沒肉了，就放綠色蔬菜，弄了個番茄炒蛋。丁浩的嘴很挑，沒有肉，也只有這個還能接受。白斌想到丁浩喜歡加菜拌麵吃，特意多炒了一些，不過沒放丁浩喜歡的番茄醬。這罐醬料剛買回來兩天，就被丁浩吃掉一半了，不能再給他吃了。

丁浩大概是「運動」累了，大口大口地吃得很美味，「白斌，你今天還是要去現場？」

白斌來Ｄ市後，也算從基層做起，接下了Ｄ市最近通過的開發區。因為接了開發區的企畫，這段時間他經常帶人去現場實地勘察。不過丁浩這次沒說對，白斌今天有其他地方要去，這個地方近期對丁浩來說還算是個傷心地。

「今天不去現場，」白斌幫他又盛了半碗湯，「曹市長今天要過來，可能等一下要一起去『東達』那邊，他們的煉化專案啟動，有個開工奠基儀式要參加。」

丁浩聽見他這麼說，湯都喝不下去了，悶了半天才哼了聲，「才那麼一點小事，你跟曹老頭也真積極！」

「東達」現在用的那塊地，丁浩也參與了競爭，但很明顯，人家贏了。

白斌倒是被他逗笑了，看丁浩氣得直哼哼，又問，「也有一個邀請你的帖子，你去嗎？」

丁浩哼了一聲，眼裡都是挑釁，「去！白吃白喝還有紀念品拿，我幹嘛不去！」

「東達」項目開工的地方是個好地方。

那邊是開發區，為了招商、引資，特價再特價，幾乎等於是「你來開工廠，我送地」的價位。那裡還靠著海，地理位置很好，周邊設施雖然還沒發展起來，但是看如今開發區的規模也不是問題。

這麼好的地方，打它主意的肯定不只「東達」一家，丁浩也看中了。

丁浩大學畢業，跟著白斌來到D市以後也慢慢地開始從商。他以前畢竟在D市待過，還是很會抓未來的發展重點，既然白斌要在D市待很長一段時間，丁浩也索性伸開手腳，做了幾筆生意。

這次開發區的事更是讓他眼饞了很久，一直想在那邊弄個休閒度假的海景酒店，投資一把，連合夥人都找好了，就差項目競標、拿下地皮了。

不過事情往往不是你想做就能做到的，因為你想到了，別人也想到了。

「東達」的老闆眼光毒辣，也一眼看中了那塊地，原因同樣是地處海邊，離碼頭近，運輸成本能降低不少。他們是做石油煉化的，最怕運輸跟不上。

丁浩的酒店當然贏不過石油煉化企業，何況這次「東達」還下了大成本，把上億資金往裡面扔都不眨眼，順理成章地拿下了那塊地。

要是別人拿下那塊地，丁浩也不會心裡彆扭。本來就都是靠本事競爭，沒什麼大不了，可是有內幕說，「東達」的大老闆本來不想要這塊地，後來聽說是丁浩在搶才感興趣，一鼓作氣拿下了。

這個大老闆跟丁浩很熟，叫李盛東，是跟丁浩穿同一條褲子長大的兒時玩伴，本質上來說是勉強算不上壞的人。

丁浩恨得牙癢癢，得到通知的當天就一通電話打過去，罵了一頓。但李盛東不生氣，丁浩越著急他越高興，很有一種樂在其中的感覺，最後還說，『丁小浩，哥過幾天開業，這邊風景不錯，記得來看啊！』

丁浩氣得差點扔了電話！

今天「東達」開工奠基，丁浩如他所願，搭白斌的車跟來了。白斌在前面為曹老頭帶路，一排黑漆漆的車就開了出去。每個路口都有一個交警執勤，露出八顆牙齒的標準微笑，服務熱情周到。

丁浩在車裡還在吐苦水，沮喪地用手指扣著車窗上的玻璃。白斌見他半天都沒吭聲，拚命往外看，也順著看去，和他解釋了一下，「這是安排在主要交通幹道上的執勤人員。」

丁浩戳了戳車窗玻璃，嘴角往下扯，「那當然要了，這條路上人煙稀少、荒郊野外的，沒有交警引導，恐怕會走錯路吧！」

這個臭小子有個習慣，當初自己想要時就怎麼看都好，如今被別人搶走，就覺得是破地了。

正說著，白斌的手機就響了，「曹市長？啊，是，就是這條路，沒走錯……」

丁浩笑了，真是說什麼來什麼，曹老頭太給力了！

到了「東達」的地方，有幾個人大老遠就迎上來，一一熱情地握手，一聲聲的歡迎歡迎。白斌跟著曹老頭，被圍得最嚴實。

丁浩則趁人少的時候下車溜走了，他穿的是輕便的服裝，現在大家都在注意那些穿西裝革履的，也沒多少人看他，他就一路溜到了臨時建的辦公大樓裡。
一進大廳，丁浩又開始眼紅了。
這他媽哪是臨時的辦公大樓啊！裝修得比他租的海╳大樓還他媽的豪華！丁浩頓時覺得自己一年五萬的租金虧了，還不如人家一個臨時的！
繞了兩圈，丁浩就看見了熟人，一路招呼跑過去，「董飛！嘿，在這裡！」
董飛是白斌的副手，現在很有全職祕書的風範，一身西裝穿得精神十足，眉頭更是皺得跟白斌如出一轍，「你怎麼跑到這裡來了，不用去前面嗎？」
丁浩搖了搖頭，「不用啊，你又不是不知道，我性格內向又害羞，嘖，就怕人多……」
董飛忍住在額頭上暴出青筋的衝動，扯出一個笑，「這邊人也很多，還是你要去車上等？」
他這絕對不是在嗆丁浩，是看透了丁浩的本質，因為他就是一個天生不安分的人，專門惹禍。
丁浩像沒聽見一樣，看了他手裡的小盒子一眼，還在往前擠，「這是什麼？什麼紀念品啊，這麼小一個……」
分發紀念品給各單位的小女生笑容甜美，打開一個，為丁浩展示，「這是我們公司的油卡，全國只要有『東達』石化的地方都可以加油！」
丁浩看了一下金額，一千人民幣——他立刻笑彎了眼，招呼那個女孩，「也拿兩個給我。」之後又指了指旁邊的董飛，「我跟他同公司的……」
董飛立刻阻止他，「別拿給他，他不是我們公司的！」
丁浩摸著下巴想了想，「唔，好吧，其實我是曹市長那邊的……」

董飛的嘴角抽了抽，「別給他，他也不是市政府的……」

小女孩很迷茫，看看丁浩又看看董飛，不知道該聽哪個人的好。

董飛站在旁邊一動也不動，擺明了就是丁浩不走，他也不走的姿態，丁浩只能報了自己的公司名號，「我是『遠鴻』企業的，叫丁浩。」

由於他說的是實話，董飛這次沒再插嘴，不過那小女孩顯然被事前交代過，丁浩一報名字，她立刻「喔」了一聲，從抽屜裡拿出大一點的盒子遞過去，「丁浩先生您好，我們老闆特意交代過，您來的話要給出十分誠意，請您收下這個！」

丁浩臉皮厚，當場打開就看了一下。

不錯，能抵上董飛手裡的小盒子十個，不愧是十分誠意。丁浩放在口袋裡走了幾步，又回頭問那女孩，「我拿了這個以後，還能再拿普通誠意的嗎？」

那女孩估計從來沒見過這麼不要臉的，眨眨眼睛，愣了半天沒說話。她猜自家老闆既然捨得給那麼大的，多這一個應該不算什麼，就試著答應了，「啊，這個……應該是……可以的……吧？」

丁浩笑出一口白牙，左邊的酒窩也若隱若現，朝小女孩伸出手，「謝謝啊！」

這張桃花臉立刻讓女孩失去了抵抗力，紅著臉，以雙手遞出一個小盒子給他，最後還說了一句慢走。

丁浩帶著兩張卡轉了一圈，發現沒什麼可拿的了，就哼著歌回到停車的地方。白斌那幫人估計弄完奠基儀式後還得參觀一下，不忙到中午吃飯，肯定脫不了身。

丁浩覺得拿了李盛東的卡，好歹也得跟人家在飯桌上客氣兩句，說聲感謝什麼的。懷著這份心思，丁浩有自覺地留下來，準備蹭飯吃。

現在停車場沒什麼人，丁浩把副駕駛座放平，準備休息一下。他今天早上被白斌折騰了一頓，現在有點睡眠不足。

他把帽子蓋在臉上睡覺時，旁邊有一點動靜。旁邊停著一輛「路虎」，這玩意兒空間大，馬力足，開起來很霸道。那台「路虎」裡，起初是從車裡發出擠壓的細微吱呀聲，後來變成了稍微輕一些但更規律的聲音。

丁浩把帽子拿下來，瞇著眼睛往旁邊看一眼。大白天的，不會有人這麼憋不住吧？路虎的越野玻璃黑漆漆的，從外面根本看不見，不過光聽動靜也知道不是什麼好事。

看左右都沒人，丁浩悄聲下車，去看了一眼車牌號碼。他覺得這輛車有點眼熟，又看到後面那騷包的「ＰＫ１１０」車牌號碼，丁浩確定了這輛車的主人。他站在旁邊，笑容滿面地敲了敲車門。

裡面估計還在忙，沒聽見，丁浩又紳士地踢了幾腳。

這次的動靜很大，裡面的聽見了，頓了一下就打開車門，探出腦袋來。

裡面那個人的一雙三角眼垂著，看起來很不懷好意，但他看見丁浩居然笑了，「喲，丁小浩，這是想哥了吧？還一路尾隨到停車場來了，嘖嘖！」

丁浩看著那位襯衫釦子都沒扣整齊的人，也露出了笑容，「當然，我剛拿到那個小禮物，正想謝謝你。真巧，這就遇到了……」

丁浩探頭探腦地往裡面看，後座並沒有他想像的妖嬈尤物，倒是前排副駕駛座上坐著一個中規中矩、戴眼鏡的小女孩。看見丁浩看她，還跟丁浩點頭打了聲招呼。

李盛東在後面拉拉鏈，這個動作能看見胸前露出的古銅色胸膛，脖子上還掛著一個銀釦皮繩，配上他本就透著邪氣的五官，是有點性感，連說話都有點懶洋洋的了，「別看了，哥是正經人，哪能在大白天幹這種鳥事！」

丁浩對他這番話很是懷疑，果然他一邊綁袖釦，又接了一句，「那是老子晚上的工作，白天從不加班享受……」

這次說的還算是人話，丁浩勉強相信了。而且他剛才敲門的時候，人家小女生裹得嚴嚴實實地坐在前面，那陣動靜估計是李盛東換衣服造成的。

丁浩體貼地追問了一句，「昨天沒回去啊？」

李盛東穿好了一身正裝，又恢復那金玉其外的敗類模樣，任由前面的女孩幫他綁領帶，回了丁浩一句，「嗯，昨天有事留下來加夜班，忘了今天會有人從市裡過來，差點被堵在辦公室裡……」越野車上，那身脫下來的衣服被弄得皺巴巴的，不成樣子，想必是換得很急，難怪剛才車上會有那陣動靜。

看著那幾件花裡胡哨的衣裳，丁浩很同情地看著李盛東，「李盛東，我說你有錢了，可以買幾件好一點的，整天穿這種五彩繽紛的，特別沒品味……」

李盛東知道他一直在為爭這塊地的事鬧彆扭，但又愛看丁浩想要卻得不到的彆扭模樣——丁浩越不高興，他就越高興。

丁浩批評完衣服，開始批評他的車，一臉嚴肅地指出了那大傢伙的不足，「這個也不好，太騷包了。」

李盛東笑了，勾著丁浩的肩膀往大廳走，還一邊刺激他，「丁小浩，你要是看上這輛車，哥讓給你玩幾天吧？」他就想看丁浩一臉酸葡萄的模樣，「正好配上你這一身騷氣的衣服，嘖嘖，看你這個腰！」

丁浩斜眼看他，嘴角往上挑了挑，「上次我回家碰到阿姨了，她要我帶幾句話給你。」

李盛東家跟丁浩奶奶家住在隔壁，兩人從小就很親，所以聽見丁浩這麼說也沒懷疑，還問，「什麼話？」

「咳，兒子啊……」

「你他媽給我往那邊叫！別沒事占我便宜啊！」

兩人一路走到了大廳，李盛東也猜到丁浩今天來的目的是要找碴了。就跟當初白斌扣他油船的時候一樣，丁浩是來報復的。他跟丁浩互嗆習慣了，倒也沒當作一回事。

大廳裡有很多人，解說員正在為那幫長官講解企業文化及未來發展，旁邊還有照相的。白斌在曹市長後面不遠不近地跟著，看見丁浩他們進來，略微頷首致意。

李盛東勾著丁浩的肩膀不放手，咧嘴對他笑著。

而丁浩把他的狗爪甩開，皮笑肉不笑地小聲問李盛東，「你就愛招惹白斌，小心老實人發起火來更厲害。」

李盛東很驚訝，「白斌算老實人？」

他還沒忘記白斌之前扣了他八位數的補交罰款，是白斌用血淚教會了他什麼叫吃虧。

丁浩保持著微笑沒說話。李盛東還記得那個教訓，偶爾提提他的傷心事也是丁浩的愛好之一。

中午吃飯時李盛東親自作陪，曹市長則回去市裡，留下負責人跟「東達」交涉。白斌在人前並沒有透露出過多的背景資訊，不過因為「東達」屬於開發區管轄，他自然是坐在李盛東那桌。

李盛東生怕不夠熱鬧似的，還把丁浩抓來了，按住他，讓他坐在自己身旁。

酒過三巡，大家就熟悉得差不多了。丁浩手裡的名片發了一圈，一時沒看清楚，居然順手也給了白斌一張，反應過來時白斌已經接過去了。

丁浩的耳朵有點燙，李盛東沒說錯，白斌不是老實人，現在居然還捏了他一下，讓他注意分寸。

李盛東這幾年經過了磨練，明顯提升的有兩點，一個是說話的水準，一個是酒量。

有一個跟白斌一起從開發區來的胡姓小中階幹部，外號叫胡三斤，因為白酒能喝到三斤。這個人現在跟李盛東槓上了，兩人喝起來根本是棋逢對手。

丁浩被熏得要死，生怕李盛東一個克制不住就噴到自己身上。他這幾年被白斌帶著，也有點小潔癖，對白斌以外的人也有點適應不了。現在看到大家開始自由配對敬酒、聯絡感情，他就趁機躲進洗手間了。

白斌不喜歡他喝酒，他一直都在儘量避免需要喝酒的場合。

洗把臉清醒了一下，丁浩聽到有人進來，又急忙躲進隔間。進來的人跟他一起進了隔間，反手就把門關上。

那個人趴在他肩膀上使勁地蹭了一下，「浩浩，我好像喝多了……」

丁浩聞到白斌身上的酒味，也只覺得親近，並沒有對旁人的反感。

白斌從小跟著白老爺鍛煉，酒量也不錯，不過工作後才發現到一個問題，這傢伙不能混著喝。一旦紅酒、白酒或者啤酒等等混著喝，哪怕只有半杯，白斌也會有醉意。

白斌如今說喝多了，顯然是推辭不了，混著酒喝了。丁浩也體諒他，畢竟那一桌老頭沒幾個好對付的。

看到白斌像賴皮似的貼著他，他心裡更是對那桌老傢伙記上了一筆，將來一定要討回來！

「要不然我開車，我們先回去吧？」

白斌趴在他肩上搖了搖頭，說話咬字倒是很清晰，看不出一點醉意，「不，下午還要去辦公室，要批文件。」

丁浩看到他的眼神越來越亮，心裡有點發毛。

他這回醉得不輕啊！也只能拍著他小聲勸道，「那我們再坐半小時，那時候差不多結束了，我帶你去辦公室……」

白斌抬起手看錶，嚇得丁浩把他攔住！這個人喝醉後比平時還認真，你要是跟他說再坐半個鐘頭，他就會真的坐半個鐘頭，一分鐘都不多待！

丁浩把白斌的手錶摘下來放進自己的口袋裡，又跟他保證，「時間到時，我一定會叫你的！」

白斌看了看丁浩，像是在確認是誰，看清楚了才點頭，「好。」

白斌喝醉了，不熟的人壓根就看不出來他醉了。他臉上一點表情都沒有，跟平時一樣鎮定地坐著，人家跟他搭話就接一句，不說話就自己老實地待著，直到解散後，丁浩來叫他。

兩人都喝了酒，就乾脆把車放在這裡，打電話叫董飛開車來送白斌回辦公室。

丁浩讓白斌站在大樓前面等，他去後面的停車場，準備提前上車。這跟平時的步驟不太一樣，因為平時都是白斌去後面開車接丁浩的，但這次反過來，讓白斌有點迷茫。

丁浩看到他當眾就要抓自己的手臂，嚇得裝成握手的姿勢，半路改了動作，「哈哈、哈！白局，那什麼……改天見，今天聊得真愉快！」

白斌的眉頭皺起來又舒展，這跟平時更不一樣了，有哪裡不對勁。

丁浩在心裡嘩嘩流淚。你說這個人平時精明得跟什麼一樣，怎麼喝醉了，就這麼不懂事啊！在外面你怎麼敢抓我的手啊……

丁浩趁告別的機會小聲囑咐他，「別亂走，在這裡等董飛，知道嗎？」

白斌點點頭。他喝醉了還有一個優點，就是特別聽話，答應了一定會做到。

站在大樓門口等董飛時，有幾個人過來搭話。其中會看眼色的人都知道白斌來頭不小，特意多問了幾句，還客氣地請白斌一起坐車，順路回市裡，「白局，正好我們住得近，要不要一起回去？」

各單位分派的住宅都離得很近，但白斌沒住在那裡。

他平時都跟丁浩在一起，在那裡反而不方便，所以是住丁浩提前買的小別墅，連車子都選得很低調，不然丁浩也不會一見到李盛東的「路虎」就喊騷氣。從本質上來說，丁浩這跟李盛東的審美差不多。

白斌現在牢記著「在原地等董飛」的任務，搖頭謝絕了，也客氣地回，「我還有點事，您忙。」問的人客套了兩句就走了。也有喝醉了，打著酒嗝過來的人，從老遠就招呼他，「嗳，白局，等車嗎？要去哪裡啊？」

白斌站在那裡唔了一聲，像是被他一提醒，想起了什麼似的回，「要回辦公室一趟，有幾份文件沒整理。」

那個人很驚訝，「還要回辦公室嗎？回去也差不多是下班時間了，今天可是星期五，乾脆早點回家算了！」看見白斌搖頭，還是要去辦公室，那個人也笑了，「你們這些年輕人就是這樣，等你們成了家，就知道家的溫暖，成天盼著提前回家了，哈哈！」

董飛來得很快，在樓下停好車就去接白斌上來。回車上的時候臉色有點不好，一邊綁安全帶一邊問丁浩，「少爺喝醉了？」

董飛家的老爺是白斌爺爺的老部下，是被白老爺從戰場上揹出來，撿回了一條命。老頭佩服白老爺的為人，從小就送董飛去白老爺那裡接受教育。董飛對白斌也是尊敬得很，從小一口一聲少爺地喊。

丁浩聽他十幾年如一日地喊少爺，直到現在也聽不慣，不過聽見董飛問，他還是應了一聲，「嗯，先送去辦公室吧，他從剛才就鬧著非去不可。」

旁邊那位醉酒的人神情鎮定地申訴，「我沒鬧，我要去批文件。」

說著，他習慣性地抬手腕看錶，可是並沒有跟往常一樣看見手錶。白斌盯著空蕩蕩的手腕看了半天，連眉頭都皺起來。

丁浩咳了一聲，連忙從口袋掏出手錶幫他戴上，「在我這裡，我剛剛不是幫你收起來了嗎？喏。」

這個人也很乖，坐在那裡任丁浩戴好。

前面的董飛盡職盡責地充當小司機，還不忘提醒丁浩，「休息室裡有新買的衣服，可以換一下。對了，抽屜裡還有盒裝的茶葉，你記得沖杯濃茶……」

丁浩為了安撫喝醉的人，正犧牲自己的爪子讓他捏著玩，聽見董飛說這些也很驚訝，「你不上去嗎？」

董飛沉默了一陣子，屈服在丁浩的厚臉皮之下，「好吧，我也上去。」

他記得白斌第一次喝醉時差點把丁浩嚇死，丁浩還半夜打電話給他，讓他幫忙收拾爛攤子……後來丁浩跟著學了如何照顧醉酒的人，就很少再來求他幫忙，這次突然又厚顏無恥起來，肯定是有不為人知的原因。

金牌祕書第一條，不可以打聽的，絕不打聽。

基於以上條例，董飛只是幫丁浩把白斌帶到目的地。

辦公室的條件還算可以，是套房式的，外面辦公，裡面是休息室。因為開發區離市區很遠，白斌還時不時要值班。休息室是照賓館的樣式弄的，物品很齊全。

丁浩扶著白斌走進裡面，剛幫他脫下西裝，轉身就被白斌抱住了。

那位趴在丁浩的肩膀上來回磨蹭，嘀嘀咕咕地喊，「浩浩，我想跟你……」

丁浩的耳朵都泛紅了，「別鬧啊，外面還有人。」

那位覺得在套房裡不要緊，還在小聲地跟丁浩商量，把丁浩的耳朵弄到紅透了，一邊推他一邊打馬虎眼。

「白斌啊，你忘啦？不是說好了有人在就不那個，呃，我是說……我們被人看見不好，對吧？」

董飛瞬間就明白了丁浩要自己留下的目的，挺同情地看了丁浩一眼，欠身出去，「丁浩，好好照顧少爺。」

丁浩被白斌抱得死緊，動彈不得，剛想叫董飛留下，就聽見抱著自己的人不高興了，「浩浩，你很喜歡他留在這裡？」

丁浩不敢亂說話，醉酒的白斌性格不能用常理來判斷，要是說錯話，他真的會吃醋，清醒後還不認帳！丁浩吃了好幾次虧，現在知道要認真思考過才回答，「我、我是覺得你要批文件，得有祕書在……」

白斌對這句話很滿意，抱著他往床上帶，「我不要祕書，浩浩我們來做吧。」

丁浩有點反應不過來，這跟他剛才的話有什麼聯繫啊！

白斌喝醉了，力氣特別大，而且比以往都固執。丁浩勉強餵他喝了一杯濃茶，來不及等濃茶發揮作用，白斌又開始去抓他，抱著蹭著不放手，連丁浩勸他去洗澡都不肯。

他埋在丁浩胸口咬了一下，含糊不清地說，「先做一回，然後再去浴室……做。」

丁浩用額頭撞他一下！你還很會算啊！！

白斌手腳迅速地把丁浩帶上床，沒幾下就把人剝乾淨，一邊玩著後面的小洞，一邊親吻他，「它要讓我進去嗎……」

丁浩被他弄得手腳發軟。那裡早上剛被拜訪過，白斌用手戳兩下，很容易就進去了，「你廢話什麼，白斌，你別得忘形了，等你醒了，我……唔啊！」

白斌的手指又探進一根，來回在裡面攪著，舔了舔丁浩的嘴角，「它要我……進去嗎？」說著，還挺身頂了丁浩一下。

小腹那裡隔著衣料的硬熱讓丁浩又顫了兩下。這、這比平時還……

丁浩喉結動了一下，抬頭看白斌，小心地問，「白斌，李盛東最後拿出來的那瓶紅色的，是什麼酒？」

丁浩從大家開始喝酒就躲起來了，再進去的時候，只看到最後換的酒的玻璃瓶，沒有標籤，看起來像李盛東私藏的高級貨。

白斌停下親吻的動作，手指還在他身體裡面享受溫暖的濕熱，想了想就回答，「……三種……」

丁浩被手指時不時的扣挖弄得骨頭都軟了，這也是被白斌養出來的敏感。

丁浩受不了他的手指功夫，顫抖著聲音問，「三種混合的？」

難怪會醉成這樣，好像混的種類越多，白斌就醉得越快。

白斌咬了他耳朵一下，自己脫掉衣服，手指也不退出來，就那麼直接在後面頂住丁浩，「三……三鞭。」

一使勁，順著滑溜的甬道直衝進去！！

丁浩抓著床單的手都握緊了，差點喊出聲來！這次他不但耳朵紅了，連眼睛都紅了，腦海裡只翻來覆去地想著一句話：李盛東，我操你大爺——！！！

白斌在後面抱著丁浩做了一會兒，有點不滿意只能看到後腦勺，就咬著丁浩的耳朵，嘀嘀咕咕地說了半天，「不舒服，不舒服……」

丁浩被他頂得有點喘不過氣來，扭過頭躲開他，「不、不舒服……你就退出來……」後面的人連停都不停，一邊說著不舒服，一邊摸上他胸口，拇指不停揉搓擰捏敏感的凸起，「看不到浩浩，也親不到……」

說完這兩句，又開始翻來覆去地說不舒服。

這要是在平時，丁浩肯定會踢他一腳！可是白斌醉了，你沒辦法跟喝醉的人講道理。根據往常的經驗教訓，這時候不順著他，等等倒楣的肯定會是自己。

丁浩按住他亂動的手，儘量抬高腰肢靠近他，「白、白斌……你等等，我們換個姿勢……」

白斌聽話地停下了，但是丁浩往前一跑，他就抱住腰再拖回來，弄了幾次，別說換姿勢了，丁浩的腰都痠了。

丁浩被他弄得哭笑不得。他現在也不上不下的，偏偏白斌還像怕他會跑走，不肯放開，丁浩只能好言好語地勸他，「你先出來，讓我翻個身啊。」

停了一會兒，白斌估計也不好受，就聽話地退出來了。丁浩翻了個身躺在下面，白斌卻一動也不動地看著他，讓丁浩氣得咬牙，又自己分開腿看著他，「進來！」

後面被那東西頂進來的時候有些痠脹，並不疼，身體甚至隱隱地有些期待接下來的動作。但是很奇怪，白斌用手扶著自己的東西，一直貼在丁浩下面，順著那小小的股縫蹭，進去一點又退出來。

那位一邊自己晃著，一邊扶著丁浩的腰小聲嘀咕，「浩浩別動，我進不去……你別動，別亂動。」丁浩被他撩得也很難受，咬著牙抖著腰，就是不幫他。可這種事就算是……用撒嬌的，老子也不會幫你弄進去……

白斌固執地想進去，丁浩被他弄了半天，徹底服了。他把白斌推倒，再自己跨坐上去，雙手握住他的一點一點送進自己的身體裡。

丁浩一手推著下面不安分的傢伙，瞪他一眼，「你別給我別亂動，聽見沒……白斌？」

白斌這次舒服了，可是丁浩磨磨蹭蹭的，讓他也有點急躁起來。還沒等丁浩把全部吞進去，白斌就往上頂了一下，丁浩半跪在他的腰腹上，被這一下頂到身子發軟，結結實實地坐了下去。

「白斌你、你這個混蛋……等你醒了……唔……嗯嗯……」

丁浩本就手腳發軟，如今被他這樣連連往深處搗弄，丁浩扶著白斌的肩膀，忍不住哎喲了一聲，眼淚都被逼出來了。

白斌聽到丁浩被自己弄得聲音都發顫了，還覺得不夠，又抱著他帶進懷裡，一點一點地親吻，像在尋找哪裡能得到更多反應一樣。

體內的物體脹大、變化，身體再細微的動作都能為兩人帶來莫大的刺激。交接處漸漸響起了淩亂的水澤聲，混合著有節湊的進出，啪啪聲不絕於耳。

白斌果然信守諾言，在浴室裡也沒忘記來一發，把丁浩裡裡外外都吃遍了。

丁浩被他欺負到兩眼含淚，直到白斌吃飽喝足，手腳並用地纏著他睡著了，才有休息的時間。

丁浩被他抱著也睡不著，眼睛盯著天花板，忽然想起了很久以前的事。那時候的白斌可沒現在這麼會折磨人，板著一張臉，跟誰說話都不多說幾個字，他都不敢想像白斌有一天，能笑著跟他玩鬧……

丁浩翻過身，用手指戳了戳白斌的臉，「你也不是十項全能吧？」

睡著的人略有知覺，大概也是身邊的溫暖太過熟悉，十幾年的習慣成自然，他只是蹭了蹭臉頰上的手，又迷迷糊糊地睡著了。

丁浩失笑，湊過去在他臉上親了一口，又咬了他的嘴巴，貼著他嘟囔，「就讓你……偶爾醉一次好了……」

兩人在白色的被子下擁抱交纏，閉上眼睛睡去。

白斌酒醒時，都是晚上了，睜開眼的時候，正好看見丁浩在房間裡收拾東西。

他也不起來，就那麼枕著手臂看著丁浩忙，等看到丁浩收拾幾下就揉腰的動作，這才出聲叫他，「浩浩……」

丁浩剛收拾好一個包包，聽見白斌喊就過去，「醒了？」

他從床頭拿了杯水，自己嘗了嘗，又遞到白斌手裡，「正好，喝吧。」

白斌的聲音有些剛睡醒的沙啞，接過水杯又問了一句，「我下午是不是醉了？」

丁浩終於找到訴苦的機會了，掰著手指數落白斌的不是，「白斌，你的酒品也太不好了，你說，下次醉了，我要是不在你身邊，你要怎麼辦？你看看你這間房間、這張床，還有浴室……」

白斌喝完一杯水，又自己起來續了一杯，丁浩還跟在他屁股後面嘟嘟囔囔地抱怨，「你抱著我的腿哭啊！唉，我都說我不變心了，你還抱著不放手，死活要我寫封情書給你，嘖嘖……」

白斌停下來了，回頭看了他一眼，不留餘地地否認了丁浩的陳述，「不可能。」

丁浩恨不得在後面踹他一腳。

你看看，你看看，果然酒醒後就不認帳了！丁浩咬住話不鬆口，還在逞強，戳著白斌的胸膛得意地說了兩句，「我跟你說啊，你別不認……」

剛戳兩下，就聽見白斌放在辦公桌上的手機響了。

白斌看了一下來電顯示，直接按下擴音跟丁浩一起聽，「爺爺，這麼晚了，有事嗎？」

電話那邊的白老爺聲音洪亮，聽不出半點睏意，『白斌啊，白傑回來了，麗莎也帶著小寶貝回來了，哈哈哈！明天你跟浩浩也來家裡一趟，我們一起去照全家福，聽見沒？』

丁浩在旁邊聽得一清二楚，也開心得眉開眼笑，「爺爺！白傑回來啦，他的研究所批准了沒？」

『批准了。唉，非得弄什麼生物技術，弄了半天才弄好……』白老爺聽見丁浩的聲音一點都不驚訝，還跟他解釋了一下中間過程，不過三句之後，立刻又轉回自己的寶貝曾孫上了，『那小寶貝在晚上很有精神，還跟我一起玩積木、搭小橋，真是討人喜歡啊！』

丁浩聽白老爺炫耀曾孫半天，忽然有點明白平時那些人聽丁奶奶炫耀她「寶貝浩浩」的心情。

估計白斌也想到了，正撐著下巴對丁浩笑，做了個口型：跟奶奶說你一樣。

白老爺下了最終指示，讓他們最晚明天下午回來。白老爺知道這兩人誰也離不開誰，這幾年也就看開了，尤其是大學畢業以後，丁浩跟白斌去了D市，沒跟家裡多打招呼就做出了一番事業，看起來也是個有本事的孩子。

白老爺一直想讓白傑跟麗莎多生個孩子給白斌、丁浩養，這次要他們抓緊時間回來，就是想跟他們幾個年輕人談談。

丁浩對白老爺的熱情不知道該說什麼才好，不過老人也是好心。能接受的家人本來就很少，況且能有個處處為他們著想的爺爺，已經是天大的福分了。兩人也不多待在開發區，連夜趕回市區的家收拾行李、訂了機票，匆忙地趕去白老爺那裡。

機票訂得匆忙，只來得及訂經濟艙的位子。三人一排的座椅設計有些擁擠，好在只有一個小時的旅程，並不算太累。

丁浩在飛機上還被人搭訕了，那個人看起來娘娘的，半長的捲髮綁一半、披散著一半，斜著眼睛對丁浩笑，自稱是個攝影師。

丁浩對待大眾，尤其是能看出他外表及內涵價值的大眾總帶著幾分友好。不過剛說兩句，那傢伙又看見剛從洗手間回來的白斌，這次都看傻了，完全不看丁浩一眼。

白斌像沒看見那個攝影師一樣，徑直過去坐在丁浩身邊，拿一份報紙來看，不過不是當天的，他就放下了。白斌隨手的幾個小動作，把攝影師弄得五迷三道，目光就像黏在白斌身上一樣，拔都拔不下來，最後甚至試著跟白斌攀談幾句。

丁浩的心頭小火直冒，扯了個微笑，天南海北地跟攝影師聊，連虧帶損地說了一大堆。

那攝影師不但不生氣，反而覺得丁浩說的話十分有語言魅力，眼光又轉移到了丁浩身上。

「跟你交談真愉快，我們在同一個地方出發，又是到同一個地方，看在這樣的緣分下，我可以問你的名字嗎？」

丁浩花花公子的本質潛伏多年，今日終於有再見天日的機會，他對那個攝影師微瞇起眼睛笑了，「我覺得，我們接下來還是繼續相信緣分吧。」

這略帶調戲的話讓攝影師很是歡喜，看著丁浩的眼神都有些著迷了。這年頭不止是女人覺得壞男人有魅力，連男人也都這麼覺得。

白斌對丁浩搶風頭的事並不在乎，可是最後聽到丁浩說的，覺得有點太過分了，得制止他。

白大少握起愛人的手，板著臉說了一句話，「別胡鬧。」

攝影師的臉色立刻精彩起來。從他過來跟丁浩搭訕時起，就沒見過這兩個人說過話，此刻看著那緊緊相握……好吧，是一個抓著另一個還在鬧的手，不由得讓他想入非非。

白斌從剛才就覺得攝影師的口音很奇怪，試著跟他講了幾句外文，那攝影師立刻接了下去。

丁浩的手被白斌抓著，暗地掙扎了幾下也沒見到白斌放開。如今兩人更欺負他不懂外語，嘰裡咕嚕地說著鳥語！丁浩不開心了，「白斌、白斌，你們在說什麼？」

白斌低聲跟他解釋了一下，「我說你是我弟弟，我們正要回家，你乖，別惹事了。」

攝影師又問了白斌一連串的問題，之後看著白斌點了頭，對丁浩放慢速度說，「I love you？」

「去你的假洋人！老子這句聽得懂！！」

兩人跟這位攝影師聊了一路，得知他剛回國，正準備去應聘第一份工作，工作方向還是大學教師。

丁浩哼了一聲，「你教？學校不怕你帶歪學生啊？」

那個人呵呵笑了，眼神曖昧地在丁浩跟白斌身上遊移，顯然壓根不相信白斌剛才的「兄弟」說法，「不會的，中國現在開放多了，而且比起白種人，我覺得還是黃種人的尺寸更合適我……」

丁浩指著他問白斌，「這算不算流氓？」

白斌沉默了一下，還是拿起過期的報紙，埋頭看起來。

除了中途遇到了過分熱情的捲毛攝影師，一切都還順利。剛走出通道，就看見了來接機的人，丁浩有點驚訝，「白傑？」

白傑穿了一身米色休閒裝，正站在那裡想事情，聽見有人喊才抬起頭，不過視線立刻移動到了聲源發出地的旁邊，看過去的時候嘴角都勾起了笑容，「哥！」

白斌、白傑兄弟兩個實在太好認了，就算是陌生人，也能一眼看出他們有血緣關係。不但五官相似，就連表情都差不多，用丁浩的話來說，就是這對兄弟都是臉部肌肉缺乏運動。

白斌對他親自來接機有點驚訝。白傑很早婚，現在孩子都會爬了，不過就是因為會滿地爬才更辛苦，「你們昨天晚上才到家吧，怎麼不在家多休息一下？」

白傑笑著接過他們的行李，放在推車上，一邊帶路一邊回話，「我們是前天到的，等我們休息完，爺爺才打電話給你們的。」

一路上，兄弟倆聊得很高興，丁浩偶爾也會插一句話。他在D市小打小鬧的，弄的也只是短期的投資，真正的經商還要問白傑。

張娟女士生了一對好兒子，長子白斌從政，小兒子白傑從商。她本就是商界的女強人，白傑又打小跟著她在外打拚，天生對數字敏感，經商手段也自然不在話下。

丁浩沒經過系統性的學習，經營的也只是自己推測會有賺頭的，還有很多不明白的地方。而白傑知道丁浩跟自己哥哥的關係，早就把他歸納到自己人裡了，有的地方跟丁浩解釋了半天還是沒弄清楚，乾脆答應抽空去D市幫他一把。

丁浩自然是滿口答應，他求小財神去都來不及了。

「白傑，小時候真是沒白疼你啊！」

白傑在前面笑了，居然也跟著點點頭，「是，你為我帶來很多樂趣。丁浩，你那個鐵箱還在吧？當年你常常輸給我，我記得裡頭鎖了不少借條呢……」

丁浩的眼睛轉了轉，立刻道，「都在、都在！白傑，要不然這樣，我把那些錢當成你的入股金，你順便來我這裡做兼職。不會很忙，時不時來看看就好了……」

白斌在旁邊聽著都笑了，彈了丁浩額頭一下，「你這筆買賣做得倒是不錯。」

白傑也在前面贊同地點了點頭，「哥，他這幾年學聰明了，還知道拖人下水。」

丁浩還在敲邊鼓，「白傑你幫不幫我啊？好歹我們都是一家人……」

白傑也學壞了，跟丁浩開玩笑，「我姓白，你姓丁，你跟我怎麼會是一家人？」

丁浩立刻挺直腰桿，還很得意，「我從小就是吃你家飯長大的，還有，我賺了錢也是養你哥！怎麼就不是一家人了？」

白斌笑了，使勁揉了揉丁浩的腦袋，按著他坐好，「行了，丁大老闆，先休息再談事業吧。」

白傑從後視鏡看過去，坐在後面的兩個人都笑呵呵的，尤其是他哥，眼神裡都透著笑意。不經意流露的幾個小動作，都讓人覺得他們感情特別好，像是一起生活了很多年一般。

不過也的確很多年了……白傑有些釋然。

也許，只有這個人才能讓他哥打從心裡高興吧？這樣也好。

一路上沒怎麼塞車，到家的時候剛過中午。白老爺為他們準備了飯菜，因為麗莎也帶小寶貝來了，特意讓吳阿姨提早到這邊幫忙，這頓接風洗塵的飯也是吳阿姨精心準備的。她照顧過白斌、丁浩多年，對他們的口味很清楚，幾道小菜就讓丁浩感動得眼淚汪汪，「阿姨！還是您做的可樂雞翅好吃啊！外面都沒有這麼道地的！」

白斌默不作聲地又夾了一根翅根給他，丁浩就抱著飯碗不放，吃了三大碗才停下來，「不行，吃不下了……」

白老爺從他們吃飯起就沒說話，生怕打擾了丁浩的進食速度，如今聽到丁浩這句，也笑了，「是，也該吃不下了，第三碗都見底了！」

白傑吃得也不慢，大概是在國外待久了，對肉類比較感興趣，餐桌上有一大半都是他跟丁浩解決掉的。現在他也拿起紙巾擦了擦嘴，「我也吃飽了，爺爺，麗莎她們呢？」

白老爺往樓上指了指，「帶小寶貝去午睡了，剛去不久，你可小聲點，別把他吵醒了！」

白傑應了一聲，剛想上去又被白老爺叫住，「換鞋，換鞋！」

吳阿姨早就準備好了，從鞋櫃裡拿出新加工過的棉布拖鞋給白傑，「來，老爺早就準備好了，這雙鞋正反面都加了棉花，踩在木地板上一點都不吵！」

白老爺看白傑換鞋上樓去了，這才靠近丁浩他們，小聲地開口：

「浩浩啊，爺爺跟你說，小寶貝長得可漂亮了，跟白斌小時候一模一樣……」

白老爺還在說個不停，他打從知道白斌跟丁浩在一起之後，就想弄個孩子給他們養，如今再也沒有人比白傑家更合適的了。白老爺嘀嘀咕咕地囑咐丁浩，「等等小寶貝醒了，你陪他好好玩一下，讓他多習慣你。對了，我讓你們買玩具來，你們買了嗎？」

這些話，丁浩怎麼聽都覺得彆扭。白傑跟麗莎的孩子長得像白斌？這是怎麼回事？

「啊，買了！」

丁浩從包包裡翻出魔術方塊。他們來得匆忙，只來得及在路邊買個小玩意兒。

「爺爺，這個可以嗎？」

白老爺恨鐵不成鋼地看著他，「他將來要叫你爹的，你好意思拿這個小東西糊弄人家啊！」

丁浩低著腦袋，自己撥弄魔術方塊，「爺爺，我們不想要白傑的孩子……人家辛辛苦苦地生下來也不容易……」

白老爺怒了，壓著聲音教訓他，「他們再辛苦一把就還有一個！你們累到半死能有嗎？啊？」

丁浩差點被自己的口水嗆到，咳了幾聲，求助地看向白斌。

白斌試著跟自家爺爺解釋，「爺爺，我們還年輕，不著急……」

白老爺壓根就不聽他們解釋。他今天是鐵了心，想讓白斌跟丁浩過上「略微正常」的生活，老頭覺得正常夫妻都能為了沒有孩子鬧翻離婚，更何況是白斌跟丁浩這兩個男人。再說，日子久了也不是只要你愛我、我愛你就能活下去的，還得有個生活的調劑品啊。

孩子，就是最好的希望。

聽兩人在旁邊嘀咕了半天「不合適」、「不好」、「不能明搶」，老頭乾脆伸手打斷他們，直接安排自己的想法，「等等白露來，你們從她那裡拿幾件。記得，挑鮮豔的啊，小孩都喜歡亮色的！」

丁浩的嘴巴張開又閉上了。原來他們說了半天，白老爺一句也沒聽進去，又繞回玩具上了。

坐在客廳等白露時，白老爺順便問了一下白斌的工作情況，也問了丁浩。老頭對經商也沒有多瞭解，只是囑咐丁浩別光顧著賺錢，重要的是在過程中多學些東西。

看著那兩人坐在對面一一答應了，白老爺又問了他們的生活狀況。正聊著，門鈴就響了，丁浩猜是白露，就過去幫她開門。

白露是白斌的堂妹，從小特別崇拜白斌，跟丁浩他們一起長大，小時候常常打架。她聽說白傑和麗莎帶著孩子回來了，高興得不得了，左手一袋、右手一袋地回來，門一開就熱情洋溢地喊了一聲，「小寶貝——！！」

丁浩笑了，「白露，看清楚了再喊啊！」

白露一晃眼就看清楚了，急不可耐地推開他，「丁浩，你閃一邊去，我家小寶貝呢？」

白老爺對她比劃了一下手指，做了個噓的動作，「小聲點，中午剛睡著……」話音未落，白老爺就聽見樓上有人下來了，隱約還能聽見小孩的聲音。

白露的東西都來不及放下，立刻就直奔向樓梯口，眼睛都笑得彎起來，「小寶貝，姑姑來啦！」

一家三口從樓梯上走下來，白傑懷裡抱著一個小孩，麗莎正在幫小孩穿好另外一隻衣袖，小孩則聽話地舉手配合著。

小孩剛起床，白嫩嫩的小臉上還帶著一些剛醒的迷茫。看見客廳裡有不認識的人也不哭不鬧，看看這個又看看那個，最後抓著白傑的衣領縮回爸爸懷裡，只留一個茶色頭髮的小腦袋在外面。

白老爺囑咐這兩個剛當爸媽的，「以後穿好再下來，小心凍到孩子的手！」

麗莎吐了吐舌頭。她這兩天見識過白老爺對孩子的小心照顧，雖然有點觀念不同，不過本著當中國好媳婦的願望，她還是順從地點了點頭，「好的爺爺，下次不會這樣了。」

白傑把扒在自己身上，跟無尾熊一樣的小傢伙放下來，讓他坐在沙發上跟大家打招呼。

小寶貝對父親很依賴，就算坐著也要抓著白傑的衣袖，咬著指頭喊了聲「爸爸的爺爺……」。

白老爺立刻綻放了笑容，連聲回應。

白露羨慕到不行，湊過去把兩袋玩具都鋪在他旁邊，「寶貝，喊聲姑姑吧～」

坐在沙發上的小孩抬起頭，白露這才看見他有一雙黑眼睛，五官也更像白傑一些，尤其是那張小臉上的表情，跟抱著他的白傑更像。白露看得滿心歡喜，盯著小孩，眼睛眨了眨，「真漂亮！」

懷裡的小孩揪著白傑的衣服，也跟著她一起眨眼睛，有點疑惑地抬頭看了一下自己的爸爸，又咬著手指頭看了看旁邊的麗莎。看到自己父母點頭鼓勵，他這才對白露有禮貌地點點頭，模糊不清地喊了句什麼。

就這麼一句，把白露高興到不行，彎著眼睛把玩具使勁往前推，「小寶貝，喜歡嗎？」

麗莎看見白露拿玩具給他，連忙阻止，「不用買新的給他啦，這兩天收到了好多玩具呢！」

白老爺看著沙發上的幾人正親熱地聊天說話，對丁浩使了個眼色，意思是讓他快上！

丁浩握著一個魔術方塊，猶猶豫豫地不肯過去。他總覺得現在過去，就像在搶人家孩子，內心有罪惡感。

白斌倒是沒這種想法，拍了拍丁浩的肩膀，小聲開導他，「再怎麼說他也要叫你伯父，就當是侄子，不要緊的。」

丁浩這才慢慢蹭過去，托著手裡的魔術方塊，擺出一個親切可人的笑臉，對小孩喊，「小寶貝，這是送你的禮物，那什麼，下次送你大的啊……」

小孩原本乖乖坐在沙發上，就算白露堆了那麼多玩具都不見動彈。但看見丁浩手裡這個花花綠綠的小魔術方塊，他就伸出了手。這個由小正方形堆積成的大正方形，對他似乎有很大的吸引力，也許是遺傳到白傑對數字及圖形的天生敏感，這孩子特別喜歡丁浩拿來的魔術方塊。

不過，小孩似乎也遺傳了白傑幼年的迷糊，一伸手抓錯了地方，就揪住了丁浩的手指。他皺了皺眉，還是堅持地握著丁浩的手指，往自己這邊拉近。水汪汪的黑眼睛看著丁浩，嘴裡咿呀地說了句話。

麗莎在旁邊笑了，「丁浩，小寶貝喜歡你呢！」

丁浩沒哄過孩子，小孩的手掌都沒他的手指長，但抓得倒是很緊。丁浩一動也不敢動，生怕會傷到孩子。他對這種軟綿綿的生物本能性地有點害怕，扭頭看向白斌求助，「這、這怎麼辦啊？」

白老爺笑了，讓丁浩蹲在那裡別動，「快點，讓小寶貝再喜歡你一點！」

白露有點不平衡，在旁邊跟丁浩商量，「噯，丁浩，我拿這袋禮物換你的魔術方塊，可以嗎？」

丁浩還沒開口，白老爺就插嘴了，說得正氣秉然，「不行，不行！這是妳大老遠辛苦拎過來的，不能便宜了丁浩這個臭小子！」

丁浩沒辦法，只能老實地蹲在那裡，也不敢抽出手指。

白傑拿過魔術方塊，隨意擰動幾下，遞給小寶貝，「喏。」

小寶貝自從換人拿著魔術方塊，就一直盯著看。看見自家爸爸遞過來，他立刻伸手去接。他的手小，一隻手握不住，這才想起另一隻手還抓著丁浩的指頭。

他看了看丁浩，又看了看魔術方塊，立刻放開丁浩，去抱著魔術方塊了。

白露在旁邊幸災樂禍，「丁浩，你還不如魔術方塊呢！」

丁浩蹲了半天，累得不行，也沒好氣地嗆了她一句，「是，那妳還不如我呢！」

白露的眉毛都豎起來了，白老爺在中間打圓場，「好了好了，都別說了，等等來照相！」

麗莎幫小寶貝泡了一點牛奶，白露興致勃勃地在旁邊看小孩喝奶，覺得真的是自家的孩子好，怎麼看都喜歡。

「麗莎，你們幫小寶貝取名字了沒？」

麗莎生了小孩，身體還是保持得很好，就是臉也跟著圓了一圈，看起來更顯小了。聽見白露問她，她也笑呵呵的，「還沒呢，白傑說中國的名字要給重要的人取！」

麗莎現在的中文沒那麼糟了，不過白露依然沒什麼聽懂，又小心地問，「什麼意思啊？」

麗莎使勁想著腦袋裡的中文詞彙，努力對白露解釋了一遍，「小寶貝是中國寶貝，我們要取一個重要的中國名字……唔，由重要的人來取。」麗莎指了指白斌和丁浩，「重要的人！」

白露不高興，「麗莎，妳太不夠意思了，我也很重要啊！」

麗莎揪著頭髮，繼續跟她解釋，「不是這樣。他們沒有自己的小孩，我和白傑希望他們當小寶貝的教父，小寶貝要讓教父取名啊！」

白斌有點驚訝。他跟丁浩都沒宗教信仰，而且身分也不是宗教允許的那種，「我們合適嗎？」

麗莎歡樂地點頭，「合適！白傑說過，可以有中國特色，你們可以做有中國特色的教父……」

丁浩被她這一句話逗笑了，對麗莎豎起大拇指，「中文有進步！說得太深刻，太有內涵了！」

白斌也笑了，看著麗莎期盼的目光，點頭答應了，「好，我們就當小寶貝，咳，有中國特色的教父。」

白老爺在後面揪了揪丁浩的衣服，小聲問，「什麼叫『教父』？」

丁浩小聲回道，「就是以後小寶貝也會叫我們『爸爸』。」

白老爺還是有點不明白，皺著眉頭又不放心地問，「以後都會這樣叫？還包含養老？」

丁浩又想起了麗莎那句「有中國特色」，憋著笑點了點頭，「沒錯！」

這次照相是請人來家裡拍的，依舊是穿著紅色的唐裝合照，連小寶貝都有，還有一個小帽子，帶著一個小荷包，看起來特別喜氣。

拍著拍著，攝影師就發現了問題，小心地提出建議，「後排的男士多笑一笑啊，四世同堂的多好呀，呵呵呵……」

後排站著三個男士，其中就有兩人不會笑。

丁浩都快笑到臉僵了，斜眼瞥了白斌、白傑一眼，保持著笑容，從嘴裡擠出一句，「想點高興的事啊，你們……」

兩兄弟的臉部表情微妙地變了一下，只能說不再板著臉了，但也算不上笑。

攝影師猶猶豫豫地，又停下來了，看起來還想說什麼。

白老爺不高興了，「你會不會照相啊？拍了半天，一張都沒拍好，就只聽你說話了！」

攝影師也快哭了，捏著快門跟白老爺結結巴巴地解釋，「不是……那什麼，老爺，後面的勉強算笑出來了，您能不能……能不能也讓懷裡的小寶貝笑一笑啊？」

小寶貝抓著白老爺的衣服，一張小臉努力學著爸爸……們，認認真真地作嚴肅狀。

白老爺笑了，不過照相還是要笑比較好，因此他又叫丁浩去幫小寶貝拿幾件玩具來，「就拿他平時愛玩的小手槍，都在樓梯轉角那邊的房間裡！」

丁浩應了一聲就跑過去，推開門進去才發現裡頭鋪了軟墊子，估計是小寶貝在裡面爬著玩過，收拾得格外乾淨。丁浩連忙脫鞋，踩著軟墊進去翻找小寶貝的玩具櫃。

小寶貝的玩具有一大堆，有已經組裝好的拼圖，還有一些積木，甚至還有白老爺珍藏多年的陸戰指揮沙盤……丁浩翻了幾下，赫然發現與幾本童書擺放在一起的東西——他沒看錯的話，這是高級模擬槍械吧？這滿抽屜的槍械是怎麼從國外弄回來的啊！

麗莎從門口探頭進來叫他，「丁浩，還沒找到嗎？貼著粉紅色桃心的就是喲！」

丁浩默默地放下手裡的銀色小手槍，換成旁邊一把棕色手柄的，這支槍上有麗莎說的粉紅色桃心。丁浩看著那黑漆漆的槍管，打從心裡覺得這玩意兒就算貼了桃心，也看不出來哪裡能哄孩子笑出來。

丁浩把槍遞給麗莎，看著她熟練地接過手槍，把彈夾拆下來清空、裝好，準備拿去給小寶貝，他這才想起來麗莎是義大利人，義大利除了盛產熱情奔放的女孩，好像還盛產黑手黨……

「麗、麗莎啊！這東西是哪裡來的啊？」

麗莎晃了晃手槍，「這個？這是我外公外婆送給小寶貝的玩具啊！」

丁浩吞了一下口水，「那什麼，我能問一下外公外婆……是幹什麼的嗎？」

「醫生喔！」麗莎想了想，又補充了一句，「現在是醫生了。」

第二章 小白昊與「丁有才」

折騰了半天，總算弄出幾張帶笑的照片了。

拍完照，一家人又開始研究起小寶貝的名字。

因為之前點名要白斌和丁浩幫忙取，白老爺也不好摻和，就拿著自己事先寫好的幾個好聽的名字，跟丁浩嘟囔，「你看這個『昊』字不錯吧？還有這個，唔，這幾個也好聽……」

丁浩自己也想不出好名字，乾脆拿過來跟白斌一起商量。白斌看他愁眉苦臉的，提了建議，「要不然從我們的名字各取一個字吧？」

丁浩唔了一聲，「那樣也行，叫丁什麼好？」

白老爺在旁邊咳了一聲。

丁浩像沒聽見一樣，繼續跟白斌商量，「丁斌？丁小斌？丁小白？」

白露在旁邊不高興了，就算丁浩是「嫁」過來的，很委屈，但也不能這樣搶人啊。

「我說丁浩，小寶貝應該跟我們家姓吧？」

白老爺又咳了一聲。他一直覺得自己家還有白傑留後，人家丁浩家只有這麼一個兒子，心裡怎麼說也有些虧欠。他不讓白露再說下去，跟丁浩商量，「浩浩啊，你看這樣吧。孩子姓白，後面的你取，好嗎？」

丁浩也只是跟他們開個玩笑，別說是白傑的孩子，就算是他跟白斌領養了一個，姓什麼也都無所謂。

「爺爺，我在跟白露開玩笑。不然就按照您剛才說的那個字，正好跟我的『浩』同音，叫白昊吧。」丁浩又摸了一下小寶貝嫩嫩的臉蛋，滑溜溜的，真讓人喜歡，忍不住笑著逗他，「小寶貝，我們叫白昊怎麼樣？」

小寶貝正坐在沙發上抓著魔術方塊，認真地研究，聽見有人叫他，也只是迷茫地抬了下頭，似乎還在想要如何把相同顏色的小方塊轉回去。

白斌對這個名字沒意見，又看了一下白老爺那邊。白老爺只要孩子姓白就好了，又聽到丁浩用了他取的字，自然很高興。看見白斌在看他，他連忙擺手，「我這老頭子沒意見，你問問白傑他們看他們當爸媽的喜不喜歡啊？」

白傑也跟著表明態度，「我沒意見。」

麗莎打從一開始就想讓丁浩他們取名，看到一家人都鄭重其事地幫忙，很感動，「白昊很好，就叫這個吧。」

小寶貝的名字決定下來，教父的事也算確定了。白老爺了卻了一樁心事，又跟白斌兄弟談了一下工作的事，轉頭看到丁浩想走，又叫住他。

丁浩如今也是白家的人了，多聽多學還是有好處的，「浩浩別亂跑，一起過來開會。」

會議的主要內容是白傑要回來開研究所，白老爺把白傑最近在做的幾個項目跟白斌說了一下，將來他們兄弟要互相扶持，提前有個打算也好。

期間，白老爺重點表揚了白傑的回國，「沒錯，學好了，還是要回報祖國的嘛！」

白傑頓了頓，然後才點頭，「對，要報效祖國。」

丁浩在後頭扯著白斌咬耳朵，「他原本不是要說這句話的吧？怎麼聽起來，好像應該接『國內資源多又便宜』啊？」

白斌捏了他的手一下，也小聲地回，「乖乖聽著，別說話。」

白老爺看到很高興，拍了拍白傑的肩膀，不忘囑咐他，「以後多做些實事，有不懂的地方問你哥哥。」

大概是因為有了曾孫，即便白傑做的計畫與自己想的有出入，白老爺也沒有干預太多。這是他們年輕人的事，他這個老頭子只要在後面幫襯一把就好。想起家裡添了新成員，老人笑得嘴角都合不攏。

「對了，麗莎上學的事你是怎麼處理的？昨天急急忙忙的，我也沒聽懂，正好你哥他們也在，跟大家說一下。」

白傑對麗莎的事還是很上心的，「麗莎提交了申請給學校。她中文說得不太好，我想讓她多在家適應一會兒，正好孩子也小，等一段時間，聽聽消息吧。」

白老爺對寶貝曾孫的福利很關注，聽見白傑這麼說，連連點頭，「可以，可以，先在家學中文，學好了再去上學也不遲。」

老頭巴不得麗莎留在家。麗莎在家就意味著小寶貝也在家，一想起小傢伙，白老爺就忍不住笑呵呵的。

丁浩在旁邊聽了半天，漸漸地有點分心，眼睛都歪到小寶貝那邊去了。

他原本還對小孩有點抵觸，可是自從幫小寶貝取完名字，丁浩倒是真心喜歡上孩子了。想到以後這小傢伙會喊自己爸爸，這感覺就是不一樣。

看著白老爺說了那麼多也沒說到自己身上，丁浩乾脆站起來，跟老爺子說要去找小寶貝玩，「爺爺，我去陪陪孩子可以嗎？」

白老爺答應了，不過鑒於丁浩平時毛毛躁躁的，他又不放心地多叮囑了幾句，「浩浩啊，小心點抱，別摔到他了！要托著屁股抱起來，知道嗎？」

丁浩做了一手托腦袋一手抱屁股的姿勢，「爺爺，我知道怎麼抱！您都說了好幾遍啦！」

小孩玩的地方特地鋪上了地毯，還用塑膠欄杆圍了一圈，裡頭擺著一個小木馬。麗莎正在和白露逗他玩，幫小寶貝吹了兩顆氣球，拿絲帶綁好、栓在小寶貝腰上，小孩一爬就能看到氣球跟在後面晃，可愛極了。

丁浩也去吹了氣球，吹得很大，嚇得白露拚命攆他走，「丁浩，停！停下來！要是汽球爆了，嚇到孩子怎麼辦啊！」

小寶貝不在意大人的舉動。他的魔術方塊剛才弄掉了，現在正繞著地毯找。能爬的地方就爬過去，不能爬的就扶著沙發自己走，低頭找得很認真，「方……方方……」

丁浩聽見了，也幫忙找。他站得高，看得遠，一下就看到了，拿起沙發上的魔術方塊遞給小孩，「寶貝，是這個嗎？」

小寶貝看著丁浩伸出手，「方方。」

丁浩覺得這孩子真不愧姓白，從小就知道節約用字，簡短回答，「叫個好爸爸，寶貝，就叫一聲啊。」

小寶貝看了看麗莎，麗莎鼓勵他，「這個是小爸爸喔，是寶貝的小爸爸呢！」

小寶貝平時沒這樣叫過，猶豫了半天都沒叫出來，眨著眼睛看著丁浩手裡的魔術方塊。

丁浩拿著魔術方塊不放，哄他到自己身邊，「寶貝，我們一起玩好不好？」

白露氣得鼻子都歪了，「丁浩，你要不要臉？小孩的東西你也搶？」

丁浩臉皮厚，壓根就沒聽進去，還對白露擺手，「妳懂什麼，這叫親子互動！」

儘管白露不想承認，但這親子互動還是發揮了一定的效果。看著小寶貝坐在丁浩懷裡小手抓大手，大手牽小手地玩魔術方塊，白露頭一回羨慕起臉皮厚的人。

小寶貝——如今取名叫白昊了——小白昊認真地看著丁浩左轉右轉，幫他把魔術方塊弄成五顏六色，然後接過來還原成整齊的六面單色，丁浩再弄亂，他再還原……兩人玩得很高興。

終於，有一個紅色的小方塊還原不了，小白昊舉著魔術方塊給丁浩，一臉渴望地看著他，希望小爸爸能幫他全部弄成單色。

丁浩接過來弄半天也沒成功，咳了一聲哄他，「寶貝，這個魔術方塊壞了……」

白露一巴掌就拍在丁浩腦袋上，怒目而視，「丁浩！你怎麼這樣教孩子啊！！」

丁浩抓了抓頭髮，也有點煩惱。他就弄不回去嘛……看到小白昊還在眼巴巴地等著，他只好想了個折衷的方法。

「寶貝，你閉上眼睛，閉上眼睛數到十就好了。」他又抬頭問麗莎，「他會數數嗎？」

白昊小朋友用行動證明了他會數數，他用小手捂住眼睛，轉過身去默默不動了。

麗莎和丁浩解釋了一下，「會數的，通常會在心裡默數。」

丁浩抓緊時間把那個紅的摳下來，換成對應的顏色裝上去，手腳俐落得讓白露目瞪口呆。

一到十數完了，小白昊轉過頭來，果然看到了一個六色整齊的魔術方塊。

丁浩一邊接受小白昊崇拜的目光，一邊摸著小孩的腦袋誇下海口，「寶貝，以後有事跟爸說啊！沒有我辦不到的事！」

麗莎在旁邊捂著嘴笑。

白露也站在後面抽了抽嘴角，「丁浩，你真有才，你怎麼不叫『丁有才』啊？」

丁浩還笑呵呵地推辭，「嘿嘿，客氣！客氣！」

白露對他的人品下限已經絕望了，捂著臉小聲嘆氣，「我真的不是在誇你……」

白老爺本想讓白斌先回去，留丁浩多住幾天。一來是常到丁家那邊看看，二來是跟小寶貝多多相處。丁浩想了想，他確實有點想家人，尤其是丁奶奶那邊，一直要他回去看看。

丁浩跟白斌商量了一下，那位只許諾了他五天的時間，還一本正經地告訴丁浩，「要儘快回來上班，知道嗎？」

丁浩揪著白斌的領帶湊近，抬頭親了他一口，「知道。」

兩人正親著，丁浩口袋裡的手機就響了。

看了一下名字，他連忙接起來，「喂，丁旭？」

打電話給丁浩的這位通常不會主動聯絡人，如果是他打電話來，那絕對是丁浩犯了什麼錯。電話那邊的語氣有點疲憊，肯定又留下來加班了，『丁浩，你們公司的報關單有些問題。』

丁浩跟這個人很熟，聽到他說了具體的事由，反而不緊張了，他現在做的可是正經買賣，「怎麼了？前幾天進口的東西不對？先說好，我可是守法良民，從不幹違法亂紀的事啊……」

丁旭在那邊笑了一聲，『行了，行了，不是貨物的問題，是你們自己填寫單據時用錯了單子。上個月換了新的報關單，你們用的是以前的，這邊無法輸入。』想了想，他又說，『這樣吧，你明天下午帶資料和印章過來一趟，我加班幫你弄好，不會耽誤到週一審核。』

丁浩聽到人家自願加班幫忙，也不好意思說自己在家裡，「好，那明天下午見，先謝謝你了。」掛了電話，丁浩把白斌的領帶理順，歎了口氣，「剛才白親了。」

白斌彈了他的額頭一下。對於丁浩要跟他回去，他心裡還是有幾分高興的，不過話到了嘴邊就變了調，「本來就應該這樣，你也是大人了，工作為重。」

丁旭是丁浩的老同學，兩人關係很微妙。

這個世界上，知道丁浩是重生的，估計只有丁旭一個人，因為丁旭跟他一樣也是重生回來的。兩人在一場連環車禍裡回到了二十年前，而那場車禍裡只死了兩個人——除了丁浩，跟著倒楣的就是丁旭，而且事件的最大肇事者就是當年的丁浩。

簡單來說，丁旭是被丁浩撞死的。

兩人在學生時期也吵過一段時間，不過丁旭同學拗不過丁浩的厚臉皮，還是「被迫」與他成為了朋友。其實在心裡，丁旭並不怎麼恨他，能回到二十年前，可以改變的事情實在太多了。

丁旭的父母因大型走私案件被查辦，身居要職的祖父為了保全兒子媳婦，引咎辭職，換來兒子幾十年的牢獄殘喘。丁旭親眼看著事情一步步變得無法挽回，無法收拾……他沒辦法力挽狂瀾，在那樣的紙醉金迷之下，他唯一能選擇的只有離開。

他跟肖良文一起離開了那裡。再之後，讀書、上學，畢業後參加國考，在填報崗位的時候毫不猶豫地選了海關。他希望能為祖父帶來一點希望，哪怕只是在祖父曾經工作過的地方默默無聞地做一些小事。

就這樣，丁旭被分配到了D市海關。

D市的港口正在擴大建設，以前的工作主要是陸路關口。丁旭是新人，在幾個陸路關口學完之後，就被調回了海關，跟著一個前輩繼續學習。

海關的人手向來很少，一共十五個人，分配了一棟十五層樓的大樓給他們。他們用不了這麼多房間，大部分的就租出去了。

丁浩租的辦公室就在丁旭部門所在的那棟大樓裡。

別看外面很氣派，其實裡面要求很多，每一項都讓丁浩深深懊悔，他當初怎麼就死要面子，選擇租下這裡當辦公室？在大樓內的工作人員都必須身著正裝不用說，竟然還會定期檢查環境衛生，還要打分數？更可惡的是，這是由關長老頭親自帶人來看，後面站著幾個戴白手套的，一個個摸牆角、摸桌面，不乾淨就扣分。

遠鴻公司的員工，一個個都被總經理丁浩帶到自由慣了，初來乍到，愣是一個月就把一年的分數都扣光了。要是再扣下去，不但會被趕出大樓，就連以後進出口遞單都會是黑名單，加強檢查，最後還是遠鴻的全體工作人員，人手一塊抹布解決的。

所以，丁浩很少往辦公室跑，有什麼事也會約客戶在外面解決。
丁浩下了飛機，直接去丁旭那裡。丁旭正在報關大廳裡等著，看見他來了，直接讓丁浩帶著資料過來簽章，「這幾份要重新複印卡章，我記得上個月跟你說過要換單子了吧？」
丁浩有點不好意思，「我回去就問問是怎麼回事，下面的人辦事太不俐落了。」
他剛要拿資料去複印，旁邊一個人就接過去，「我來吧。」
丁浩這才發現旁邊還坐著一個人，五官長得不錯，就是太黑了。
這個下午，只有丁旭一個人在這裡加班，也沒開大燈，光線不亮的情況下還真是不容易看見。
「肖良文？你又曬黑了吧，你在這裡半天，我都沒看見，哈哈！」
肖良文對他點點頭，「是出去了一趟，剛回來。」
他拿走丁浩手裡的資料，又跟丁旭確認了哪幾份需要複印，看樣子只是想多跟丁旭說幾句話。
丁浩看肖良文跟大型忠犬一樣，老老實實地不敢碰丁旭一下，只認真地看著他、聽他說話，就覺得這個人真不容易。當年，白斌學打拳時認識了肖良文，那個時候丁旭就跟肖良文在一起了吧，這麼多年來，這兩人的關係糾纏不清，如今他也不知道是好是壞。
要說好嘛，兩人在外面從沒有過多接觸，能讓肖良文陪自己加班大概就是丁旭最大的讓步了，但是說壞嘛，偏偏又住在一起好幾年了，怎麼樣也不分開。
丁浩看他們不怎麼說話，也不好開口說笑。
肖良文問完了，直起身子，還是不捨得走，又難得地問了丁浩一句，「白斌最近忙嗎？」
丁浩知道他是在好奇為什麼白斌沒來。

也不怪肖良文好奇，他平時都跟白斌形影不離的，恨不得黏在一起，所以連忙跟他解釋，「我們出去了一趟，剛下飛機。白斌先回去……收拾東西了。」丁浩把「做飯」兩字勉強改口，又笑呵呵地替白斌邀請他，「最近是有點忙，過這陣子就好了。他那天還問起你了，說有個拳擊俱樂部不錯，改天要約你去玩！」

肖良文有點心不在焉，眼神明顯老是往丁旭那邊瞟，看到丁旭沒在意他，他眼光暗了一下，連回答丁浩的邀請都有點敷衍，「改天吧，等你們忙完了再說。」

丁浩被這兩人之間的詭異氣氛弄得有點好奇，這兩位不知道又在吵什麼了。但這兩人平時都是不喜歡吐露心事的人，丁浩也只能老老實實地坐在旁邊，閒著無聊就看著丁旭理單。

丁旭做事很俐落，一手輸入報關單號，一手整理分類。他做事的時候很認真，這樣一個本就嚴謹的人一旦認真起來，很讓人著迷。

丁浩看著他一身藍黑色的制服、小肩章及不苟言笑的清俊臉頰，忽然覺得這個人還是適合穿制服，真他媽的性感。尤其是那雙修長的手，骨節分明卻不單薄，一抬腕，一轉動，就讓人的眼睛不由自主地跟著他動作。

丁浩托著下巴，轉了轉自己的手。好像也不難看，但就是沒有丁旭的那種「正經人」的味道。

丁旭就算是木頭人，被他盯著看了半天也覺得不舒服，試著提醒他，「你可以打電話去問問是什麼原因，如果是新單子還沒到，先來這邊領一些也可以。」

丁浩點頭答應，連忙出去打了通電話，問問情況。

原來是丁浩這次進的貨物，其中有一部分是德國的二手酒店裝修材料，主要是看中了那裡面的黃銅製品比國內的便宜許多。最近對二手物品的進口又管制得很嚴格，公司的人都去跑這塊的公文了，事情又正好都卡在這個月，一時就忘了換單子。

業務部的小夥子很愧疚，『老大，我們錯了，下次絕對不會這樣了！再這樣……再這樣我就去幫您擦辦公室！我用手幫您擦到發亮！』

丁浩笑了，「別說了，你先把你們那兩間辦公室整理好吧。人家都告狀到我這裡來了，說你們在辦公室抽菸，還啟動了火警警報器？」

那位也很委屈，『老大，您不知道，這棟大樓的火警措施做得太到位了，一個辦公室裡超過兩人以上抽菸，它就吱哇亂響……我們不是在趕新區的設計方案嗎？就忘了，嘿嘿……』

丁浩口頭叮囑了他們幾句，讓他們以後小心一些，下不為例。他找的都是年輕人，大家平時相處起來像朋友一樣，也就不多要求了。

他問清了原因，也想跟丁旭說一聲，又轉身進去大廳，「丁旭，我跟你說，我們那邊有拿新單子了！這次是不小心忘了換，不好意思啊，我保證……」

他還沒靠近，丁旭那邊就有個影子站起來了。丁旭手邊的一疊單據也掉到了地上，正蹲在那裡撿。

丁浩有點疑惑，也不繞遠路進去了，扶著報關的櫃檯往裡面看了一眼，嘴上還在嘟囔之前的話，「我保證沒有下次了……咳，丁旭啊，我們這次真的對不起，給你們添麻煩了，抱歉抱歉啊……」

他一邊說一邊探頭往裡面看。丁浩的好奇心被挑起來了，剛才肖良文對丁旭做什麼了，怎麼他一來就嚇得往桌子底下鑽？

丁旭蹲在桌子底下撿資料，半天不出來，只聽見他說嗯了幾聲。

丁浩更好奇了，他們到底做了什麼？

他越是趴在那裡不走，丁旭越是不起來，十幾本釘起來的單子來回撿個沒完。

肖良文看不下去了，委婉地提醒他，「天不早了，白斌還在家等你吧。」

這句話翻譯過來就是，丁浩，你怎麼還不回家！

丁浩抬頭看了肖良文一眼。那位的五官沒有青腫，嘴巴也沒破皮，看起來不像剛親熱過啊。

「我再等一下。」他又把注意力轉移到丁旭身上，「資料都弄好了嗎？還有需要我幫忙的嗎？」

丁旭也不好意思再蹲在下面了，抱著單子站起來，咳了一聲，「丁浩，這裡沒你的事了，剩下的我會弄好……」

丁浩終於如願以償地看到丁旭的臉了，除了臉頰紅了點，也看不出什麼。

他嘴裡不忘答應下來，「好好，太麻煩你了！」

丁浩又不死心地看了一眼，確定看不出什麼來，才收拾印章走人，「丁旭，今天很晚了，先不打擾了，改天請你們吃飯！之後見啊！」

丁旭一直板著臉，等到丁浩那個流氓走了才回頭瞪肖良文，「你就這麼急？」

丁旭話說得不嚴厲，可是肖良文也不敢再靠近了，猶豫再三，還是遞出了紙巾，「丁旭，嘴巴還痛嗎？」

丁旭也不接過來，看著他扯了個笑，「剛才咬的時候怎麼不想想？」

他的動作有點大，一直合攏的嘴唇內側流出血，順著下唇流下細細的一絲，浸潤得更是妖豔。

肖良文的喉嚨有點發乾，眼神更離不開丁旭的唇，「我、我不是故意的。」

他看著丁旭用舌尖舔掉血，不知道是被血滋潤過還是舌尖沾濕了，那個人整天抿直的雙唇此刻看起來格外性感。

丁旭皺起眉頭。剛才沒發覺，現在舔了一下才覺得咬得有點大力，可能下唇都有點破皮了。

看見肖良文還是不肯離開，也不敢過來，他歎了口氣，關掉電腦。

「真的……非得在這裡不可？」

肖良文心裡雀躍起來，眨了眨眼睛，看著丁旭還是有點緊張，「你答應過我的。」

這麼大的人了，做起這個緊張的動作倒是很可愛，像在期待主人的獎賞。或許是怕丁旭誤會他剛才的急躁，他還再三跟他解釋，「因為之前你一直在忙……而且，我出差了一個星期。丁旭，你答應過我的，你說等我回來，可以……」

丁旭收拾好剩餘的報關單，拔下電腦上的識別證放進抽屜裡，「知道了，去我辦公室吧。」

丁旭有一種在飼養大型狼犬的錯覺，這個人從一關上門，就隱藏不住衣服下的獸性。

那不是粗魯，是一種說不出的急躁……急著想要佔領或留下自己的氣味，宣誓配偶的權利。

——這個人是……我的！

丁旭從他粗魯的動作，幾乎能讀出這句話。制服已經被扯了下來，接著襯衫、領帶、腰帶無一倖免，唯一被溫柔對待的只有丁旭本身。

肖良文抱著他，將人放在辦公室的沙發上，整個人壓上去。黑色的皮質沙發與人的膚色形成鮮明對比，黑白分明，柔軟的觸感、溫暖的肌膚，肖良文覺得他一碰到丁旭，就會徹底淪陷。

辦公室裡沒有開燈，只能透過大片的玻璃門隱約透一點光進來。

肖良文覆在丁旭身上，小心地親吻著，從眼角眉梢到高挺的鼻梁，直到渴望已久的紅潤雙唇。

可是，嘴唇還沒碰到就被丁旭推開了。他再次接近，依舊被推開，甚至用了一點力。

「做事之前要想清楚後果。」

黑暗中，那個人這麼說。

肖良文遲疑了，只是沉默地伸出雙臂將他抱住，仔細地感受微涼的軀體，還有胸口處的有力跳動，「丁旭，對不起，我之前不該……在大廳親你。」

懷裡的人掙扎了一下，試圖推開他，從沙發上離開，聲音也變得如體溫一般微涼，「如果你只為這個道歉，我們今天還是不要做了。」

肖良文抱得更緊了，手環住他的腰身，嘴唇也貼在他的耳側不肯離開，「別走，丁旭別走……！」

丁旭伸手去推他的腦袋，語氣有點凶，「道歉！」

肖良文不曉得他知道了多少，因此猶豫了一下，但只是這一下就被敲了腦袋。

他這次不敢猶豫了，「對不起，我不該回X市。不過我發誓，我沒有再碰那個東西了，真的！」

他抵著丁旭的額頭，認真地看著他，「我不會再回那個泥潭裡了，丁旭，我要留在這裡好好跟你過日子。」

丁旭還想說什麼，嘴上就被那個人使勁咬了一口，很疼，但是也很甜。

丁旭生起氣來喜歡眯著眼睛，看起來格外狹長。有微微水光從垂下來的眼眸中散出，撓得人心癢癢。不過人漂亮，嘴裡說的話卻很冷硬，「我管你去死！」

如果真的不管，就不會抱這麼緊了吧？

肖良文不敢告訴丁旭，他抱著他脖子的手有多緊，也趁機多享受了一會兒丁旭的在乎。

肖良文在他脖頸間蹭了一下，還是說出了全部的實話，「丁旭，我聽說有一批貨可能要北上，我不知道具體數量，不過聽他們說是那個東西。」

有一種東西天生就要走私，那就是毒品。毒品分為很多種，從初期製作的麻黃草，到冰毒、K粉、搖頭丸，以及高純度的海洛因，這些都是丁旭不願意再回想的過去。

以前的肖良文混入黑道，勢必會接觸這些。每個人都有每個人的活法，丁旭並不強求，如果不是他在生命垂危之際被肖良文送去醫院，如果不是他眼睜睜地看著肖良文對自己做的努力，以及最後賜予自己的死亡……丁旭不會相信「愛」這個字。

就是因為「愛」，肖良文曾硬幫他延續了三個月的生命。也許是不忍心再讓他失去最後的驕傲，肖良文親手掐斷了輸送液體、維持生命的來源……直到生命的最後一刻，這個男人也是懂他的。

這一生再次遇見肖良文，或者說是他自己主動去找他時，丁旭在心裡告訴自己，如果改變不了一切，那就改變這個人，只有他可以是自己的，不是嗎？

「肖良文，你為什麼要回去？」

肖良文聽著身下人小聲地說話，覺得那個人抱著自己的手又更緊了，甚至在自己的懷裡輕輕發抖。

他不會安慰人，只能伸出手圈住那個人，安撫地順著他的背，「我不會再回去了，那裡已經沒有我的朋友了。」

丁旭抱著他。這個人跟自己不同，不但身體的溫度比自己更高，似乎連心也更熱一些。肖良文不會回避所有問題，不會遺忘自己的屈辱，同樣的，即使是當年的朋友，他也不會拋下不管。

丁旭忽然想起當年有個人跟他說的話。那個人好像說——不是肖良文阻擋了他丁旭的前程，而是他……阻礙了肖良文的腳步。

他們，真是互相牽絆了一生。

丁旭順著肖良文的額頭往下描繪眉骨，那裡原先有一個刀疤，現在沒有了。手指滑到肩骨，那裡曾經有子彈碎片擦過的疤痕，如今也沒有了。再往下，滑過完好的胸膛、健美的小腹……丁旭用手握住那裡，眼睛也看著肖良文不移開，慢慢地開始上下套弄。

肖良文的喉結滾動了一下，滾燙的身體繃著，生怕一不小心再次衝動。看到丁旭的動作輕緩，他忍不住又湊上去親吻他。

起初只敢輕吻，之後慢慢地將唇含住，肖良文壓制住自己內心想大力吮吸的迫切，小心地舔了丁旭唇上的傷口。

這是他之前急著品嘗才撞破的，他用唇蹭了蹭傷口，再度喃喃地跟丁旭道歉，「對不起……」回應他的是手指的滑動，以及探過來的柔軟舌頭。

「閉嘴。」

肖良文盡力克制自己，還是受不了誘惑，捲舔上那柔軟的小舌，糾纏攪動，狠狠地咽了一口口水。他的眼睛在昏暗的房間裡閃閃發亮，「丁旭，我想要你。」

丁旭看著他，慢慢放開手裡的勃發。

進去的時候有點吃力，丁旭的身體一直很不適應做這種事，全身都繃得緊緊的，下面更是絞著不放開。

肖良文試著動了一下，並沒有液體流出來的感覺，似乎沒有再出血了，但還是有些不安地叫了他一聲，「丁旭？」

環著他脖子的人哼了一聲，並沒有說什麼，只是手在他背上抓著不放。若是頂得太用力，那個人也毫不客氣地把這種力道還到他背上，讓他分享到疼痛。

熬過起初的不適，下面變得鬆軟了一些，再動作起來，便能聽到丁旭抱著他的脖子低聲喘息，既壓抑，又灼熱……

肖良文，如果這樣就能保你平安、免受傷害，那我們不妨再次牽絆一生……

「丁旭，我愛你。」

最後的意亂情迷之際，丁旭只覺得那人一寸寸地向下壓進來，埋首在他脖頸處，固執地留下自己的痕跡。

無論是心靈還是肉體，反正都已經給他了，對將共處一生的人，再寵愛他一點也無所謂吧……

這麼想著，丁旭也湊近那個猶在自己胸前喘息的人耳邊，說出了同樣的三個字。

天很黑，看不清他的表情，丁旭只模糊地覺得他在笑，連聲音都帶著平時難得的歡快，「丁旭？

再……再……一次吧？」

丁旭皺起眉，再一次什麼？那種話他是不會再輕易說出口的。剛這麼想著，停留在身體內部的東西已經開始蠢蠢欲動了，丁旭急了，惡狠狠地在他背上抓了一下，「肖良文！你……你不要太過分！」

「丁旭，我愛你。」

「說那些沒用！肖良文你給我下來！！」

丁浩早就猜到了肖良文做不出什麼好事，但也沒猜到他們會在辦公室裡來一發。要是知道，別說丁旭那個好面子的了，就算是他，也從來不曾在白斌的辦公室做這種事！咳，他都是在辦公室裡的隔間裡……好歹隔著一層門，有張床緩解一下尷尬的氣氛不是嗎？

丁浩到家時都傍晚了，正是天黑得最快的時候。家裡的窗簾提前拉上了，開著大燈，照得整個屋子都是暖暖的橘色。

「浩浩？」白斌聽見開門的聲音，在裡面問了一句，聽見他應聲又叫他先吃點心，「怎麼這麼晚回來？餐桌上有牛奶和酥餅，你先吃一點。我熱一下菜，馬上就好……」

廚房裡跟餐廳之間有個玻璃的推拉門，隱約能看見白斌圍著圍裙，正在炒菜，滋啦滋啦的煎炸聲在抽油煙機的遮掩之下還是很清晰，連鍋鏟的聲音都能隱隱聽到。

丁浩的鼻子動了動，聞著一陣飯菜的香味，覺得「家」這個詞用在這裡真是沒錯。他跑過去拉開門，也不管油煙熏髒了衣裳，直接膩在白斌後面，抱著不放手，「今天吃什麼好吃的啊？」

白斌讓他離遠一點，生怕油濺到他身上，「紅燒肉、杭椒牛柳、蝦仁辣白菜，還有砂鍋豆腐，你中午不是說在飛機上沒吃飽，要回來吃肉嗎？」

丁浩對一桌的肉菜十分滿意，貼著白斌蹭來蹭去，「白斌，你真好！」

白斌一邊手腳俐落地把菜倒進盤子裡，一邊鬧他，「你可別把口水抹在我身上啊，貪吃貓……」

丁浩不服氣，在後面哼了兩句，「口水怎麼了……你吃最多的不就是……嘛……」

白斌聽見了，回頭親了他一下，「再惹事就先吃你啊。」

丁浩的肚子餓得咕嚕叫，白斌也只口頭上懲罰了一下這個愛惹事的人，陪他溫暖地吃了頓飯。

白斌不放心丁浩，趁著吃飯，又問了他關於公司的事情，「沒什麼問題吧？」

丁浩正在吃紅燒肉，白斌燉了很久，連肉帶皮都燉得爛爛的，沾上濃郁香甜的醬汁，好吃到丁浩直咂舌。

聽見白斌問他，丁浩這才勉強在嘴裡騰出一點地方，含糊不清地說，「沒事，是他們粗心忘了換單子，人家丁旭好心怕耽誤我們工作，加班幫我們弄好了……」他也幫白斌夾了一塊，還附贈上一勺湯汁拌飯，「嘗嘗，這樣很好吃！」

白斌吃東西也是一板一眼的，食物都是單獨入口，但也不挑，給什麼就吃什麼。他就著丁浩的勺子吃了一口，嘗到那甜兮兮的味道又皺了眉，「下次要少放點糖。」

丁浩連忙護住湯匙，「不行，不放糖就不好吃了！」

白斌對食物要求不高，要不是這些年有丁浩在旁邊挑嘴，他也不會這麼講究。話說回來，也是多虧丁浩，他才練就了這麼一手好廚藝。就拿今天來說，要是丁浩不回來，晚飯估計隨便吃一個蛋炒飯就解決了，哪能把食物的調味和均衡健康的關係研究得這麼透徹呢！

丁浩岔開了幾句話，沒一會兒白斌又繞回來了，「浩浩，公司的事情挺麻煩的吧？」

丁浩點了點頭，他又沒從商過，完全是自己摸索，要不是知道一點未來的發展趨勢，投資的又都是固定資產，早就賠錢了。

白斌看著他不說話了。以前丁浩還在上大學的時候，他工作回來，丁浩都會纏著他親熱一下，還送茶給他、陪看文件，如今丁浩也上班了，兩人幾乎對調了身分。

白斌的工作只是在基層鍛煉，學習處事方法，那是在熬資歷，為以後做準備的時間很充裕，就算忙也不會耽誤到正常的休息。可丁浩不同，他是在商場上衝鋒，不見硝煙的戰場更是無情，你要是站不穩，人家就會踩著你過去，丁浩為此付出了很多努力。

白斌經常能看見丁浩半夜還在書房翻書、學東西，看著他頂著兩個黑眼圈，還笑呵呵地說「沒事，快適應了」，說他不心疼是假的。但看到丁浩說得那麼認真，到嘴邊的勸說又忍不住收回去。

男人都不希望是弱者，他不能再這麼一絲不漏地護著丁浩。家裡的小貓長大了，有權利去外面的世界看看，總不能讓他以自己為中心活著。

這是丁浩自己選的路，白斌能做的只是在背後盡自己所能地照顧他，在丁浩需要的時候，摸摸他的腦袋說句鼓勵的話。

親手放自己養大的小貓出去，這種滋味真的很不好受。白斌對丁浩在外工作有種莫名的憂慮，他有時候甚至會想，丁浩外出會不會受傷，會不會餓肚子……他看著丁浩長大，丁浩離開越久，這種感覺也會越強烈。

丁旭的事情是一個引子，這樣剛下飛機就忙得團團轉，白斌敢發誓，丁浩這半個下午肯定連一杯水都沒喝。丁浩一直被他細心地養著，這樣的工作……真的適合丁浩嗎？就像丁浩媽媽那次不經意說起的：丁浩原先也不希望多有出息，如今一個人經營公司，很累吧？

他看丁浩很晚回來，大口大口扒飯吃的樣子又有點心疼，幫他倒了一杯水放在一旁，「浩浩，公司現在人多，做起事來可不是鬧著玩的，要不要先去別的公司學學，再自己出來做啊？」

丁浩接過水杯喝了一口，白斌這番話要是在以前說，他一定會以為他是在看不起人，可是現在說出來倒是有幾分理解。

丁浩覺得白斌為他緊張的樣子很可愛，就連板著的臉、皺起來的眉頭都很可愛，站起來弓身親了他一下，「白斌，你真是比我爸還嘮叨，我以後叫你爸好了……」

那位果然又板起臉來，語氣嚴肅，可是眉頭不皺著了，「又胡鬧。」

丁浩看他一副要開始說教的模樣，立刻雙手舉起來做投降狀，不等他開口就接話，「我知道，我知道，撐不下去就跟你說嘛！白斌，你就讓我試試吧，我現在做得還可以，保證不賠……不會賠光錢！嘿嘿！」

白斌聽到他說的話，也笑了，再嚴肅的話題也贏不過他這個活寶，「不是錢的事，你不喜歡可以說，就算是經商也有很多選擇，我們挑一個你最喜歡的就是了。」

看丁浩吃飽了，白斌拉著他的手讓他靠著自己坐下，握了半天還是問了出來：

「浩浩，你想不想繼續上學？」

丁浩看著他不說話了。

白斌又跟他解釋了一下，「我不是在逼你上學，學校裡也有研究所，也有和公司合辦的專案，白傑他們就是在跟校方合作。我就是想，學校的環境怎麼說也比較……比較不複雜，挺適合你的。D市這邊是有幾個不錯的學校，對了，我前兩天還……」

丁浩一直看著他不吭聲，白斌也不好再說下去，試著問他，「不喜歡去學校嗎？」

丁浩挑了一下眉，「白斌，你是不是很擔心？」

白斌愣了一下，不過馬上搖頭，「沒有。」

丁浩笑了，眼睛還盯著白斌的臉，「少來，你肯定很擔心！我剛才吃肉沒擦嘴就親了你，那麼大一個印子，你頂著半天都沒擦掉，哈哈哈！」這位太壞了，笑到眼淚都出來了，還不許白斌抹掉，還湊近繼續逼問他，「白斌，你說啊，你是不是很擔心……我？」

最後這句帶著一點勾人的味道，語調微微上揚，連眼睛都是。

白斌看了他一會兒，乾脆抱起來進了臥室。他得讓這個磨人精知道，他到底有多擔心他！

白斌的建議並不只是說說就算了，跟丁浩詳細地談過後，他看丁浩也沒多反對，乾脆著手幫他尋找可以合作的學校。白斌覺得，還是讓丁浩在自己眼前好，正好開發區要籌建新學校，D市對這塊很重視，有意引進一些好大學，創造好的人文環境。

學校能帶動一個地區周邊的發展步伐，而且市裡現在又在整頓精神文明，能引進一所好大學，對地方政績也有所幫助。

白斌從幾個大學的參考名單中，一眼看中了Z大。Z大是知名學府，又是他跟丁浩的母校，如果Z大過來這邊辦分校，丁浩肯定也會很樂意再次踏入校園。

這麼想著，白斌著手辦起這件事。地方上，做事都是下條文比做的事多，一件事要幾個部門來回跑。白斌加大力度，硬是把這個項目的進度推進到比原先快了一年多。

期間，白傑已經在D市站穩了腳步，逐漸開發了幾項專利產品，走的是技術出口路線。從國外買進便宜材料，國內生產再加工，再通過國外行銷商中轉，將初期的技術投入回報進行對比，並不斷地調整自己的工作方案。

白傑擁有敏銳的商業嗅覺，覺察到風向之後，他逐漸改變之前做生物技術的想法。國內目前是重工業發展的好時機，不少機械加工、製造技術正在逐步完善和成熟，尤其是D市的機械製造，更是國內首屈一指的。但製造得再熟練，學得再好，也不過是不停重複買來的技術。要真正提高附加產值，就必須把自己的專利技術抓起來。

和人打交道的同時，他還提出了對老工人創新技術的獎勵措施。如果一條河你走了一百遍，那你肯定熟知它的一切。如何更節省資源，創造出更好的效益，往往都出自這些平凡而偉大的人。

白傑永遠都記得，那個老工人親手做的磨砂輪，只是一個單面的粗陶瓷磨砂輪，卻節省了從國外定期進口高級零件的大筆金額。這麼一個小東西，完全發揮了之前進口零件的作用，雖然更換得速度比之前還快一些，但比起進口的費用，那真是不值一提。

大家都知道不能再為別人打工，可是真正能有自己的技術，敢用自己的技術的還是少數。跟白傑一起合作的教授說過，如果能真的拿出百分之三的利潤來研發技術，下一步取得的成果將遠不止這些。

白傑問他，「如果拿出百分之三十呢？」

那個教授笑了，向白傑伸出手握了一下，「那麼，你永遠不會吃虧。」

身為一個好的商人，做的就是從不吃虧的買賣。白傑徵詢母親的同意，在D市從外貿加工做起，有重點地發展機械深加工，逐步展開了自己商業王國的第一步。

白傑投資的方向確定了，而麗莎為了能與白傑在一起，方便照顧他和寶寶，也來到D市上學。她學的是中醫，一半是因為好奇中國的醫術，一半是因為白傑。白傑的身體好了許多，但春秋這種容易生病的季節，耐不住家裡一遍遍地打電話來提醒，依舊保留了吃中藥的習慣。

麗莎幫白傑熬制過中藥，學起來還有模有樣的，學著學著經常高呼神奇的中國、美妙的中藥……

白書記夫婦本來還擔心這兩個孩子在外地，家庭事業會無法兼顧，但這樣一看也慢慢放心了。因為白傑在國外生活多年，加上麗莎是外國媳婦，白書記夫婦擔心他們剛去那邊對周圍環境不熟悉，特意叮囑他們有事情，就去找同在D市的哥哥白斌。

白斌跟家裡攤牌之後，白書記夫婦對他跟丁浩的事一直保持一種很微妙的平衡，既不破壞，也不贊成。如今看到白斌、丁浩兩人的感情穩定，他也慢慢開始將丁浩當成了自家人。麗莎去D市的時候，白媽媽還特意打電話給丁浩，讓他多照顧一下麗莎。

丁浩接起來的時候還有點緊張，張口就喊了一句，「我知道了，媽！」

聽到那邊一陣沉默，丁浩恨不得打自己一耳光，臉上也臊得火辣。他自己在肚子裡練習了太多遍，一順口就說出來了！

正想再解釋一下時，那邊反應過來了，試著輕聲應了一下，『嗯！那好，浩浩啊……反正你在那邊多照顧你弟弟一家啊。』

丁浩的臉一直發燙到掛斷電話。

白斌坐在旁邊聽著，臉上的笑容沒斷過。看到丁浩臉紅得跟猴屁股一樣，他抱過他，用手背去冰敷，「怎麼了？你每天晚上跟我說『我媽』、『我爸』也沒見過你害羞，現在叫一聲就臉紅了？」

丁浩按著那放在臉上的手，瞪了他一眼，「練習……練習能跟實戰一樣嗎！我還沒做好準備！」

白斌抱著他，蹭了蹭他的臉頰，笑得眼睛都彎了，「你剛才都喊了，還叫沒準備啊？」

丁浩怒了，「我、我心理沒準備！！」

白斌按著惱羞成怒的人親了兩口，拍著他的背安慰他，「好了好了，我不是也叫丁叔、丁姨為爸媽了嗎？都兩年多了，你也沒見過他們反對，不是嗎？」

丁浩有點無語，白斌這傢伙就這時候臉皮厚。當初他們剛跟家裡說要在一起，隔天白斌就立刻提了東西去他家，一口一聲爸媽，把丁遠邊叫到紅了臉。要答應也不是，不答應也不是，在自己家被弄得手足無措，最後還是丁媽媽大方地應了一聲，白斌的稱呼就從此延續了下來。

在丁奶奶那裡更是這樣，一口一聲奶奶，叫得比他還親。就連丁奶奶家養的九官鳥豆豆，這混蛋小東西最近也學到了白斌的聲音，一板一眼地模仿，「奶奶，您要喝水嗎？」、「奶奶，賣炒蠶豆的來了，您來點……？」

聽聽！這隻破鳥連牠最愛吃的炒蠶豆都換成了白斌的聲調！！他都不學那個賣炒豆的老頭說話了！

丁浩想著想著，被自己氣笑了，伸手去摸白斌的臉，「白斌，其實你的臉皮比我厚吧？來，我摸摸！」

白斌抱著他，任由他在懷裡鬧。看到丁浩笑起來左邊有一個淺淺的酒窩，就連說話都若隱若現的，白斌忍不住低頭在上面咬了一口，「這叫『近墨者黑』。」

丁浩不服氣，立刻回了一聲，「呸！你怎麼不說『近朱者赤』啊？」

白斌沒回答，托著他後腦勺就親了上去。他想起昨晚，丁浩在澄黃的燈光下也是這麼有精神，左邊的那個酒窩笑起來總是勾得他心癢癢。

「浩浩，你喊了我媽一聲，下次是不是該叫我了？」

丁浩歪在他懷裡呼呼喘氣，被親到還沒緩過來，就順著中了圈套，「叫你什麼啊？」

白斌蹭了蹭他的鼻子，頭一回說話有點油膩，「就叫我……」

他貼著丁浩的耳朵嘀咕了幾句，原本還賴在自己懷裡的小貓頓時炸了毛，伸出爪子又紅了臉，「去你的！！誰……誰要叫你……」

白斌也不急，依舊笑咪咪地握住他的手。

丁浩的手指上空蕩蕩的，沒有任何標記，也許下一次，他該給小貓戴上一個刻有自己名字的東西，捆綁住他一生。

白斌親了親丁浩的額頭，像是在許諾，「那，下次吧。」

不管怎麼說，丁浩好歹也正式向前踏了一步，跟白斌家裡的關係更融洽了。這從白書記夫婦從外地寄過來的禮包就能看出來，給白斌、白傑兄弟的那份明顯不如給丁浩、麗莎的大，白書記夫婦著實是疼愛自家媳婦的。

郵寄包裹來的時候，白書記總是習慣性地寫上一封家書，叮囑白家兄弟工作等事，同時關心丁浩、麗莎要照顧自己身體，不要太忙於學業。每每最後一句都是：如有困難，就去找你哥哥幫你，一家人，本就是應該的。

這句話麗莎反覆讀了再讀，確定真的不是什麼客套的話，因為白傑也跟她說了，「有困難，就去找我哥。」

初來Ｄ市，白傑夫妻兩人一個創立公司、一個忙著去中醫院，要帶小寶貝確實有點困難。麗莎拿著白書記的家書，在白傑的指點下找上門去。她按響了哥哥家的門鈴，對來開門的丁浩舉起了小寶貝，「丁浩，兒子！」

母子倆大的笑咪咪，小的一臉茫然，倒是都看著丁浩。

麗莎的中文不太靈光，這句話一說出來，讓人忍不住想歪。丁浩連忙接過她舉起來的小寶貝，一邊哄小孩一邊跟麗莎說，「我說麗莎，中文可不是這麼說的，妳得加點別的詞進去，妳這樣說出去很容易讓人誤會，妳得說『丁浩，我的兒子』……啊呸！！」

丁浩都被自己繞暈了，抱著小寶貝仔細整理了一下語句，又開口，「妳就說，『丁浩你看，這是我兒子』，再客氣一點，還得加句，『我們過來看看你』什麼的，知道嗎？」

麗莎已經被他繞暈了，「丁浩你看……看來，是我兒子？」

丁浩鬱悶了，「我是妳妹！」

這句麗莎聽懂了，立刻了悟地連說ＯＫ，但轉眼又暈了，「你妹？白露？？白露不在這裡的。」

這個傻妞還探頭到屋裡找，丁浩都被她氣笑了。

白斌聽他們在門口說話，也過來看了看小寶貝，招呼她們進來，「麗莎來了？快進來坐吧。」

麗莎揹了一個挺大的背包，丁浩幫忙接過來，掂了掂，還滿重的，因此有點好奇地問，「這是什麼？麗莎，妳又做烤餅了？」

麗莎平時喜歡做些小點心送來給他們，不過這次可不是來送點心的。

麗莎把小寶貝放在沙發上，打開背包向丁浩他們展示，「不是的，這個是小寶貝的。喏，你看，奶瓶、小碗、外套……都是小寶貝的喔！」

丁浩在沙發上逗小孩玩，看見麗莎舉著手裡的小衣服展示，也笑了，「這當然看得出來是小寶貝的啊，麗莎，這是妳剛才去買的？」

他以為麗莎是順路來看他們，沒多想。

「是啊，剛買的！」麗莎把手裡的一大袋東西交到丁浩手裡，還是笑咪咪的，「丁浩，不要客氣，都是給你的！」

丁浩有點愣住，這怎麼又變成是送給他的了？

「麗莎，這些我可用不到……」他話還沒說完，就看見麗莎也把小寶貝往他這邊推。

丁浩眨了眨眼，「這個也給我？」

麗莎高興地點了點頭，「對對！都是給你的！」又重點補充了幾句，「丁浩，收下幾天，再還給我喔！」

丁浩這次聽懂了，麗莎是來請他幫忙帶孩子的。

他抱著小寶貝，在懷裡逗了兩下，「好啊，妳要忙就把寶貝放在這裡，反正我最近也沒有什麼工作，就幫妳帶吧。」想到麗莎會把一句話分幾次說完，丁浩又跟她笑鬧幾句，「麗莎啊，妳的中文水準有待加強，上課能做好課堂筆記嗎？」

麗莎用手比劃，跟丁浩解釋清楚。原來白傑幫她準備了一個小的錄音機，上課時有不懂的就錄下來，回家他會幫她整理。白家兄弟都是同一個性子，對自己人體貼入微，白傑知道麗莎學得慢，錄下之後不但幫忙解說，還順便當起家庭教師，從讀到寫，教得十分耐心。

麗莎這次來也是為了學業。她的功課有點緊張了，再加上語言這塊大難題，上課越發困難。偏偏小寶貝還需要人照顧，下課回來就陪著小寶貝，等到他睡了才去忙功課，麗莎有點撐不住了。眼看就要跟不上進度了，她也只能來向大哥家求助了。

「只要幾天就好，等找到合適的保姆，小寶貝就可以在家裡了！」

白斌對她擺擺手，「沒有必要這麼著急，先放在這裡吧。」

丁浩已經和小寶貝玩起來了，還逗得小孩咯咯笑了兩聲。

麗莎看到小寶貝不怕生，也放心了，「丁浩，要注意的事我都寫在這張紙上了，記得看喔！」她過去親了小寶貝一下，「寶貝，媽媽先回家，過幾天再來接你回去喔！你在這裡乖乖的，聽小爸爸的話，好不好？」

小寶貝唔了一聲，抬頭看看丁浩又看看麗莎，「好。」

丁浩沒想到小寶貝這麼順從，要是他小時候，還不先打滾、哭鬧一頓？他看著沒什麼表情的小臉就笑了笑，湊過去使勁親了一口，大大誇獎了一番，「真是好孩子！」

麗莎又仔細地解說了一遍如何照顧小寶貝，中文依舊結結巴巴的，白斌拿著那張紙對照著，勉強聽懂了。

麗莎看到白斌那麼認真，也就放心了，在門口跟小寶貝揮手告別，熱情地飛了一個吻，「寶貝！跟媽媽說再見！」

小寶貝也把手舉到嘴邊飛了一個吻，聲音挺響，就是表情依舊沒什麼變化，「媽媽再見。」

麗莎走了，她留下的那一大包東西還在，白斌按照那紙張上的說明，一項項歸類放好，還順手去燒了一壺開水，準備泡奶粉給小寶貝喝。

丁浩在旁邊忙著逗孩子，正高高舉起，作勢要往上扔，小寶貝一臉嚴肅地緊緊抱著他的脖子不放開，丁浩哈哈大笑，「白斌，白斌你看！他跟我多親啊！」

白斌不好意思告訴他，那是孩子怕他抱不穩摔傷，只是囑咐丁浩，「小心點，別傷到他。」

丁浩應了一聲，一會兒又跟小寶貝滾到沙發上鬧成一團。兩人一手一個布做的小恐龍，正在「打仗」，丁浩啊嗚啊嗚地拿手裡的恐龍嚇小寶貝。

「大。」小寶貝指了指自己的，又指了指丁浩的，簡潔完整地表達出自己的意思。「小。」

丁浩噗哧就笑了，使勁揉了揉他的腦袋，往額頭上就親一口，「你怎麼這麼聰明啊，寶貝～！」

兩個人鬧了一會兒，丁浩又按照白斌說的，弄了點果泥餵小寶貝，「啊～」

小寶貝看著他不肯張嘴，伸手要自己拿勺子，「會用。」

丁浩連忙把勺子交給他，讓小孩自己吃果泥。丁浩拿的是麗莎帶來的兒童小勺子，勺子柄上還有一個小青蛙，小寶貝趴在茶几上，自己抓著勺子乖乖地吃果泥，一點都沒灑出來。

白斌對此很滿意，他覺得孩子就該從小養成良好的習慣，白傑跟麗莎教育得很好。

吃完果泥，丁浩又陪著他玩了一會兒。丁浩自己肚子餓了，琢磨著小寶貝也該餓了，抱著孩子去書房找白斌，「我們餓了。」

白斌看著一大一小站在門口，尤其是丁浩脖子上還掛著小寶貝的撥浪鼓，嘴角繃不住了，「你戴著什麼？」

丁浩很得意，「這是我們友情的見證，對吧，寶貝？」

小寶貝不知道聽懂了沒有，居然還點了點頭，小手緊緊抓著丁浩的衣服，看來的確是混熟了。

白斌看了看錶，也確實該做飯了，「麗莎說要給小寶貝喝粥，還要吃蛋餅……你有沒有想吃的菜？」

丁浩搖了搖頭，「我沒意見，你看著辦就好。寶貝，你想吃什麼？」

小寶貝看著丁浩的動作，遲疑了一下，也學他搖了搖頭。

白斌彎腰親了小寶貝，又順勢親了抱著他的丁浩，「今天展示一下廚藝好了，做頓好吃的。」

中午這頓飯果然豐盛，都是特意做的，小寶貝也能吃的那種。為了小寶貝吃飯方便，丁浩乾脆讓他坐在自己懷裡，小寶貝平時大概也是這樣吃飯的，對丁浩的姿勢一點都不排斥。

白斌看著他們抱著吃飯，皺了一下眉頭。他覺得丁浩這樣自己也吃不好，看來下午得出去買個兒童專用椅。

小寶貝最喜歡的是蔬菜牛肉粥，還有那一小碟豌豆，小勺子頻頻往那邊伸，一顆豆子舀了半天。

丁浩覺得好玩，也不動手幫忙，就偶爾鼓勵一下，「加油！弄那個，那個最大的豆子……寶貝真棒！」

白斌把蛋餅換成了魚肉蒸糕，切得四四方方的，熱乎乎地放在小寶貝碗裡，「吃吧。」

小寶貝拿著勺子自己吃飯，脖子上還圍著圍兜兜，咂著嘴，吃得很開心。

白斌感慨了一句，「真好養。」

丁浩不高興了，在桌子底下脫掉拖鞋去踢他，「白斌，你是在說誰難養嗎？」

白斌也在他碗裡也放了塊蒸糕，笑了，「都好養，行了吧？快吃飯，人家孩子都比你聽話。」

旁邊的孩子果然聽話，他們這樣鬧都跟沒看見似的，專心致志地吃自己的飯。

吃完飯，丁浩按照紙條上寫的哄小寶貝睡覺。路過書房見到白斌還在忙，他湊過去看了一眼。

白斌在為了丁浩忙碌，弄的是跟校方的合作方案，他看見丁浩過來，有點疑惑，「不去睡覺嗎？」

丁浩這幾天能空閒下來，就是因為白斌的這份方案。他公司那邊還特意撥了幾個人去跑學校的業務，他懶得去，乾脆在家裡等消息。

看到白斌在二次分析資料，又列表又計算，丁浩就勸他，「白斌，別忙了，一起去睡一下吧？」

白斌捏了捏鼻梁，「馬上就弄好了，你們先去睡吧，我下午有點事要出去。」

他還沒忘了兒童椅的事，想到中午丁浩為了抱孩子，自己都沒吃什麼飯，他心裡就不舒服。

丁浩喔了一聲，也沒再多問。小寶貝在他懷裡睏得快要抓不住他的衣服了，還是先照顧好孩子要緊，「那我們上去了。」

小寶貝眼皮直打架，都快睜不開了，聽見丁浩跟白斌告別，還不忘了習慣性地飛吻。小手放在嘴邊啾了一口，對白斌揮了揮，還沒落下就打了個哈欠，縮到丁浩懷裡拱來拱去，「覺覺……」

丁浩聽他說得奶聲奶氣，心都軟了，連聲答應，「好好好，我們去睡覺覺啊。」

白斌看著兩人離開的身影，覺得下午出去不但該買一張兒童椅，應該把兒童床也買回來。

第三章　丁浩育兒記

丁浩抱著小寶貝去他們的臥室。他剛帶孩子，覺得這小傢伙不哭不鬧的，特別好玩。他還沒歡喜過來，又捨不得讓小寶貝一個人睡，幫他鋪了個小毯子，就摟著一起睡覺。

小寶貝玩累了，沾到枕頭就睡了過去。睡覺姿勢比丁浩還規矩一些，蓋著自己的小被子，兩隻小手緊緊地抓著，小臉上紅撲撲的。

丁浩跟白斌睡習慣了，冷不防地換成了軟嘟嘟的孩子也不敢動彈，偶爾翻個身都能把自己嚇醒，生怕把孩子壓傷了。他睡得不安穩，模模糊糊的，還起來查看一下小寶貝有沒有踢被子，看到小孩的被子都沒亂，又抓著頭髮去地上把自己那床被子撿起來，裹好繼續睡。

睡得正好，小寶貝忽然皺起了眉頭，小聲嘟囔了句，「快點……」

丁浩睡著了沒聽見，小寶貝沒等到旁邊人的反應，這次不止皺眉頭，眼睛都睜開了，「快……」他翻了個身爬起來，去推旁邊的丁浩，「快點、快點！」

丁浩睡得有點迷糊，睜開眼睛看了一眼小寶貝，只以為他是睡醒了要鬧著玩，側身又把人家按倒，強行蓋了小被子，拍著小肚皮哄他睡覺，「乖噢，乖噢，睡覺覺……」

小寶貝眼裡含了淚花，又去抓丁浩的手，使勁搖了搖，「快點。」

丁浩打了個哈欠，還在拍人家鼓鼓的小肚子，「快點、快點……你快點睡覺啊。」

小寶貝顫了一下，忍不住哇地一聲哭出來，與此同時，丁浩也覺察到一股溫熱的液體順著流過來了！

他連忙把小寶貝抱起來，一邊哄著，一邊手忙腳亂地翻找背包裡的尿布，「寶貝不哭，不哭……」

小寶貝很委屈，他已經會叫人帶他去上廁所了，尿床這種事媽咪說過不可以，這次、這次真是人生一大恥辱……小寶貝越想越委屈，哇哇大哭起來。

丁浩要帶著孩子玩還行，對照顧孩子真的沒什麼經驗，小寶貝一哭，嚇得他直喊白斌。叫了幾聲也沒見到人來，就往外探頭看了一下，客廳也沒人，估計是出去了。

丁浩硬著頭皮上前，忙了半天才幫小寶貝解開吊帶褲釦子，「乖，痛的話要說喔，小爸爸沒幫人脫過衣服啊……」

小寶貝已經哭到打嗝了，丁浩心疼得很，幫他擦了擦小臉上的眼淚，使勁親了一口，「寶貝不哭了啊，是小爸爸不好，乖，不哭了……」

丁浩現在也明白那個「快點」是什麼意思了，孩子是在叫他起來，要去上廁所！丁浩歎了口氣，他有點後悔沒仔細看麗莎留的那張紙。

丁浩花了半天才脫下褲子，準備拿尿布幫他穿上。

麗莎帶來的時候說過關於尿布的問題，因為小寶貝自己會叫人，她也就沒幫寶貝帶那個了，還特意提醒了丁浩，要是孩子怕生要認地方，就先穿尿布。

小寶貝哭得眼睛鼻子都紅紅的，難過地低著頭，一直不肯抬起來，眼淚滴滴答答地往下掉。

「錯了……」

丁浩聽到小寶貝可憐巴巴地認錯，心都疼了，抱著哄了又哄。

「寶貝沒錯，是小爸爸的錯啊，乖，沒事的。」又想到小寶貝這樣不舒服，他又把尿布放下，先帶小寶貝去洗澡，「我們去洗澡好不好？洗完又香噴噴的了。」

小寶貝抓著他的衣領不放開，睫毛上掛著眼淚。

丁浩又忙著放熱水，好歹幫他洗完了澡。天氣有點冷，他也不敢多讓小寶貝在浴缸裡玩小鴨子，看到孩子不哭了，就拿小衣服幫他穿好。

小寶貝不知道是什麼心理，大概是在丁浩面前丟過人了，共同擁有這個可恥回憶，反而讓他更加信賴丁浩。小寶貝抱著丁浩的脖子不肯放手，哪怕哭哭啼啼委屈的時候也是。

丁浩正抱著他在客廳穿外套，白斌就進來了。看到房間裡一片狼藉，像打過仗一樣，他眉頭都皺起來了，「這是怎麼了？」

丁浩好不容易把小寶貝逗笑了，視線都不敢移開，一邊幫他扣釦子，一邊跟白斌解釋，「我剛剛沒聽見寶貝喊人，來不及帶他去廁所，尿在床上了。」

雖然麗莎的紙條上也寫了要如何處理這類的事情，白斌還是沒有想到事態會這麼嚴重。現在他也不急著去看臥室了，過去看了看小寶貝，「換衣服了？」

丁浩嗯了一聲，「換了，還洗了澡。」

大概是白斌跟白傑長得很像，小寶貝有一種被自家親爸抓包的感覺，不安地把腦袋藏到丁浩懷裡。

白斌也不在這裡傷害人家孩子的自尊心了，囑咐丁浩用吹風機幫小寶貝吹一下，別著涼了，之後就去收拾臥室裡的爛攤子了。

丁浩把小寶貝打理乾淨，兩人一人含著一根棒棒糖的時候，白斌已經連浴室都收拾好，過來整理客廳了。

丁浩把棒棒糖拿出來，問，「我幫你，有要洗的嗎？」

他這一把糖拿出來，小寶貝立刻跟著學，一手緊緊抱著丁浩的脖子，一手去拿嘴裡的棒棒糖，戀戀不捨地往外拽。丁浩連忙把手裡的糖塞回去，小寶貝這才乖乖地咬著糖，雙手抱住丁浩。

白斌看見，笑了一下，「你先照顧孩子吧，我拿去陽臺那邊洗。」

丁浩跟小寶貝這次算是有了革命友情，哪怕晚上有人送兒童椅來，他也不去坐，使勁抱著丁浩不放手，一顆毛茸茸的腦袋還在丁浩的懷裡蹭來蹭去。

白斌皺起眉，他不喜歡小孩沒規矩，「白昊，下來。」

小寶貝頓了一下，又往丁浩懷裡縮。

丁浩心軟了，今天下午小寶貝尿床的事他也算是共犯，要不是他沒聽見，孩子也不會一臉「我犯錯了」哭個不停。他抱住小寶貝拍了拍後背，跟白斌求情，「算了啦，不就是吃個飯嗎？我抱著就抱著吧！」

白斌不高興，他都特意買了椅子，而且小寶貝已經可以自己坐了，應該養成獨立的性格。這位完全忘了自己當初是怎麼寵丁浩的，看著小寶貝又重申了一遍，「白昊，下來，自己吃飯。」

白斌的容貌跟白傑相似，但是氣場強大太多了。小寶貝委屈地從丁浩懷裡蹭下來，坐在高高的兒童椅上自己扒拉麵條吃。吃兩口就看看丁浩，生怕自己小爸爸跑了。

丁浩也看著小寶貝，見他可憐兮兮地看著自己，連吃飯的心思都沒了，還不如中午抱著小寶貝時吃的多！等小寶貝吃完一碗，他立刻就抱他起來，小寶貝也是緊緊地抓著丁浩的衣領，眼眶都紅了，眼看著就要掉下淚來。

丁浩也在吸鼻子，抱著又親又啃的。

白斌也吃不下去了，旁邊那兩人像闊了幾十年、不能見面的親人一樣，只差抱頭痛哭，以示思念之情，他覺得自己當了一次惡霸。

等到晚上，白斌看著丁浩抱著小寶貝站在床邊，眼巴巴地看著自己，頭頓時更疼了。

「我已經把嬰兒床從客房搬過來了。」

丁浩眨著眼睛看白斌，「我知道，能不能讓……？」

白斌乾脆地拒絕了，「不能。」看到丁浩還想說，他立刻補充道，「不能來我們床上睡，麗莎說了，他在家也是一個人睡的。」

丁浩不肯，磨磨蹭蹭的，非要帶著小寶貝一起睡，最後看到白斌要過來抓人了，這才依依不捨地把小寶貝放到嬰兒床裡，「寶貝，有事就喊小爸爸啊，這次我一定會聽見。打勾勾？」

小寶貝扒著嬰床的防護欄，伸出小手抓丁浩的手指，一雙大眼睛裡滿滿的都是丁浩，「小……爸爸……」

丁浩眼眶又紅了，「白斌，你聽見沒？你就讓他跟我們一起睡會怎麼樣嗎！」

白斌在那邊堅持自己的初衷，跟沒聽見一樣，還在看書。

丁浩也知道白斌不會答應了，一大一小眼淚汪汪地抱著親了一會兒，他又幫寶貝弄軟小枕頭，蓋上薄被，「乖啊，明天小爸爸陪你玩，一睜開眼就能見到我了啊。」

小寶貝抓著丁浩的手不放開，丁浩也捨不得走，陪他陪到睡著了才輕輕抽出手指，回床上去。

白斌把書收起來，關了床頭燈準備睡覺，接著習慣性地去抱著丁浩的時候，被丁浩躲開了。側身背對著他的人還在那邊嘟囔，「你自己睡，別碰我。」

白斌有點哭笑不得，見他不翻身過來，只好貼過去從後面摟住了，「浩浩，別不講道理，麗莎留的注意事項裡寫得很清楚，寶貝已經可以自己睡了……而且，小孩子就該學著獨立啊。」

丁浩不聽這些，還在看著小床的方向。

白斌在後面親了親他的脖子，「浩浩……」

那位像在跟他唱反調，立刻賭氣地說，「以後寶貝自己睡，我們都自己睡自己的好了。」還沒忘記不讓他抱著小孩睡覺的仇。

白斌歎了口氣，抱著丁浩往他那邊挪了挪，小聲地嘀咕，「我們跟他不一樣。」

丁浩不敢亂動，生怕吵醒了小寶貝，也壓低了聲音問，「哪裡不一樣了？白斌，你幹嘛……」後面的人固執地把丁浩拖到自己的範圍內，猶豫了半天還是說，「……那邊髒。」

丁浩剛才躺著的是小寶貝下午尿床的地方，雖然都換了新的被褥和床單，白斌還是覺得彆扭。

丁浩氣得翻身去咬他，「哪裡髒了！我跟你說，這麼乖的小孩，你打著燈籠也找不到……」

白斌順勢抱住他的腰，帶到懷裡抱住了，「乖跟髒沒什麼聯繫吧？再乖也……唔。」

丁浩的一口白牙發揮了功效，立刻讓白斌把到嘴邊的話咽了回去。

「我就是覺得……除了你以外的，都不太舒坦。」

咬著他的人沉默了一會兒，半天才鬆口。

「呸！」
依舊在記仇。

◆

丁浩在家陪了小寶貝兩天，而白斌的假期結束了，又回去上班。因為開發區離家較遠，不能回來幫他們做飯，他特意叮囑丁浩不要自己開火，讓他們叫外賣。丁浩口頭上答應了，送白斌出門，「你路上小心啊。」

看著那位在門口換了鞋又不走，又湊過去往嘴巴上親一口。白斌張開嘴加深這個吻。他這幾天晚上什麼福利都沒有，難得的一個假期，就這麼白白浪費了。

正親著，忽然被人揪了領帶，白斌猝不及防，差點咬到丁浩。揪著領帶的小手不放開，看到白斌還要親丁浩，又往下拽了拽，「親……」

小寶貝正處於無限熱愛學習的階段，看到什麼都要學。這就是白斌假期沒有福利的原因之一，因為這孩子看到什麼就學什麼，而且學得特別像。

兩人分開後咳了一聲，丁浩有點不好意思了。他忘了自己還抱著一個小不點，連忙哄著小寶貝跟白斌說再見，「寶貝，來個告別吻吧？」

懷裡的小寶貝看了看門口正在整理領帶的大爸爸，又看看丁浩。大概是覺得白斌表情很嚴肅，不敢學丁浩湊過去親吻，只把小手湊到嘴邊啵了一個，對白斌揮了揮，「再見。」

白斌摸摸他的小臉，再次叮囑他們玩的時候注意安全，就上班去了。

丁浩教小寶貝讀了一會兒圖畫書，小寶貝對那些色彩豔麗的簡筆劃動物不感興趣，挖出自己的寶貝魔術方塊遞給丁浩，很期待地看著他，「轉轉。」

丁浩幫他轉了兩圈，樂呵呵地遞給他，「寶貝這麼喜歡魔術方塊啊？下次我們買個更漂亮的。」

小寶貝點了點頭，他手裡拿著的那個還是丁浩當初送的，一直很喜歡。不知道是聽懂了丁浩說的話，還是單純想誇獎自己手裡的魔術方塊，孩子奶聲奶氣地跟著重複，「漂亮！」

丁浩摸摸他的小腦袋，看著他玩。

小寶貝很聽話，自己坐在那裡默默弄了半天。弄齊了顏色，又遞給丁浩，眼巴巴地看著丁浩幫他轉亂，再接過來還原。

兩人就這樣玩了一上午，丁浩怕他累，抱起來要帶他去房間裡捉迷藏。他本來想讓小寶貝多活動一會兒，可是他剛放下，還沒走就被小寶貝揪著衣服，又爬回懷裡了。

小寶貝睜著水汪汪的大眼睛看著丁浩，「小爸爸。」

丁浩頭一次被這樣依賴，立刻心軟了。他心想，也快要吃中飯了，乾脆帶小寶貝一起去準備。白斌說的那個外賣味道是不錯，但是外面的東西沒營養啊，雜七雜八的調味料放了一堆，小寶貝可不能吃那個。

「我們一起做飯吃，好不好啊？」

他拿了個塑膠小碗給小寶貝，把孩子放在廚房門口的軟墊上，教他數豆子。「寶貝你在這裡玩，記住啊，不能進去。」丁浩難得嚴肅了一次，跟小寶貝再三重複，「裡面很危險，燙到了會哭，知道嗎？」

小寶貝認真地點了點頭。

丁浩進去做飯，沒一會兒就開始擔心，探頭出去看著小寶貝。孩子倒是很老實，正聽話地來回數豆子，從盤子裡數到碗裡，再從碗裡放回盤子裡。

聽見廚房推拉門打開的聲音，還抬頭看了丁浩一眼，一副擔心的表情，「小爸爸，燙？」

丁浩的教育很成功，他都開始擔心丁浩被燙到了。

丁浩笑了，對他做了個飛吻，安慰了一下小孩，「寶貝等著啊，今天中午我們吃好的！」

丁浩不常下廚，但是也會做飯。他仔細想了一下小寶貝能吃的，決定做小餛飩。

小寶貝一天到晚不是喝粥就是吃糕，也該換換口味了。做這個油煙也少，完全可以開著門看著小寶貝，一舉多得。

家裡沒有準備好的餛飩皮，就和麵、擀出餛飩皮。丁浩弄好了這個，又去剁肉調餡，還不忘時不時透過門去看小寶貝，分心的結果就是容易亂了手腳。

丁浩把餛飩包出來的時候，廚房裡已經一塌糊塗了。萬幸的是包出來的小餛飩品質還不錯，一個個像小元寶一樣，圓鼓鼓的，討人喜歡。

丁浩開火燒水，把小餛飩放進去煮熟。看著小寶貝在門口張望，他也拿了件圍裙過去，幫他綁好後抱進來，「寶貝，一起煮餛飩吃好不好？」

小寶貝記性很好，抓著丁浩的衣服不放開，一臉嚴肅地指著瓦斯爐，「燙。」

丁浩笑了，親了他一口，「哈哈，你一個人來會燙，小爸爸在這裡就燙不到了，記住了嗎？」

小餛飩很快就熟了，放了一點紫菜、蝦米，還滴了香油，老遠就能聞見香味。丁浩把小寶貝放到餐桌旁的兒童椅上，又去拿小碗，盛了半碗給他。兒童椅上有固定小飯碗的東西，丁浩確定不會灑出來燙到孩子，這才去幫自己也盛了一碗。

端著碗出來的時候，小寶貝正自己拿著勺子吹著吃，丁浩看小孩吃得很開心，逗著他問，「寶貝好吃嗎？」

小寶貝點了點頭，又默默地吃自己的。

丁浩坐在旁邊也嘗了一口，這才發現孩子是在安慰他。說實話，這東西賣相不錯，味道也還可以，但是比白斌平時做的那些差遠了。

小寶貝很給面子地吃了一碗，要再給他吃就搖頭，拍著肚子表示飽了，吃不下。

丁浩好歹哄著，又讓他喝了一點湯。小寶貝再也不肯吃了，甚至開始抬頭去看掛錶，「爸爸……下班……」

丁浩覺得自己很失敗，幾天的忙碌都毀在這一頓飯上了。陪吃、陪玩、陪睡，果然還是敵不過人家掌勺的。

白斌下班回來的時候，小寶貝難得熱情地給了他一個吻，抱著白斌的脖子喊了一聲爸爸。

丁浩頓時就心酸了。

白斌去廚房看了一圈，立刻就明白了，把小寶貝還給丁浩，脫下西裝自覺地綁上圍裙，「我來做飯。」

食物果然有收買人心的功效，一整個晚上，小寶貝的目光就跟著白斌沒停過，這次不怕丁浩走丟了，生怕他的大爸爸不回家做飯。就連晚安吻都是先給白斌，啾、啾，親完左邊親右邊。

丁浩讓小寶貝親了他三下，這才回到床上睡了。只是這樣心裡還不平衡，翻來覆去的睡不著。

白斌把他抱在懷裡，小聲問，「怎麼了？」

丁浩心裡不舒服，在白斌懷裡蹭來蹭去地鬧，「他今天晚上先親了你……」

吃醋的人倒是很老實，不打就全招了。

白斌悶聲笑了，大方地親了丁浩，不但親了臉頰，還親了嘴巴，「喏，都還給你。」

丁浩哼哼，「我這幾天白陪他了，還不如你一頓飯管用。」

白斌抱著丁浩安慰他，「他不是晚上一直在跟你玩嗎？也沒見到他去找我，對吧？」手往下滑了一點，解開丁浩的睡袍，探進去摸索，「浩浩，你還特地為他包餛飩，都沒為我做過。」

丁浩被他緊緊貼著，身上有點發熱，「你今天晚上不是也吃了？唔，白斌你把手拿出來……呃，別、別進去……」

白斌按住他咬耳朵，手上也不閒著，做著事前擴張，「要不是他不愛吃，就不留給我了是不是？我沒吃飽，不信你摸摸看。」

丁浩被握著手，牽到下面，還沒碰到白斌的火熱，就聽見旁邊小惡魔的聲音了：「小爸爸……快點……」

丁浩立刻清醒了，「白斌，快放開我！」

白斌忍了一下，還是放開到嘴的美味。他要是再不放開，估計一會兒又會發洪水了。

福利取消的原因之二，晚上有個喜歡破壞人好事的小惡魔。

丁浩翻身起來綁好睡袍的帶子，抱小寶貝去上廁所。小寶貝除了吃飯，其他時候還是喜歡丁浩的，這種喜歡就在於哪怕上廁所，也只會叫他小爸爸帶他去。

丁浩抱著小孩回來，放進嬰兒床裡還搖了搖，還沒哄，小寶貝就自己睡著了。

丁浩再回到床上，立刻就被白斌抱住了，那位壓著他不放，手上的動作都有點加快的意味。

丁浩聽著床墊發出的響聲，實在害怕吵醒小寶貝，推著白斌讓他離開自己一點，「我說，你動作小一點啊……白斌，你聽見沒？」

上面那位聽見了，動作立刻小了許多，但是也頂得緩慢而深。

丁浩有點忍不住了，他不習慣這種溫柔的折磨，還不如剛才那樣呢！他抬頭找著白斌的下巴，細細舔咬，「稍微……快點。」

白斌被他撩得有點忍耐不住，立刻聽從指示。聽著丁浩低聲喘息，心裡像有細小的電流經過一樣，帶起一陣酥麻快感。

正準備俯身運動一番，旁邊的小惡魔又翻身了，這次從嬰兒床裡站起來，「小爸爸，快點……」

丁浩的臉一下就紅了！雖然知道這是小寶貝要上廁所的口號，但是這時候實在讓人想入非非，倒像是在催他跟白斌早點完事。丁浩臉上更燙了，推開白斌讓他拔出來，「起來啊你，我、我得去看小寶貝……」

白斌箭在弦上，不發實在辛苦，也只能一點一點地退了出來，還有點不捨地磨蹭著。

「我們送他回去吧。」

白斌覺得自己上當了，白傑是不是也被這小東西打擾過，才送來他們這裡的？

◆

丁浩抱著小寶貝去了一趟公司，原本不過只要拿份資料單，卻硬是從早上出門，拖到傍晚才回來。小寶貝在大樓裡受到熱烈歡迎，小女生們偷偷藏著的零食這時候都拿出來了，就連丁浩口袋裡都被塞得滿滿的。

小寶貝臉上沒什麼表情，就是抓著丁浩衣領的小手更緊了一些，遇到對他飛吻的，也會回人家一個。丁浩看小寶貝怕生，趕快帶去了辦公室，他這邊剛放下小寶貝，外面就有人來敲門了。

丁浩一邊幫小寶貝拆開零食，一邊隨口應了聲，「進來！」

推門進來的是丁旭，手裡還拿著新的拖把、掃把，估計是知道丁浩懶，進來後直接放到門板後面，「丁浩，這是新發的打掃用具，我幫你放在這裡，你們記得打掃乾淨一點。」

正準備走人，他一抬頭就看見小寶貝了，「這是什麼？」

丁浩抱著孩子對人家炫耀，「我兒子！寶貝，喊聲『爸爸』來聽啊！」

小寶貝抱著自己的餅乾袋子，很配合地親了親丁浩，「小爸爸。」

丁旭皺起眉，「怎麼長得這麼像白斌啊？」他靠近仔細看了看，立刻頓悟了，「這是白傑家的小孩吧？」

丁浩正張嘴咬住小寶貝送來的餅乾，聽見他說，還在強詞奪理，「孩子跟我很親的！一口一聲爸的，嘿嘿！」

丁旭說慣了實話，現在也不客氣地點明了，「你別老是搶人家孩子，白斌都把你寵得不像話了。」

丁浩從小就無法無天，外加白斌的縱容政策，丁旭的思路一下就偏離了正常軌跡，不敢想丁浩是好意幫人帶孩子。

丁浩跟他接觸久了，立刻就領悟了，氣得差點被嘴裡的餅乾嗆到，「噯！丁旭，你怎麼不把我往好的想呢！」

丁旭仔細打量了丁浩，「我真的不覺得你有哪一點好。」

丁浩被這種陳述句的語氣打擊到有點沮喪，小寶貝同情地又遞上一塊餅乾，外加一個親吻，「小爸爸，吃。」

丁浩賴著丁旭，讓他請吃飯，丁旭拗不過他，只能打電話給肖良文，讓他多訂一個人的，想了想又加了句，「再弄點小孩能吃的……大概，一歲多吧？」看到丁浩點頭，又跟肖良文確定了一遍。

丁旭的手機品質不太好，肖良文說的地址，丁浩在旁邊聽得一清二楚。不等丁旭掛斷電話，他就抱著小寶貝開心極了，「寶貝，我們中午吃大餐啊！不花錢，記得多吃點……」

丁旭在旁邊聽著於心不忍，實在不願意看見這麼好的孩子被丁浩往歪路上帶，「丁浩，你要提前做好教育，別什麼話都跟孩子說。」

中午去吃飯的時候還是搭丁旭的車，是一輛二手富康。丁浩覺得這台車都不如李盛東的一個車輪貴，連車窗都是手搖的那種。他琢磨著丁旭和肖良文這幾年也各有各的事業了，不應該混得這麼慘啊。

「丁旭，我前段時間聽說肖良文在進口銅礦砂，對吧？」

丁旭在前面開車，換了一身便服，也是特別有規矩的那種，「是。」

丁浩有點不理解，那種大單子，加上稅就是八位數起跳，不比李盛東差啊。

「那你怎麼沒換輛好開的？我看你一停紅燈就發動不了，這輛車有年頭了吧。」

丁旭沉默了一下。肖良文不止一次要幫他換車，有一次還趁他不注意，把這輛破富康拖走了，但丁旭後來一個星期沒理他，肖良文才千辛萬苦地又找回來。

他跟丁浩不同，心裡總是有些可笑的堅持，他可以無條件幫助肖良文，但是不代表他能接受所有肖良文為他著想的行為。

「這台車是我自己買的，開起來比較有紀念意義。」

這種敷衍的藉口，丁浩自然能聽出來，看到丁旭那邊低氣壓上升，他也不敢多問了。

肖良文訂的餐廳環境不錯，看樣子他們會長期定點來吃飯。丁旭一進來，就有人帶他們去了一樓的包廂。

肖良文正坐在那裡等他們，看到丁旭進來，他也站起來了。跟以前一樣，見到丁旭後，他的眼神就沒再動過。

「來了，我叫他們上菜吧？」看到丁旭點頭，他才對服務生說了什麼。

丁浩見到小寶貝拱在他懷裡不肯出來，知道這是小孩怕生了，舉著孩子往高處扔、哄他笑。

丁旭的眉頭立刻皺起來了，他有懼高症，下意識地覺得小孩也不舒服。

「丁浩，你小心點，別嚇到他了。」

小寶貝跟丁浩玩習慣了，這樣倒是放鬆了一點，抱著丁浩的脖子往周圍打量。

周圍的擺設很新鮮，小孩看了半天看夠了，又去看人。桌上只有三個大人，他抱著丁浩，一抬頭就看見了肖良文。

小寶貝眼睛睜得大大的，慢慢沁出淚珠來，「小……爸爸……嗚……」

丁浩嚇了一跳，「怎麼了？寶貝不哭啊，那是叔叔，別怕。」

小寶貝被丁浩鼓勵著，又看了一眼肖良文。那邊配合地勾起微笑，一張黑臉上露出一排白牙，小寶貝立刻嚇得撲進丁浩懷裡，小身子一抖一抖地哭，「小爸爸……害怕……」

丁浩哭笑不得，對肖良文說了聲抱歉，「不好意思啊，這孩子其實有點怕黑……咳，我沒想到他還怕長得黑的人。」

肖良文勉強扯出來的微笑維持不下去了。

丁旭指揮肖良文換位置，「你坐去靠窗的那邊，別讓小孩看見。」

肖良文不情願，他一天只能跟丁旭碰一次面，也不容易，晚上回去還不知道丁旭會讓他睡床還是沙發呢。但他也不敢不聽丁旭的，磨磨蹭蹭地換了位置，試著問丁旭，「不然你也坐過來一點？」

丁浩幫肖良文打圓場，「丁旭，你靠過去一點吧！就坐到我旁邊，我家孩子不怕你。你幫我擋著肖良文，他看不見就不哭了！」

丁浩說得還真沒錯，丁旭把肖良文擋住後，看不見還真的不哭了。可是小寶貝看不見肖良文還特意探頭去找，找到後，一看到又哭了。

「小爸爸！還在……這……」

丁浩有點扛不住了，他也不能趕肖良文走吧？人家在中午見一次面也不容易，他當當電燈泡是沒什麼，把正主趕走就不好了。

他拿了一塊糕點給小寶貝，「寶貝，我們快吃，吃完就看不見他了。」

小寶貝抽抽噎噎地看著丁浩，又探頭越過丁旭看了眼肖良文，含著眼淚說，「吃完，走。」

丁浩趕緊答應他，「對對，吃完我們就走，再也不來了啊。」

丁旭從來沒見過臉皮厚得這麼自然的父子。

臨走的時候，小寶貝估計也稍微適應肖良文那張黑臉了，小心翼翼地給了他一個告別的飛吻。對丁旭就好多了，當著肖良文的面，一口就親上去了，「再見。」

肖良文看著丁旭臉上的那個口水印，眉毛直挑，「丁浩，你還有事要忙吧。我送你回去！」

丁浩哪敢讓他送，他眉毛一挑，又把小寶貝嚇到快哭了。丁浩哄好孩子，跟肖良文道謝，「不用不用，我們自己走，你、你還是去送丁旭吧。」

丁浩帶著孩子晃了一圈，生怕肖良文那黑子讓小孩留下心理陰影。

陪小寶貝去餵鴿子，又坐了一下滑梯後，外面變得有點冷，丁浩不敢多待，看到小寶貝恢復了就帶他回家了。

剛走進大樓就碰見白斌。那位估計是不放心，提前下班回來了。看到丁浩只穿了件單衣，拿外套裹住小寶貝抱著回來，他立刻皺起眉頭。

丁浩怕他說話吵醒小寶貝，連忙壓低聲音跟他解釋，「計程車裡很溫暖，沒留神就睡著了。你小聲一點啊，他玩了一下午，還沒休息呢……」

白斌還是皺著眉，脫下自己的外套幫丁浩披上，到前面去開門，「下次小心一點。」

小寶貝累了，加上中午慣例的午覺也沒睡，到了吃晚飯的時候睏得起不來。丁浩也不折磨孩子，留了一份飯放在鍋子裡，等小寶貝醒了，能隨時熱給他吃。

白斌叫丁浩去書房，關上門跟他商量之前的那份合作方案。

「學校的事已經定下來了，這個月底會派人來，不出意外的話都是Z大研究所的老師。我想到時候帶你一起過去，你看看那個項目，可以的話就儘早簽約。」

丁浩仔細看了那份和校方合作的方案，這十幾張紙全是白斌為他付出的辛苦，看白斌寫得很詳細，丁浩直接點頭答應了，「好啊，到時候叫我。」

白斌好幾天沒見到他這麼聽話了，將他抱到自己腿上，又問了一遍，「真的？不會在半路反悔逃跑？」

丁浩把手裡的文件放下，勾著白斌的脖子親了他一口，「我都聽你的。」

白斌挑了挑眉，「我試試。」

手指從線衫探進去，那個人果然不躲，還湊過來，讓他更方便動作，白斌很滿意。他抱住了丁浩，低頭吻住他的嘴，準備進一步好好親熱一下。

丁浩推了一下他的額頭，「白斌，你聽？是不是寶貝起來了？」

他這兩天也被折磨得不輕，一做這種事小寶貝就會起來，都快變成習慣了。

白斌抵住他的額頭，蹭了一下他的鼻子，還在不斷輕吻，「沒有。」

丁浩總覺得能聽見小寶貝的聲音，從白斌懷裡站起來整理好衣服，「我去看看，要是他沒起來，我再回來。」

白斌沒辦法，只能陪他過去。

小寶貝這次很乖，還在睡，不過丁浩一靠近就醒了，揉著眼睛喊了聲爸爸。

他一醒過來，就宣布白斌的好事破滅了，好吧，今天又沒戲了。

陪小寶貝吃完飯，丁浩看他一直悶悶不樂的，覺得是白天被肖良文嚇到了，小心地哄小孩，「寶貝，我們不想可怕的事，想點好的啊。」

丁浩把小寶貝最喜歡的玩具一件件擺滿沙發，希望能帶起一點愉快的回憶。但這愉快沒弄成，倒是讓小寶貝想家了。小寶貝抓著魔術方塊，抱著小手槍，淚眼汪汪地看著丁浩，「爸爸……」

丁浩沒意會過來，連忙端正坐好，「我在這裡啊。」

小寶貝抱著手槍不放手，丁浩這才明白他是要找白傑。

大晚上的，他要去哪裡變一個白傑出來啊？丁浩實在沒轍了，硬著頭皮帶小寶貝去找白斌，「寶貝，看，爸爸在這裡。」

小寶貝看了一眼，立刻趴回丁浩懷裡，「不是這個……」

丁浩哄他，「長得差不多，真的，寶貝你看一眼啊！」

白斌抬頭看著小寶貝。

小寶貝一看見那板著的冷臉，又被嚇到要哭了，「爸爸……不笑……」

丁浩著急了，「白斌！你快笑一個啊！」

白斌連眉頭都皺起來了，「笑不出來。」

◆

白斌跟丁浩去新校區之前，麗莎過來了。

麗莎一再感謝他們的幫助，說要把小寶貝接回去了，「丁浩，真是謝謝你啊！我現在沒有那麼忙了，可以照顧小寶貝！」

丁浩有點捨不得把孩子還給人家，抱著不肯放手，「麗莎，不用急，妳不是還沒請到保姆嗎？要不……」

一提到保姆，麗莎就更高興了，用中文摻雜義大利語地說了一大堆，丁浩參悟了半天才弄清楚是怎麼回事。大意是白老爺實在不放心，讓吳阿姨來幫忙照顧。

說完，麗莎還替白老爺轉達了一句問候，「爺爺說了，你要是吃不飽，也可以哭著來找吳阿姨！要我打開大門，歡迎你來！」

她這話轉達得太明確了，丁浩一下就笑了，「不用不用，我還不至於哭著去要飯吃。」

麗莎抱著小寶貝，讓他跟白斌、丁浩說聲再見。

「寶貝，我們回家了喔！」

小寶貝認識媽媽，好幾天沒見面，馬上就抱住麗莎不放手。聽見麗莎這麼說，小寶貝立刻大方地給了白斌一個飛吻，又回頭去找丁浩，看到丁浩不跟他一起走還很疑惑，「小爸爸？」

丁浩連眼眶都紅了，他這幾天沒白養了。

他握著小寶貝的手親了親，「寶貝，小爸爸過幾天就去看你啊。」

小寶貝也不知道聽懂了沒，抱著麗莎的脖子一直仰著頭看丁浩，眉頭都皺起來了，學得跟白斌很像。

丁浩在窗前望了半天，看到小寶貝上車走遠了，還不肯離開。

白斌不忍心再看下去，從後面抱住丁浩，小聲問他，「要不然，等等我們去白傑家吃飯？」

丁浩噗哧笑了，往後倒在白斌懷裡，「不去了，就我們兩個也很好。」

昨天白斌的臉黑得跟鍋底一樣，他今天要是再追去白傑家，嘖嘖……白斌還不把他生吞了！

果然，從後面抱著他的人很滿意這句話，親了親他的耳朵，「嗯，我陪你。」

「陪」這個詞很微妙。如果是小寶貝，那就是丁浩陪小寶貝吃飯、陪小寶貝玩耍、陪小寶貝睡覺……可如果對象換成了白斌，後面兩項就要結合起來實現。

睡前玩耍，或者玩累了再睡。

白斌現在做的是後者，雖然有一整晚的時間，他依然十分迫切地索求著丁浩。

他這幾天真的「餓」壞了。

丁浩也沒比他好到哪裡去，匆匆地含住粗大吮吸之後，又揉搓自己的，光是聞到白斌的味道就讓他有些著迷，「白斌，你、你可別就這樣出來了啊……唔……唔嗯……」

後面被填入一根手指，作為對他嘴硬的懲罰。丁浩有些不服氣，抬起眼來瞪白斌，舌尖抵住前端舔舐。

白斌將他托起來，環抱住他，伸手去下面做事前的擴張，濕漉漉的手指把下面弄得嘖嘖作響，唇也吻上丁浩的，「好，你等一下也別逃跑。」

丁浩這傢伙每次都不肯嘴上吃虧，立刻回了一句，「呸！你才……唔唔……哈啊……別、別這麼快進去……」

他都忘了白斌的手指跟硬起來的，都抵著後面不放，這逞強的結果就是讓白斌的整根沒入，在他體內奮力抽送起來。

丁浩被他幾下大力的動作弄得眼中含淚。這並不是難受，反倒是……太刺激了。他以前頂多覺得很舒服，如今白斌在他身上的歷練多了，一整套動作都是專門為他設計的，弄不了幾下他就覺得腰肢發軟，下面也跟著在體內進出的火熱翹起來了。

丁浩一手抱著白斌的脖子，一手伸到下面撥弄了幾下，後面的熱穴也不斷收縮，發出類似嗚咽的喘息聲。

白斌被他的細微聲響挑動，按著他倒下，覆在他身上又是一陣輕抽慢送。手也代替丁浩的，安撫高聳的那裡，幫他舒緩。

他吻過丁浩的脖頸，又含住他的耳垂，「要快一點，還是……這樣？」

白斌又動了一下腰，壓在身上的重量讓他進入得更深。

丁浩被他頂到深處，喘了一聲。

只聽到這一聲，白斌就不想再等了，立刻抱住他，狠狠貫穿進去。做了一會兒，他才發覺丁浩的不對勁——他沒有像一開始一樣纏住他，動作快了，他還會發出細小的嗚咽。

多日未曾造訪過的地方被這樣深入索求，即便抹了藥膏還是有些發澀，丁浩有點害怕白斌像這樣大力進出，緊緊抱著他。

白斌稍微遲疑了一下，退出一部分，只用頂端在入口徘徊。

丁浩被他弄得有點忍不住，抬腿勾住他的腰，手也環住他的脖子，貼近白斌，在他耳邊小聲地喘息。每動一下就喘一聲，聲音不大，但也撓得對方心癢癢。動作加快時，後面更絞得緊緊的……連喘息聲都有點斷斷續續，更是讓人心動。

肉體交合的聲音在房間裡格外清晰，丁浩現在也顧不及其他了，他被白斌頂得有些無法招架，一下一下扎實地進入、抽出，每次都故意在花心上擦過，這樣的快感讓他很快就達到高潮。

丁浩從瞬間的失神中醒過來，體內依舊有被撐開的感覺。低頭看了一眼，果然還含著白斌的東西。那東西埋在他的裡面，硬熱而脹大，微微挺動著。

白斌知道丁浩不喜歡射出來後馬上動作，特意放慢速度，等他恢復。等丁浩略微放鬆了，他伏下身去吻他，下面也跟著壓進去，纏綿在濕熱的地方不肯出來。

「我們繼續吧？」

白斌的嗓音沙啞，眼神也帶著動物般的銳利，盯著丁浩泛紅的身體，下身由慢到快地動起來。

丁浩努力放鬆，為他展開身體，火熱的腸壁絞住他的，感受那粗大進出摩擦帶來的快感。

上面的人發現到他的小動作，立刻不客氣地進攻起來。

除了親吻，別的都算不上太溫柔，骨子裡佔有的野性迸發出來，白斌非要在丁浩的全身上下烙下印記不可。丁浩被做得迷迷糊糊的，腦中想的是，下次一定不能讓白斌「餓」這麼久。

白斌吃飽喝足之後，又纏著丁浩黏膩了一下，這才跟丁浩說起去學校的事，「浩浩，我那天聽說徐老先生也要過來。」

丁浩正在發懶，白斌剛才抱著他泡了熱水澡，他差點在裡面睡著。

聽見白斌的話，他也順著接了一句，「喔，徐老先生要來啊……徐老先生！」丁浩意會過來，抬頭看了白斌一眼，「你說的不會是我老師吧？」

白斌親了他一下，「是啊，老先生要過來帶研究生，而且Z大在這邊的項目也是他在主導的，說不定你要跟老師繼續合作了。」

丁浩打了個哈欠，趴進白斌懷裡閉上眼，含糊不清地嘟囔一句，「他來這裡……可沒有銀行會借小推車給他用……」

白斌失笑。

丁浩的老師是個很有趣的人，老頭做實驗的時候最喜歡把儀器來回搬動，而Z大實驗大樓和教學大樓離得很遠，每次都是丁浩幫他去銀行借人家的小推車來用。

白斌想起了一些大學時期的趣事。那個時候的丁浩也很好，偶爾打籃球，更多時候是陪他待在學生會的辦公室裡。他整理文件，丁浩就窩在沙發上打瞌睡，他一抬眼，就能看見丁浩。

就那樣，一直在身邊陪著他。

懷裡的人累壞了，也不再聽白斌說什麼，就睡著了。

白斌看著丁浩露在外面的脖子，脖頸後面有幾顆吮吸出來的痕跡，而薄被下面，丁浩的身上都是他留下的痕跡……只是這麼想著，他就忍不住再抱緊一點。

——這個人是屬於他的，真好。

◆

丁浩跟白斌去了新校區那邊，市內特意規劃出一大片地方支援學校建設，還不敢給特別荒涼的地方，緊鄰著城郊，一邊拆遷一邊蓋教學大樓。

天氣有點涼，丁浩只穿了件薄外套出門，現在一直把手放在口袋裡取暖。白斌皺起眉，他頭一次沒帶備用的衣服，低頭問了丁浩什麼，被丁浩拒絕了。還想說什麼，他就看見對面有人揮手，還熱情地喊了他們名字。

「嗨～！白！！丁浩！丁浩，你還記得我嗎？呀呼～！！這裡、這裡！」

馬路對面有個高個子男孩，頂著一頭金髮熱情地呼喚丁浩。要不是還有車，他都恨不得飛奔過來了。

丁浩看著那一頭金光燦燦的頭髮，一下就想起來了，也對他友好地招了招手，「喲，李夏！你怎麼也來了啊？」

李夏同學是丁浩他們以前在Z大讀書時的鄰居。這孩子個性單純，笑容陽光燦爛，繼承了他父親的一頭金髮及熱情開朗的性格，待人很實在。

混血帥哥抱著一大包東西急匆匆地跑過來，隨意把袋子放下就給丁浩一個大大的擁抱，「丁浩！我好想你啊！」

丁浩被他抱得骨頭都疼了，還沒伸手去推，那位又主動放開丁浩，帶著好奇地看著白斌，「白，你在生氣？」

丁浩笑了，「李夏，這幾年沒見，你還學會看人臉色了？」

剛才忘了說，李夏同學的神經與別人不同，異常粗壯，是一個可以頂著白斌的低氣壓，自己在自己的世界裡自由歡脫的人。

李夏放開丁浩，仔細打量著白斌的神情，啊了一聲，「我知道了！」這孩子立刻勾起標誌性的陽光笑容，伸出雙手對白斌抱過去，「白！你在吃醋啊！我們也來……」

白斌推著他額頭，不讓他靠近，額頭上都快蹦出青筋了，「我不用，謝謝。」

他以為這幾年的歷練可以讓他稍微忍受李夏這傢伙的粗線條，不過現在看來，定力還不夠。

丁浩甩了甩手臂，上去解救李夏。這個外國人搞不清楚狀況，白斌都氣成這樣了還在笑，這不是欠揍嗎？

「李夏，你怎麼來這裡了？你明年才讀研究所吧？」

李夏從小跟著他媽，中文程度比麗莎好多了，他用哀傷的語調跟丁浩解釋，「我跟徐老先生一起來的，他說這邊需要助手。我和幾個學長都來了，老先生說反正我們保研，不用去實習，就到這裡來鍛煉好了。」

他一解釋，丁浩就聽懂了。李夏今年大四，學校給了他保研名額，本來應該在學校過上豬一般墮落的幸福日子，他連遊戲光碟和整箱泡麵都買好了，但還沒打開箱子，就被徐老先生抓來當壯丁，一起支援分校建設。

白斌加速了校區的建設，原本校區成立的時候，徐老先生已經不教書了，如今偏偏趕上老先生返聘，老頭就希望能發揮自己的餘熱，非要來支援祖國建設，死活都勸不了，就來新校區了。

白斌那邊還有事，丁浩就讓李夏帶他去找徐老先生，說好了中午一起吃飯。李夏很高興，「白，一定要記得叫我們啊！」

白斌看了他一眼，遲疑了一下，還是點點頭，「好。」

李夏歡樂地跟白斌揮手告別，看著白斌走遠了，還用手捂在嘴邊對白斌重複喊道，「千萬別忘記了啊！」

丁浩逗他，「李夏，徐老先生餓到你了嗎？不用饑渴到這個地步吧？」

李夏抓了抓腦袋，有點為難，「也不是餓，主要是冷。」

丁浩有點疑惑，他把D市有特色的店想了一遍，實在想不起有哪間店能讓人吃到發「冷」，真是新鮮。

徐老先生見到丁浩很高興，拍著他的肩膀，熱情地和他談話，「丁浩啊！不錯不錯，我都聽白斌說了，項目的事你來辦，我們就放心了！」

丁浩也覺得徐老先生很熟悉，畢竟是帶過他的老師，也不多講客套話，只圍著徐老先生問了些身體方面的問題。

丁浩當年像徐老先生的書童一樣，勤勤懇懇地追隨他四年，幫老先生買飯送水，外加準時叮囑吃藥，如今再說起來也笑了，「老師，我當年伺候您，回去我奶奶還吃醋了，拚命說白養我了，唉！」

老先生也笑了，他覺得丁浩實在是個好孩子，「好多了，我最近還常出去走走。對了，丁浩你中午有事嗎？跟我們幾個一起去吃飯吧……」

徐老先生話音還沒落，李夏為首的那幾個人一起在旁邊勸起來，「老師，老師！別啊，中午我們吃點熱的！」

「是啊，老師，李夏剛說了，中午有人要請我們吃飯！」

徐老先生不高興了，「我沒辦法請自己學生吃一頓飯嗎？」

丁浩一直很好奇徐老先生帶他們去吃了什麼，聽見老先生有點惱怒，立刻打了圓場，「老師，我跟您去，不過我們還是吃點熱的吧？您胃不好，吃涼的又該不舒服了。」

丁浩哄慣了老人，一開口就讓徐老先生笑了，老頭摸著丁浩的腦袋很欣慰，「還是你懂事，我們中午就一起吃點熱的吧。」又回頭囑咐了李夏，「你去把我們的車開來，等等去老地方。」

李夏一步一挪地出去了，屋裡幾個人都垂著腦袋不說話。

丁浩打了個電話給白斌，說了一下情況。白斌也知道徐老先生向來有自己的一套思路，冒然干擾只會讓這固執的老頭生氣，也就不再多說什麼，只叮囑丁浩先去拿件衣服。

白斌那邊也很忙，語速有點快，『我讓董飛送了一件外套來給你，記得穿。』

丁浩聽到，覺得沒那麼冷了，揚了揚嘴角應一聲，「好。」

去樓前拿了外套，謝過董飛，丁浩就跟著徐老先生出去了。李夏開著他們的破越野車，一路翻山越嶺地開出去，後面幾個人擠成一團，勉強塞了進去。丁浩都被擠到快貼在玻璃上了，他那新鮮感維持了沒多久，就徹底破碎了。

丁浩很後悔，自己為什麼要為了那該死的好奇心，跟徐老先生他們一起去吃飯……

徐老先生身體很健康，人老了，總要有個愛好。像是白老爺喜歡下棋，丁奶奶喜歡剪紙、養九官鳥，徐老先生則喜歡上了攝影。

這也是當初老先生為什麼堅持要來D市的原因，這邊有一大片濕地保護區，每年冬天來的候鳥多不勝數，最有名的還是白天鵝。

天鵝只會在每年最冷的時候來這裡過冬，而且怕人，藏身的地方要多荒涼就有多荒涼。

徐老先生最近常去濕地保護區，一邊野餐一邊找機會拍幾張照片。這次幸虧丁浩提議要吃點熱的，老先生大方地帶幾個學生去路邊一家野味餐廳，叫了幾道青菜、一盆肉，招呼他們快點吃。

「吃吧，吃吧！吃飽了我們一起去找天鵝！」徐老先生想了想，又扭頭問丁浩這個D市常駐人口，「丁浩啊，我查過資料，說來這邊的天鵝是最多的，但我找了幾天都沒看到，我們這裡是有天鵝的吧？」

丁浩還真的沒注意過這些事，誰冬天會出來找會飛的大白鵝啊！

他舉著筷子遲疑了一下，還沒想出答案，幫他們上菜的服務生就接話，「有有有！我們這裡天鵝可多了！」

徐老先生一聽，更有興趣了，追問那個服務生，「喔，這附近哪裡有啊？」

徐老先生一追問，那個服務生就會錯意了，他們家掛的牌子就是「野味」，人家還以為徐老先生是帶一群人來嘗鮮的！服務生就對老先生眨了眨眼，「我們家就有啊！」

老先生沒意會過來，對面幾個學生則噗哧一聲笑了，捂著嘴悶笑。

服務生點了一下他們的人數，很認真地建議徐老先生，「先生啊，我覺得你們這幾個人，上兩隻就夠了！真的，我們家向來不缺斤短兩，頭腳都幫您上來，保證不少一塊！」

徐老先生氣得手都在發抖，舉著筷子敲兩下，「胡鬧！胡鬧！這是國家保護動物，你們知道嗎？連這都吃……連這都吃……難怪我這兩天找不到天鵝！」

服務生的臉色也不好，估計是真的沒碰過當場教育人的。

丁浩怕老先生真的氣出病來，連忙勸了兩句，讓服務生出去了。這種路邊的店哪會有天鵝，無非是掛個野味的名頭吸引人罷了。要是隨便都能吃到天鵝肉，那天鵝就不稀奇了。

丁浩又安慰徐老先生，「老師，您別聽他們的，我們吃完飯就去找，肯定能看見天鵝！我在這裡住了好一陣子，人家都說天越冷越能看見……」

老先生深受打擊，整個人都沒精神了。喝了一碗湯，又去翻桌上那本菜單。印得有點久了，上面有幾個油印，老先生順著價位表，還真的找到了天鵝。

上面白紙黑字地印得很清楚：天鵝肉，兩百元一斤。

徐老先生看著那個價格，過了一會兒，認真地問丁浩，「如果我跟他們買幾隻活的，你說人家會不會賣啊？」

丁浩幫老先生倒了杯熱茶，「老師，您怎麼跟天鵝槓上了？就算有，也都是拿來當食物的，拍不了啊……」

徐老先生嘆了口氣，「我不是想拍照，是想拿來放生。」

丁浩看到老頭是真的很難過，幫他想了個折衷的方法，「要不然這樣吧，我們找人去他們廚房看看，如果真的有活天鵝就買來放生，沒有的話，我們就走？」

徐老先生點了頭，又憤憤地加了一句，「有死的就報案！這太惡劣了！」

丁浩點了頭，眼睛一轉就想到了點子。他指名讓李夏去找，理由很簡單，在場的人只有李夏一個是金髮，完全可以裝作外國友人，藉著語言不通、不認路，混進後院。

保險起見，丁浩還是問了一句，「李夏，你知道天鵝長什麼樣子吧？」

李夏連連點頭，他這幾天做夢都是天鵝，「知道、知道！老師很仔細地講過！」

丁浩放心了，讓李夏放聰明一點，別惹麻煩。李夏平時打工的地方也很亂，各種酒吧、場子都會去，這時候也發揮了應有的作用，沒一會兒就看清楚回來了，「老師！沒有天鵝，後面只有幾隻家養的鵝。」

徐老先生放心了，招呼李夏坐下繼續吃飯，「那就好，你們快吃，吃完我們去找找看。」

李夏一聽，臉色就發苦，用肉湯拌飯吃了兩碗，又抓緊時間喝了一壺熱茶。旁邊那幾個學生跟李夏一樣，還有一個把自己隨身帶的瓶子空出來，倒熱水進去，貼身放好。

半個小時之後，丁浩明白他們這樣做的重大意義了。

徐老先生依舊沒找到天鵝，保護區的方圓幾十公里內都是無邊無際的蘆葦，荒草搖曳。冷風嗖嗖地刮過，吹起老頭厚厚的圍脖。

徐老先生站在母親河邊，詩興大發，詠詩一首，「黃河之水天上來，奔流到海不復回……」面前的黃河處於冬季，幾乎都要斷流了，一半黃沙一半水地緩慢流淌而過，都能看見底下淤積的厚厚河床了。

徐老先生也覺得這首不太應景，於是換了一首抒情的，「讓我在這裡諦聽黃河母親的心跳，唱出我們的讚歌！啊！黃河！讓人永生難忘！」

丁浩跟李夏站在旁邊冷得直發抖，搓著手腳來回跳，一個說，「老師，我們回去吧？」

一個可憐兮兮地垂著腦袋，「老師，我冷。」

另外幾個也縮著脖子，在衣領裡試圖取暖，眼巴巴地看著徐老先生，默默地請求。

他們剛跟著老先生不久，現在不敢反抗，把希望都壓在丁浩跟李夏身上了。丁浩是臉皮厚，李夏是天生不會看人臉色，有這兩人在前面帶頭勸著，他們也能早點回去。

徐老先生懷裡抱著學生貢獻的熱水瓶，嘴上還在教訓他們，「沒出息，沒出息！文人的風骨都跑到哪裡去了？」

丁浩冷到沒了力氣，還不忘嘴賤，「老師，我是理科生……」

李夏也舉手回答，「老師，我好像是外國人……」

後面幾個人中有個叛徒，咬著耳朵嘀嘀咕咕，「噯，李夏是拿助學金的吧？」

另一個捂著耳朵，立刻點了頭，「就是啊就是啊，獎學金有外國人的份，助學金可沒有……上次老師讓他抄關於候鳥的詩詞，他也說自己是外國人，沒抄！」

「是啊！只有他沒抄，還是我替他抄的……過分，太過分了！」

「就是，就是！」

多虧丁浩有白斌臨走時給的那件外套，不過就算這樣，也冷得受不了，一張嘴就哈出一口熱氣。他還年輕，倒是沒什麼，但他有點擔心徐老先生年紀大了，不能吹冷風。

丁浩看到徐老先生已經詠歎完一遍，又從春天重新開始歌頌，忍不住扶著老頭的手往回走，「老師，春天的事，我們還是等春暖花開了再說吧。」

丁浩陪他們回來，這一個多小時的路途，徐老先生怕李夏自己開車很累，叫一個學生去替換他。老先生穿的棉服很厚實，倒是沒什麼冷到，他用望遠鏡看了無邊荒野，一直跟他們碎念濕地生態的意義。

「這是難得的財富啊，如今都在搞開發，這麼大片保護區可是少見……」

後面幾個年輕人冷得瑟瑟發抖，還不忘了點頭附和，「對對對，真難得！」

徐老先生很高興，這幾天教學大樓裡的設備還沒配齊，正好不用上課，因此他立刻提議，「那我們明天再來吧？我的照片還沒拍到呢。」還念念不忘他的白天鵝。

後面幾個立刻沉默了，擠在後排座位上，一邊取暖一邊岔開話題。這個誇「你的領子真好看」，那個立刻說「你的鞋子擦得真亮啊」……繞來繞去，沒人敢接徐老先生的話。

丁浩也不跟他們鬧，他的鼻子凍到有點發紅。白斌拿來的大衣還算厚實，現在還沒冷到骨子裡。丁浩費力地從衣服口袋裡掏出幾顆糖，還沒往嘴裡送，就被李夏他們盯上了。

李夏個子高，餓得快，看見糖，肚子就咕嚕響了一聲，「丁浩，我也要。」旁邊幾個看見了，立刻跟著學，「學長，我也要……」

丁浩往嘴裡塞了塊巧克力，把剩下的放在李夏手裡讓他們分了。

他口袋裡有零食的習慣是被白斌養成的，白斌知道他在外面不會乖乖吃飯，總是會在他口袋裡塞幾塊牛肉乾、巧克力什麼的，手插進口袋裡總會有點小驚喜。

日子久了，這都變成習慣了。

丁浩側頭看著窗外荒涼的一片，半個人高的枯黃蘆葦成片連起來，看過去沒有盡頭，就這麼一直一直延續到天際。偶爾能見到一兩個養蝦人搭蓋的低矮房屋，提醒他這裡是有人煙的。

再一次回來這裡，明明一樣是落後的地方，卻給他不同的感受。

在D市第一次看見白斌是什麼時候？好像，也是這個季節吧。天氣又冷又乾，風一吹過，牙齒就要發顫。當時的他死要面子，非要穿一件小皮衣，跟著丁遠邊來野外考察。

那個時候的丁浩不學無術，來這裡的目的不純潔——他是想來這裡吃大雁的。

李盛東跟他吹牛過，說他們上次來D市，在保護區裡開車追兔子，還偷了兩把獵槍打鳥。

他眼饞，也想來這裡追兔子打鳥，又一直聽別人說天上的大雁好吃，想嘗鮮。

丁浩瞞著丁遠邊開車出去，繞著路開了三圈，實在不敢進去。保護區太大了，他不敢一個人去裡面，但倔強的脾氣上來，又不肯白來一趟、空手回去。

他就這麼一直繞，一直繞，汽車沒油了。

他來的時候是開著一輛破桑塔納，汽車都在叫了，油表顯示有三分之一還沒用呢！丁浩氣得踢了這台破車一腳，帶著一點希望點火，啟動一下，那台破車居然還能慢慢走兩步。但也只有兩步，馬上又熄火了。

他就這樣走兩步休息一下，撐到距離最近的加油站一百公尺的時候，車子在十字路口徹底熄火了。

他站在路中間左右為難，推不過去又挪不動，更要命的是，車上連可樂瓶子都沒有，想要臨時裝點汽油回來都沒辦法。最後，他只能把車扔在路中間，跑去買汽油。

慶幸的是這裡荒涼，路上一時半刻不會有車經過，不然他的車橫在路口，早就被撞了。

加油站很簡陋，是他看見過最簡陋的地方，竟然連賣礦泉水、飲料的都沒有！這邊只有兩個大嬸穿著帶有油汙的工作服，腳底下有撿來的廢棄塑膠瓶。

他挑了個還算乾淨的可樂瓶，買了一瓶汽油捧著回來。

不知道是他手凍僵了還是這台破車年紀太大了，油箱蓋擰了半天也擰不開。

他在寒風中凍得直發抖，捧著一瓶汽油欲哭無淚，身上的小皮衣被風刮得嘩嘩作響，一點風都擋不住。

就頂著這一副倒楣樣，他看見了白斌。

好像每次他倒楣的時候，幫他的都是白斌。

白斌從車上下來，幫他灌完那一瓶油，又看著他晃晃悠悠地開進加油站，加完了油。就那樣一直看著，直到臨走也沒多說什麼。

他忘了白斌，以為他們是第一次見面，但是白斌記得他，希望能聽一句「好久不見」或「你還好嗎？」

窗外閃過幾根電線杆，上方如蛛線一般牽扯的電線縱橫交加，遠看並不明顯，卻相交相會，一絲都不會錯。

丁浩看著外面出神。

李夏在旁邊困難地抽出手，把剩下的一塊巧克力遞給他，都被他捏到有些變形了，「丁浩，你吃吧？」

丁浩沒接下，還在看窗外，「不用，等等就到了，我也不餓。」

李夏替他接了下半句，「就是有點冷，對吧？你吃吧，我看你的臉色不好，不會是要生病了吧？」

丁浩有反應了，回頭對李夏吥了一聲，他難得有點感傷，都被李夏掃光了。

「李夏，有人像你這樣說話的嗎？我們家麗莎都比你含蓄！」

李夏同學心直口快，說完也不覺得有什麼不對。他把巧克力剝開來自己吃掉，吃東西都堵不了他的嘴，「我說的是實話。丁浩，你是不是著涼了？從一上車就很難受的樣子。」

丁浩最後的一點憂鬱徹底沒了蹤影，閉上眼睛，靠著車窗睡覺。

白斌不知道是從哪裡聽來的消息，知道丁浩跟徐老先生去了濕地保護區，早早就在快速道路前等著他們。這是從濕地回市區的必經之地，他不知道徐老先生一行人會走快速道路還是國道，只能一直在這裡等著。

天色暗了，北方的冬天向來很早日落，太陽還未全部下山，就要開車燈了。丁浩看到那個人亮著車燈在路口等，大老遠就出來等著他，有一種說不清的感覺從心口蔓延，人生重新開始時，這種感覺都沒有這麼強烈過。

從那擠得跟罐頭一樣的破越野車上下來，身上立刻被白斌蓋上了一件羽絨衣，連帽子都幫他戴好了。丁浩沒動，就站在那裡讓白斌忙碌，看著汽車尾燈下的那個男人，就連他皺起的眉頭都格外好看。

那個人的語氣很生硬，但是幫他戴帽子的時候不經意擦過臉頰的手卻很暖，「下次記得打電話給我，我去接你。」

丁浩笑了，點頭說好。

身後的越野車響起兩聲喇叭聲，從他們身邊開過去了。路邊的荒草在夜色中被風吹動，像是無邊的黑色在搖擺，唯一的溫暖只剩下白斌開著的車燈。

手被握住了，前面的人走得很堅定，問的話也動聽：「我們回家吧？」

丁浩的手指動了動，纏住他的，握緊，「好。」

——白斌，你不知道吧？我能重新再愛你一次，這真是太好了。

◆

丁浩從濕地回來之後，一直打噴嚏。白斌摸他的額頭也不燙，不敢亂給他吃藥，只能多煮一點薑湯讓他喝，去去寒氣。

打噴嚏的這位一直以自己的體格為榮，老丁家的基因除了展現在臉上，就是體現在很少被病毒糾纏的身體上。

借白露的一句實在話：人家都說，不怎麼動腦子的人不常生病。大約是丁浩這幾年多少動了幾次腦子，等晚上睡著了，就迷迷糊糊地發起抖來。

白斌抱著他，一整晚都不敢放手。他蓋了兩床厚被子，這才讓丁浩舒服一點。

白斌心裡有點自責，他知道丁浩回來後不舒服，可是看到他飯沒少吃，一樣會上網，就沒再勸他吃藥了。如今大半夜的，也不能帶他去醫院了，外面風大，稍微一吹，馬上就得住院了。

白斌碰了碰丁浩的額頭，有點發燙。

這一晚，白斌都沒睡好，時不時起來摸摸丁浩的額頭，又看看錶。好不容易撐到天亮，正想著該怎麼勸丁浩去醫院看看，那位就在他懷裡伸了個懶腰，自己醒了。

「白斌，幾點了……」丁浩看起來精神還不錯，揉著眼睛，伸手去白斌那邊撈手錶，「你怎麼還不去上班啊？」

白斌把他的手臂抓回去，用被子裹好，「一整晚都在喊冷，醒了就忘了？」

丁浩被他裹得嚴實，這才發現自己跟白斌手腳交纏地睡在一起，雖然往常也會抱著睡覺，但身子疊身子、腿擠著腿的倒是很少見。

他試著動了動腳，立刻被白斌壓住了，「還難受嗎？不然我帶你去醫院吧。」

丁浩搖了搖頭，他都不記得昨天有冷到發抖過，看到白斌一臉認真地問他還有點迷茫，「我不就是打了幾個噴嚏，不需要去醫院吧？」

白斌摸他的額頭，確實不燙了，涼涼的，比他還正常，「你昨天差點發燒，還自己說了一整晚的話。」

丁浩看到白斌幫他塞到後面的被角，追問，「我昨天說夢話了？說了什麼？」

白斌看他一眼，「一整晚都喊冷，放開一點就哭。」

丁浩一聽就知道後半句不是真的，他可是從來不哭的。

他笑嘻嘻地貼過去，貼著白斌蹭了蹭，從善如流地順著他的話，「對對對，我想起來了！白斌，我冷，你快抱著我，一放開我就特別想哭……」

昨晚丁浩說冷，白斌怕他出汗就把睡衣都脫掉才入睡。如今，這個人跟泥鰍一樣貼著他左蹭右蹭的，白斌也有點受不了了，沒幾下就呼吸變得沉重。

「要不要去……醫院？」

丁浩探出一小截手，摸了摸他的額頭，這傢伙還在壞笑，「白斌，你比我燙多了！要是我們去了醫院，你說醫生會檢查哪個人？」

白斌按住那隻還在被子裡作怪的手，聲音帶著一點壓抑，「浩浩，別鬧了。你昨天晚上一直在喊冷，我抱著你都暖和不了……」

丁浩湊近，打斷他的話，「白斌，你一定沒仔細聽我說的夢話。」

白斌愣了一下，「什麼？」

丁浩抱著他的脖子，眼裡帶著笑，卻讓人覺得很認真，「我明明還說了好多遍『我愛你』。」

白斌咳了一聲，垂下眼睛掙脫丁浩的雙手，俐落地起身，拿替換的衣服去了浴室。

白斌在浴室裡待了很久，出來時也很匆忙，頭一次差點遲到。

「浩浩，我先去上班了。冰箱裡有粥，你餓了就熱一下，聽見了沒？還、還有藥，也放在餐桌上了，你記得吃……」

丁浩躺在床上，笑到停不下來。他剛才一直膩在白斌身上，自然感覺得到白斌的不對勁，不過一句話，幾乎就立刻有了反應……

丁浩想到那個人急匆匆去浴室的樣子，耳朵似乎還紅了，忍不住又笑了。

有些事說出來也不錯，反正，我只愛你。

第四章　小助教

丁浩才好了一點，就要去學校找徐老先生談專案的事。

他還沒出門就被白斌逼吃藥，但他還不老實，非要說自己有免疫力，不吃藥也會好。

「白斌，真的，感冒吃不吃藥都得拖一個星期……」

白斌的眉頭皺得很深，捏著藥片不肯放他出去，「吃了再走。」

丁浩就是有一點頭暈，沒什麼其他的感覺。他覺得白斌這樣有點小題大做，不過還是老實地坐下來。

白斌拿的是膠囊，丁浩就著他的手吃了藥，吞了好幾口水還覺得喉嚨裡被堵著。

看著他吃完藥，白斌又忍不住提出新要求，「要不然，再休息一天吧？」

丁浩不答應，「你當初吊點滴，不也去上班了嗎？我昨天都跟老師約好了，白傑也特地早到，正在等我呢！一家人都在那裡等我一個，結果我說不去了？你這樣不是在害我嗎……」看到白斌還在猶豫，又抓了他的手續道，「我知道你是心疼我，嘿嘿！白斌，來親一個！」

丁浩生病了，也只意思意思地隔著老遠，啵了一個。但白斌是務實派，立刻彎腰親了上去，親完還抵住他的額頭，「好像是不燙，但是你一直在打噴嚏，吃了藥也沒有比較好。」

丁浩靠著他的額頭蹭了蹭，笑了，「你以為你給我吃的是仙丹啊？哪有立刻就好的。」

他也只是多打了幾個噴嚏，家裡這位太緊張了。

白斌還要再親，就被丁浩推開了。丁浩眼巴巴地看著白斌，等著被放出去，「白斌，藥吃完了也親完了，你就讓我去吧？」

白斌被他這個可憐的模樣逗笑了，揉了揉他的頭髮，「好。我今天去現場，正好會路過那邊，我送你過去吧。」

丁浩一出門就被白斌包成厚厚一團，圍巾裹得幾乎快蓋住眼睛了，加上帽子，他覺得自己像極了偷偷出門的小明星。

老丁家的強大基因再次發揮了功效，這傢伙無論什麼時候都覺得自己特別帥，白露有一次就忍不住對丁浩的這種心理做了評價。

她說：「丁浩，我真羨慕你。」看著丁浩那張得意洋洋的臉，白露又慢吞吞地補道，「我一直搞不懂，你那種莫名的自信是哪裡來的……」

這句話讓丁浩琢磨了半天，才明白這不是誇獎人的話。

白斌送丁浩去學校見徐老先生時，白傑正好剛到，看見自家哥哥還問候了一句。

白斌看見自家弟弟，這才放心了一點，囑咐白傑多照顧丁浩一點，「他感冒了，飲食稍微注意一下。」

白傑點頭答應，「嗯，我會看好他的。」看到丁浩穿得豐潤，還難得開了個玩笑，「丁浩，你比小寶貝穿得還多。趕緊好起來吧，寶貝一直抱著魔術方塊、念著你呢，好了就來家裡看看他。」

丁浩本來就有點鼻音，聽到白傑這麼說，鼻音更重了，「好好，等好了就去。你叫麗莎多注意一點，最近天冷，得多穿衣服，別感冒了啊。」

徐老先生早就在辦公室裡看見丁浩他們上樓了，但是等了半天也沒見到人進來，就催李夏去看看。

李夏剛打開門，就聽見丁浩說的後半句，馬上笑了，「丁浩，你還要再多穿衣服嗎？你再穿多一點就真的走不動了！」

丁浩看見李夏穿著皮衣還不怕冷，心裡頓時嫉妒。

要說身體好，還是李夏這孩子身體最好，二十歲的年紀，不光笑容燦爛，連這身小身板也引人眼球。丁浩瞄著李夏敞開的衣服，裡面只有一件薄薄的V領線衫，隱約透出那副好身材。

丁浩隔著圍巾，甕聲甕氣地嘀咕了一句騷包。

李夏沒聽見，白斌倒是聽清楚了，敲了一下丁浩的額頭，「別跟李盛東學這些亂七八糟的詞。」敲完又改用揉的，「我走了？」

丁浩點頭，目送他離開才跟白傑、李夏進去。

徐老先生看見丁浩感冒了，連聲問候。

老頭覺得丁浩的感冒是他引起的，格外愧疚，「丁浩，都怪我帶你去濕地，唉！以後你就別跟去了，現在的年輕人，禁不起吹風……」說完丁浩，他扭頭對旁邊幾個學生叮囑，「你們也別去了，一個個都不管現在幾月了，還穿那麼薄的小外套，不感冒才怪！」

李夏帶頭反對，他們哪放心讓徐老先生一個人去，「老師，我們有買羽絨衣了！」

後面幾個跟著點頭相應，「是啊，是啊，老師，您帶我們去吧，您一個人去找，肯定不比我們大家一起找還快！」

徐老先生笑罵了一句。這幾個小猴子平時很愛鬧，不過對他倒是真的關心，「你們都去的話，沒人看家啊？」

李夏指了指白傑跟丁浩，「他們留下來幫我們……」

還沒說完，就被徐老先生瞪了一眼。

這孩子太不客氣了，一點都不懂得謙虛。

「李夏！那是客人，你怎麼這樣說話……看丁浩幹什麼？丁浩是你學長沒錯，但人家也有自己的公司要忙啊！平時我一再告誡你們要謙虛待人，你們一個個都沒放在心上！」

李夏看到丁浩坐在辦公室內唯一一張大椅子上，捧著他們新買的茶杯，吃著他們的最後一包軟餅乾，還嗑起了瓜子……他看著那個笑得一臉不正經的昔日學長，也沒從他身上看出「謙虛待人」來。

旁邊幾個學生提醒徐老先生，「老師，昨天不是還有一個來面試的嗎？說是要來當助教的，您忘啦？」

他這麼一說，徐老先生倒是想起來了，「對，說是上午會來，也快到了吧？」

白傑有點遲疑。他是來幫丁浩看企畫的，看到徐老先生他們上午還有面試，就提議把會議時間挪到下午，「我們今天都在這裡，那就等您忙完再談吧？」

徐老先生笑呵呵地笑了，擺擺手說不用，「那是一個老朋友介紹來的孩子，剛在國外念完文學，正好我們這裡缺一個助教，就讓他來幫幫忙。」

李夏和丁浩相處久了，深得丁浩的真傳，立刻向徐老先生提議，「老師，這次會議就讓他來記錄吧？就當作面試了！」

徐老先生點頭同意，「也好。」

他猜那孩子是學文的，做起會議記錄，肯定比家裡的這幾個寫得還漂亮。老先生每次翻看李夏他們做的一周紀要，都得一邊猜一邊改錯字，這讓擁有文人風骨的徐老先生十分痛苦。

徐老先生一點頭，後面幾個人立刻拍著手贊同，「耶！不用我們寫嘍！」

「終於來一個能讓我們欺負的了！」

徐老先生心想，要不要多出一點作業給這幾個臭小子，一個學期發表三篇論文真是便宜他們了。

來面試的人準時來了，推開門的時候，還對徐老先生鞠了一躬，「不好意思，不好意思！本來想早點來的，沒料到路上塞車……」

這一串話說得乾脆俐落，外加那個鞠躬，更讓人覺得有禮貌。但大家的視線，全都留在那位先生的頭上——具體來說，是他頭上的豹紋小禮帽。

等他抬起頭來，徐老先生更忍不住吸了口氣。

他戴著豹紋帽就算了，還留著半長的捲髮，大約是覺得來面試，得鄭重一點，都綁起來了，只留下幾縷垂在耳邊，配上那抹了薄薄一層粉底的臉蛋，怎麼看怎麼女孩子氣。

豹紋帽走幾步過去，握住徐老先生的手，笑得很開心，「老先生您好！我是付教授介紹來的，一直有聽過付教授說起您，真沒想到有這個榮幸能讓您指導。我叫李華茂，木子李，風華正茂的華茂！希望今後您多多指導！」

徐老先生有點傻掉了，他沒見過這麼海派的打扮，不過是老朋友介紹來的，他也不好再說什麼，「那個，華茂啊……坐吧，坐下談……」

來人立刻答應了，緊靠著徐老先生坐下。看到李夏他們還站在一旁沒動，又跳起來，「你看我，都忙暈了！幾位都是老師的學生吧？比我早入門，那我就厚臉皮地叫各位學長了，坐坐坐，別站著說話啊！」

李夏他們剛才一直在看人家的捲毛，被這麼一說，倒是不好意思了，各自抓著腦袋找位置坐下。

丁浩躲在圍巾後面笑彎了眼。

這傢伙他見過，就是之前那個攝影師！他跟白斌一起回家看小寶貝的時候，在飛機上跟他聊了一整路……這是流氓啊！如今再看他，人家還是個有教養的流氓。

白傑看到丁浩一直盯著人家看，看到最後還笑了，覺得這樣很不好。他咳了一聲，提醒道，「丁浩，你在看什麼？」

他也只是提醒一下，沒料到丁浩還真的回答了。

丁浩用裹得嚴實的手臂戳白傑，小聲跟他咬耳朵，「白傑，你剛才看見了沒？他的腰帶也是豹紋的！嘿嘿！」

白傑看了一眼，正好跟李華茂對上眼。那位的眼睛立刻亮了，一閃一閃的，比帽子上鑲嵌的亮鑽亮！

徐老先生要做的計畫是太陽能街燈，是跟另外幾間高中合作的。

他們上次也做過這個，但是做科研的沒什麼商業經驗，做完各自負責的部分，結算經費的時候被扣得很慘。除了廠商提供的材料，也只多了幾天的便當錢。

教授們拿著那幾百塊嘆了一聲，說這次就當作帶學生練習了。徐老先生心裡也不舒坦，他看著自己的學生在實驗室加班通宵趕出作品，好幾個都有黑眼圈了，哪能不心疼。

老先生護短，找對方理論過一次，但人家的公關部也不是吃素的，別說要錢回來了，還差點被人潑了茶水。老先生這一輩子都受人尊重，哪經歷過這些，一想到就生氣。

現在又有這個計畫，徐老先生想到上次的教訓，本來不想接的，但是正巧，那天他正好碰到白斌來新校區，一起吃飯時聊到，他才知道丁浩從商了。

這等於是自己人打入內部了啊！徐老先生很高興，一再跟白斌說他這個計畫先幫丁浩留著，就算有便宜，也要便宜自己人不是嗎！白斌的想法跟徐老先生不謀而合，他也覺得外面很複雜，不適合丁浩，不如來學校好。

如此這般，才有了今天的大聚首。

白傑正在代表丁浩跟徐老先生協商。因為是自己的老師，給的條件很寬鬆，徐老先生只要看到丁浩在旁邊就放心了，如今再聽白傑說的，更是滿意。

李華茂同學剛來，被那幾個學生打著面試的旗號，塞了紙筆，讓他做會議記錄。這位也不含糊，接過來就寫，還做得有模有樣，很有那麼一回事。

李夏他們特別高興，他們偷偷瞥了一眼李華茂寫的，內容詳細，字跡也漂亮，以後抄詩詞的事也能放心交給他了。

李華茂不知道那幾位的險惡用心，還在認認真真地寫著。

丁浩坐在旁邊守本分地充當擺設，他來這裡就是來當徐老先生的定心丸。老先生的辦公室裡還是有點冷，丁浩只脫了一件大衣，圍巾也沒摘，偶爾還是會打個噴嚏。

李華茂做著記錄，又手腳俐落地遞紙巾給丁浩，「來。」

丁浩側頭看他一眼，「不用，我有手帕……我說，你是不是怕我傳染給你啊？」

李華茂寫字的手頓了一下，抬起頭看丁浩，他這種隱晦的心思竟然有人能看出來？這太神奇了，同類啊。

「你……你是？」

丁浩把圍巾往下拉了一點，對他笑，「攝影師，你怎麼不去拍照，來這裡當起祕書了啊？」

李華茂眨了一下眼睛，看看丁浩，再看看白傑，問的第一句話竟然是，「你剛換的？」

丁浩聽懂了，也有點不高興，「說什麼呢，這是我弟弟。」

李華茂低頭繼續做筆記，那張紙巾也放回口袋了，語氣還有點酸，「好了，上次那個是哥哥，這次的是弟弟……你騙誰呢！」

丁浩懶得跟他說這些，「你不是回去當大學老師了，怎麼又跑到這裡來應聘？噯，我說李華茂，別裝聽不見啊，我也是徐老先生的學生，論輩分，你是不是也該叫我一聲學長啊？」

那位還沉浸在「好貨色都被搶走了」的痛苦中，聽見丁浩說，心不甘情不願地喊了句學長。

丁浩就愛聽這種發自內心的苦悶聲音，聽到就身心舒暢，又逗他，「你學文的？」

李華茂的腦袋稍微抬高了一點，語氣有點小得意，「我是文理雙學士！」

丁浩喔了一聲，「這麼好的條件，那邊為什麼不要你啊？」

抬高的腦袋又低下去了，「他們學校要求男老師要剪短髮……都什麼年代了，怎麼還弄這種野蠻的條例啊？這要是在國外，屬於干涉人權……」他嘟嘟囔囔地說了一堆不是，中心大意始終圍繞在捍衛自己的那頭捲毛上。

丁浩聽懂了，他是死愛漂亮，為了那頭捲毛不肯折腰，跑路了。

他看白傑還要跟徐老先生商量一陣子，也不再打擾李華茂，換個位置，去跟李夏他們聊天了。

李夏他們幾個剛來D市，首先熟悉的就是荒草無邊的保護區，來了這麼久，也只去市中心買了件羽絨衣。丁浩看他們對市區生活很嚮往，笑著答應請他們去玩，「來玩時我請你們吃飯，我們去飯店開房間，吃喝玩一條龍啊！」

這幾個立刻學長長學長短地喊了起來，叫得親密得很，就差沒把丁浩供起來，早晚三炷香了。

丁浩他們聊得很高興，徐老先生也跟白傑商量得很高興。老先生覺得這次真的沒找錯人，不但丁浩這裡很保險，這個白傑也不錯，一看就是有能力的。老先生很痛快地答應了計畫的事，他們幾個只需要顧研發，其他都讓白傑跟丁浩去忙就好。

李華茂做事很俐落，徐老先生剛跟白傑握完手，他也差不多同時停筆了，寫得詳細又有條理。李華茂面試這關沒話說，除了外型太過招搖，其他的都讓徐老先生很滿意。

徐老先生是負責管理這邊新校區的。因為學校還沒完全建好，只挪了一部分研究生過來，跟李華茂的專業不相符，老先生就答應讓他跟著自己跑腿幾天，等建好校舍，開始招生了再重新安排。

「等春天差不多完工，到時候本部招生時會直接派人過來，你再去下面代課。」

徐老先生在Z大，輩分算高的了，他一點頭，李華茂就知道自己過了，立刻笑得跟一朵花一樣幫老先生倒了杯熱茶，語氣也格外親熱，「老師，我來的不是時候，又給您添麻煩了……」

徐老先生大致適應了他的外表，接過茶時笑呵呵的，擺了擺手讓他坐下，「老付的學生嘛，我當然要好好照顧。唉，你當年跟老付跟得好好的，怎麼非吵著要出國啊？那個老傢伙為了這個，還跟我訴了幾次苦，說他帶的那批學生裡只有好一個苗子，還跑了……」

李華茂不著聲色地打斷徐老先生的懷舊，又端來茶壺幫他續杯，「老師，我當年不懂事，哈哈，哈哈哈，再也不出去了！」

他說得不夠快，李夏那幾個已經聽見了，小聲地咬耳朵，「付教授就是那個經常拿詩詞來的？」

後面幾個點頭，「對對，就是那個總愛拿繁體書來的那個！」

徐老先生喜歡文學，尤其喜歡詩歌之類的，有幾個文學方面的朋友不奇怪。但是那位付老先生是李夏的老師，這又讓人疑惑了，「付教授不是只帶博士生嗎？」

了解情況的人插了一句，「幾年前還帶過研究生吧？」

李夏同學最直白，一下就問出了大家的心聲，「你們說，李華茂多大了啊？」

李華茂正在那邊倒茶，聽到差點沒把茶水潑出來，臉上笑得也有點勉強。

徐老先生正跟李華茂從學生聊到生活，聽見李夏的大嗓門，對他噓了一聲，「李夏，沒規矩！」

李夏吐了吐舌頭，幾個人立刻圍成一團，捧著李華茂整理的記錄評頭論足，一副我們沒參與的樣子。

丁浩不怕徐老先生，接續李夏的話說，「老師，他剛剛跟我說他是文理雙學士，進門時還叫李夏學長，您跟我們說說具體情況吧，以免亂喊，弄亂了輩分啊！」

李華茂像刀子一樣的眼神又殺到丁浩那邊去了。

他最恨人家提他的年齡，尤其是這種一提再提的！長得帥也不能提！！

徐老先生這個時候有點受到李夏傳染了，沒想那麼多，點著頭幫丁浩解惑，「你們該叫他學長，剛才進門的時候，我也糊塗，忘了跟你們說。」老先生指了指李華茂，語氣中帶著一點得意，「你們這個學長不得了啊，文理雙學士、文理雙碩士、文理雙博士，嘖嘖！」

李夏他們幾個立刻用一種崇拜的眼神看向李華茂，小豹紋連連說著「過獎、過獎」，尾巴還沒翹起來就被丁浩無情地戳破了。

丁浩喝茶，嘆了一聲，「真不愧多吃了這幾年的飯啊！」

李華茂垂著腦袋，坐在一旁為茶壺添水。他一年內被人提醒年齡的次數，都沒今天多！剛才跟丁浩說雙學士，無非是想沾一點青春的邊，但丁浩連這個都非得當場揭穿，他傷心了。

徐老先生拍了拍他的肩膀，笑得一臉和藹，再次讓他心情跌到谷底，「華茂啊，有對象了沒？你都快三十了吧？老付前兩天還囑咐我，要幫你介紹好的對象。你想要什麼樣的啊？跟老師說，我一定會挑個好女孩！」

李華茂捏著茶壺，手上頓時就爆出了青筋，使勁憋出一個笑容，「老師，我是臘月生的，按照國曆來算，我今年才二十七歲呢……」

徐老先生看了看日曆，「哎喲，還真的是呢……」老頭咂咂嘴，沒說出來。

但李夏那個少根筋的傻子接道，「老師，臘月就是十二月吧？不是下個月就到了嗎！」

李華茂惡狠狠地瞪了李夏一眼，小眼睛跟貓一樣圓，那神情就像恨不得在臉上寫著：差一天也是二十七歲！！！

李夏頭一次看到怨念的眼神，眨了眨眼睛，立刻又扭頭問丁浩，「丁浩，臘月是十二月沒錯吧？」這孩子以為自己記錯了，完全沒領悟到李華茂控訴的重點。

丁浩從剛才就一直咧著嘴笑，聽見他問，連連點頭，「沒錯、沒錯！就是下個月！」

李夏抓了抓腦袋，不明白李華茂為什麼要瞪他，丁浩說他沒錯啊……

李夏的常識沒錯，但是他說出來就錯了。

李華茂當年上研究所跟著付教授，硬是在兩年內讀完了。在這期間，李同學的廢寢忘食與付老頭繁重的課業併稱F大兩大最——最壯烈和最慘烈。

李華茂能用兩年學完，並成功取得去國外讀博的資格，用付教授的一句話總結：真是奇跡啊！凡是奇跡，總是有些原因與代價的。

李華茂拚命的原因是個男人。他那時候很純情，喜歡上大自己一屆的學長，兩人都是學文的，共同話題也多。一來二去，李華茂一顆心就掛在人家身上了。

李同學當年比較害羞，外表含蓄，說話也含蓄，偶爾寫首情詩都藏頭露尾的。那個學長也有一點笨，壓根沒看出來李華茂喜歡他，還熱情地鼓勵他以後要考博士，自己今年就要考X國的云云。

李華茂一聽到學長要出國讀博士，立刻就慌了。他才剛戀愛……咳，剛開始要戀愛，學長怎麼能扔下他單飛呢？於是，拚命李郎硬在兩年內讀完了研究所，還順利考上了學長要去的外國公費博士生。

可問題就出在這裡，全學校，就只有一個公費的名額。

那個學長家境一般，看到公費的名額沒了，想了想還是留在國內讀博士了。李華茂臨走那天，學長特意去機場送他，一臉羡慕地看著他嘆了一句，「小李，你真厲害。早知道你也要考這間學校，我就不報了……」

李華茂兩眼淚汪汪地看著學長，這跟他想像的差太多了。他當初想的是，兩人在機場並肩提著行李，他羞答答地拿出證件，說「學長，我跟你一起走」，看著學長感動的眼神再順利告白，從此相親相愛、伉儷情深……

現實很殘忍，學長對著他遠去的背影，揮手送行——

李華茂同學的初戀，在學長飽含羡慕的「拜拜」中徹底夭折。

他為自己的戀情失敗，在飛機上哭了一路。

「我要回去，我、我一個人來這裡幹、幹什麼啊！！嗚嗚嗚……」

明白了自己戀情失敗的原因，李華茂同學在國外讀書的期間，為自己樹立了宏偉的志願。他立志要成為一個不再羞澀的人，他要好好把握青春，把握人生，把握那該死的愛情……

之後在國外的三年，他歷經艱辛，不比在國內讀研時付出的辛苦少。

以上，就是李華茂二十七歲十一個月的重大人生經歷和轉折。

他不知道的是，在他無比抗拒的二十八歲——這一年，他終於找到了幸福。

現在的李華茂，還沉浸在年齡被人揭發的心痛中，憤憤地看著李夏，又看著一臉壞笑的丁浩，敵眾我寡……李同學默默在心中流下一行清淚，扭過頭去。

徐老先生在他對面，看著李華茂回頭，又開始跟他嘀咕結婚生子。李華茂摸著自己的頭髮，在心裡安慰自己，只要不讓他剃頭髮，聽聽徐老先生滿是人情味的嘮叨也不錯。

白傑的任務圓滿完成，跟徐老先生約好了下次見面的時間，到時候他們再拿具體方案過來。臨走的時候，他又擔心丁浩感冒，沒聽清楚會議內容，特意和李華茂要了一份紀錄的影本，轉手遞給丁浩，「你回去自己看……不，還是給我哥看吧，你感冒了，記得多休息。」

白傑只是單純覺得丁浩平時就要麻煩自家大哥，感冒了不就是加倍的麻煩？當然，他哥也很樂意被麻煩……丁浩只要照顧好自己，就是對他哥的幫助與支持了。

這麼深層的內心話，當然不能被普通人領悟，所以來送影本給白傑的李華茂同學眼睛又亮了！他上下打量著丁浩，努力從裹得臃腫的棉服和厚厚的圍巾裡回憶丁浩的模樣，他很羡慕丁浩左擁右抱的日子——家裡供著兩個帥哥，竟然還不打架！真本事啊！

而丁浩從他猥瑣的眼神裡漸漸領悟了真諦，把幫他拎包包的白傑叫住。

丁浩隔著圍巾跟李華茂告別，說得格外真誠，「李華茂啊，下個月你生日我一定會來！白傑，二十八歲這個數字很吉利，我們也送份心意給他吧？」

白傑聽不懂丁浩的話，或者說，他壓根就沒把心思放在家人以外的人身上，聽見也只是淡淡地點了點頭，「好。」

這一聲，瞬間讓李華茂的表情凍結了。

白傑送丁浩回去，在路上接到了他哥的電話。白斌打來問了一下他們商談的情況，得到白傑的肯定答案，也就沒再多問，又繞到丁浩身上。

聽到白傑說他們還沒吃飯，白斌要他們先別去找餐廳，『回家吧，我今天下午開會，提前回來了，正好做點拿手菜慰勞一下你們。』

白傑聽到他哥的話，立刻答應了，「好。」

到家的時候，白斌正把菜端上餐桌，招呼白傑坐下，「來了？先休息一下，還有一個湯，馬上就好。」

白斌起身去端湯，丁浩脫下外套扔在沙發上，跟著進去，「還有什麼？我看看……蓮藕排骨湯！這個好，白斌，怎麼沒排骨啊？」

白斌拉過他，親了一口，「有，不給你吃。」

丁浩自從感冒後，白斌就餵他清淡的，這幾天吃青菜都吃夠了。丁浩瞟了一眼冒著油花的蓮藕湯嘆了口氣，好吧，這好歹也算託白傑的福，沾葷了！

白斌的菜色果然準備了兩份，一份清淡的、一份味道偏重的。看到丁浩往排骨那邊坐，白斌叫住了他，拍拍自己旁邊，「浩浩，來坐這裡。」

丁浩一點一點挪回來，啃著蓮藕，看白家兄弟吃肉。

白斌問了一下丁浩上午的情況，白傑一一回答，那內容詳細得讓丁浩覺得白傑這一天沒幹別的，就全職監督他了。

吃過飯，兩兄弟都有事要忙，也不多說了。白斌送自己弟弟出去，又讓他帶了一份蓮藕排骨回去，「不小心煮太多了，你們晚上吃吧。」

白傑連忙收下。他這也是託丁浩的福，頭一次吃到自己哥哥煮的菜，因此捧著那個碩大的飯盒連聲說改天送回來給他們。

丁浩被白斌攔在門口，就探出腦袋提醒白傑，「記得帶小寶貝一起過來，你跟他說，我好想他！」

白傑笑著說好，告辭走了。

丁浩還在門口，回頭就被白斌彈了額頭，推進屋裡，「不怕再吹到風冷到嗎？到時候別說寶貝來我們這裡，連你想去看他都不行了。」

丁浩不怕他，摟著白斌的脖子笑嘻嘻地問，「你今大怎麼沒穿圍裙？往常都穿著啊……」

白斌摟著他的腰，往屁股上給他一巴掌。他打得很輕，還沒落下就自己減輕了力道，等落下來又使勁揉捏了一下，「都不想點好的。下次問問奶奶是誰教你的，從小就會使壞。」

丁浩一臉驚奇地看著他，「不是你嗎？我從小就跟著你了啊！」

白斌氣笑了，抱著他咬住嘴巴，「現在就變成是我教的了？那我教你別的，你怎麼學不會……當年學英語吃了多少苦，如今又都忘光了吧？」

丁浩聽到他說英語，一下就想起李華茂，用舌頭抵著白斌的讓他出來，「我跟你說啊，白斌，我今天見到一個特別有意思的人……唔……你等等……」

這就是老是騙人的結果，難得說一次實話，人家卻不聽。

白斌纏著他不放，按著後腦勺親個沒完。今天丁浩出門一上午，他一直很擔心，生怕白傑照顧不來。

丁浩還在努力掙扎，「白斌，我……唔唔唔……」

他動得越激烈，白斌回應得越積極，等能說話的時候，嘴巴都有點腫了。白斌吸了一下他的舌頭，又不捨地抵住，舔了舔，「好了，說吧。見到誰了？」

丁浩的腦袋被他親到變成了一團漿糊，本來就有點暈暈的，現在更記不得什麼事了，「那個誰，我想想，剛才還一直想著……叫什麼呢？特別騷的名字，還融入了一句成語……」丁浩努力回想，他記得是形容一個人很年輕，很漂亮，偶爾還會閃過一頂豹紋帽。

白斌看了一下手錶，快到開會的時間了，於是又低頭親了丁浩一口，「那你先想，等我晚上回來告訴我。」看到丁浩的臉色微紅，白斌捏著耳垂囑咐他，「下午沒事就去床上睡一下，知道嗎？」

丁浩被他捏得臉色更紅了，腦袋裡的那個人名，在白斌出門前是徹底想不起來了。

◆

白傑做了專案的初步分析，在白斌的授意下，讓丁浩負責聯絡學校研發人員的工作。

事情不多，就是需要經常去學校。這次是丁浩求白傑來幫忙的，他不懂計畫的事，又跟徐老先生拍胸脯保證過，現在都指望著白傑幫忙呢，壓根不敢多說什麼。因此他聽到白傑這麼說，立刻老老實實地往學校跑。

丁浩對開車有陰影，很少自己開車出去，白斌只以為他是不喜歡開車，也沒多問。白斌去開發區時正好會路過學校，就每天準時把丁浩送過去，中午讓他跟著徐老先生去吃餐廳，晚上再準時接他回來。

「白斌，你上班這麼忙，接送我會不會很麻煩啊？」

「沒事，沒事！為了你老子，什麼都不怕啊！」

「你那麼愛我啊？」

「那是必須的啊！」

「……浩浩。」白斌一手扶著方向盤，一手把丁浩兩隻手上的布偶都抓下來。

這是買給小寶貝的，還沒送去，倒是丁浩自己先玩起來了。

「在車上，不要自己提問，自己回答。」

丁浩的玩具被白斌沒收了，把手臂枕在腦袋後面，斜眼看他，「我又沒說錯，你本來就愛我啊。」

白斌挑眉，「昨天晚上，這些話可是你先說的。」

丁浩看著白斌一身正經的西裝，再看他略帶嚴肅的臉，有點不能接下他的話，「噯！大白天的，你老是提這麼色情的話題，不覺得愧對你那身西裝嗎……」

白斌打了方向燈，從十字路口轉彎，開往學校的方向，「是你想太多了，昨天搶遙控器的時候，你不是一口一聲『我愛你』、『我好愛你』嗎？」

丁浩唔了一聲，還想再說什麼白斌就踩了剎車，到學校門口了。

丁浩顧不得開玩笑了，白斌還要去上班呢。

他一邊解開安全帶，一邊跟他告別，「我走了啊。」

「浩浩。」白斌叫住他，指了指自己的臉。「這裡。」
丁浩笑了，湊過去親了一口，「好好上班啊！我賠了錢，就指望你養了呢！」
白斌揉了揉他的頭髮，「亂說什麼呢。別亂跑，我晚上來接你。」
丁浩點頭說好，下了車，等白斌按喇叭走了才轉身進學校。
一進去，就看見大門柱子後面的李華茂。那位今天換了一身衣服，樸素了一點，不過依舊能看見一點豹紋的痕跡。
李華茂拿著一些打掃工具往裡面走，看見丁浩的時候還很羨慕，「丁浩，還有人專門接送你啊！真好。」
丁浩跟他同路，連忙接過幾樣幫忙拿著，跟他謙虛了一下，「還好，還好。」
李華茂還在旁邊感嘆，「那個是白斌吧？你們一大清早就這麼親熱……」
丁浩一把捂住他的嘴巴，「噓噓！小聲點！」
李華茂愛乾淨，而丁浩手上還拿著幾塊抹布呢，新買的也不行！他死命掙扎了幾下，「放開、放開！嗚嗚！！」
丁浩的個子比他高，要按住他是小菜一碟，看到李華茂掙扎夠了才慢悠悠地放開。
「喲，我手上還拿著抹布呢，你看我！不好意思啊。」
李華茂一雙眼睛瞪著丁浩，他是一點都沒看出來丁浩不好意思了！
他張張嘴想說話，丁浩又甩起抹布，對他咳了一聲。
「李華茂啊……不對，我該叫你學長。」丁浩笑咪咪地看著他，一手環住李華茂的肩膀，「學長，我想你這幾天也打聽得差不多了，我跟白斌呢，就是那麼一回事。白斌家我就不說了，就說白斌這個人吧，脾氣不太好，一點流言蜚語也聽不得！而我呢，也有一攤家業，不太大，要養一百八十個人不成問題……喔，有時候還因為工作需要，得跟一些社會上的人合作，沒辦法，如今只是嘴上說說，別人都不聽啊！」

李華茂覺得他被威脅了。

威脅他的人又仔細地講了一遍會如何對付嘴巴不嚴實的人，從勒索、綁架到灌水泥、扔海裡。想了想，丁浩又針對李華茂補充了一點，「對了，還有毀容。」

最後一點起到了致命的威脅，李華茂瞬間和丁浩站得遠了一些。他看著丁浩，小心地跟他說：「其實，我剛才也沒看清楚……而且丁浩，你不用對我這麼小心啊，我們一樣，我也喜歡男人，我不會出去亂說的。」

丁浩還在笑，不過這次溫和了許多，「我只是提醒你一下。我們畢竟不是在國外，這種事可不能亂說。」

李華茂也知道丁浩是在逗他了，白了他一眼，「這我當然知道！我又不是外國人！」

丁浩笑呵呵地拍著他肩膀，「其實，你只說我的話是沒什麼，關鍵是白斌，這個人你一個字都不能說。」看到李華茂點頭了，他還不忘掐斷李華茂對白傑的念想，「還有白傑，他是白斌的弟弟，也就等於是我弟弟，你可別打他的主意啊！」

李華茂揮揮手，說得很有骨氣，「你放心，我從不動有婦之夫！主要是追求精神層次上的……」

丁浩打斷他，「不追求『黃種人的尺寸』了？」

李華茂像被他哽住脖子一般，說不出下面的話，支支吾吾半天，「我那是……以為不會再跟你們見面了嘛，那是練習！隨口說好玩的！」

他們走到門口，正好被迎面出來的李夏聽見，大個子很有好奇心，「練習什麼？隨口說什麼？」

丁浩打量了李夏的那頭金髮，又看他的身高，眼神從頭慢慢地往下，停在中間，嘆了口氣，「李夏，你的條件不符合啊。」

從身高來看，就是黃種人的尺寸吧？

李華茂的臉瞬間紅了，推開門自己先進去找徐老先生了。

本質上來說，李華茂實在不適合調戲人，他這輩子只調戲過丁浩一個人，還是在飛機上豁出去大膽奔放了一回。他運氣不好，就這麼一次就遭到報應了。

被他調戲的人，是個正宗的流氓。

今後的日子裡，李華茂不但從丁浩這裡瞭解到了流氓的基本品質，還從另外一個人那裡，徹底理解了流氓這個詞的含義。

許久之後，當丁浩去李華茂家做客，背著他問另外一位李同學「他是不是連內褲都穿豹紋」，而且他家那位居然悄悄比了「是」的時候……

李華茂深深覺得，人生最痛苦的事不是你認識一個流氓，是你認識兩個流氓，這兩個流氓還互相認識！！

這是略顯心酸的後話，我們暫且不提。

這時候的李華茂，還不知道自己這輩子註定要跟流氓打交道，正積極地籌劃代課時間表。他算是外聘人員，白天跟著徐老先生忙，晚上有人把的閒暇時間。

李華茂選了幾個要在晚上代課的學校，幫自己安排得很滿，想了想，又劃掉了星期六的課——這裡不是國外，不用沒命地賺錢，這一晚就當作獎勵自己出去玩的！唔，也不枉費他這麼辛苦地學穿衣打扮了！

李華茂順便找了幾間相對好一點的酒吧。他也是剛來D市，對這裡不太熟，只能在網路上找。看到評價好的就打開來看看，一連看了幾個也沒有喜歡的。

「一枝紅杏？這是什麼破名字啊，呿，誰會去！」

李華茂這邊念著「一枝紅杏」，丁浩那邊也有人提起。

「不去，不去！李盛東我跟你說多少次了，你要是想請找出去玩，就把錢折現，給我匯到帳戶裡！我上次不是給你銀行帳號了嗎？就按照那個匯錢來啊。」

電話那邊的聲音帶著醉醺醺的調子，『靠，丁小浩！哥是看你可憐，都沒出來開過葷，你跟著白斌跟傻了……灌你媽的水泥！老子就說了怎麼樣，白斌、白斌、白斌！！』

丁浩的道行沒有李盛東深，被鎮壓回來了。

那邊聽到丁浩不出聲，立刻軟了許多，『別掛啊，別掛，哥跟你鬧著玩！旁邊沒有人，只有我一個，真的！』軟磨硬泡半天，他依舊非要丁浩來玩，『來吧，這是新開的店，名字也很新鮮，特別適合你！』

丁浩給他面子，接了一句，「什麼名字？」

李盛東在電話那頭大著舌頭說，『一枝紅杏啊！』

「去你媽的李盛東！你才一枝紅杏！你才出牆！！」

啪的一聲，掛了。

李盛東喝多了，自己都還沒反應過來，拿著嘟嘟直響的手機搔了搔頭髮，「嘿，邪門了！你小時候不是最愛吃杏嗎？這又是發什麼神經……」

丁浩回家之後還是很生氣，想起李盛東說的「一枝紅杏」就忍不住磨牙！

這太侮辱人了！

丁浩晚上翻來覆去地睡不著，使勁想壞點子，想著要怎麼折磨李盛東，點子一個比一個狠。

白斌先被他弄醒了，這個人一整晚像烙餅一樣來回地翻，床都吱呀作響了。白斌打開床頭燈，側身去問，「浩浩，怎麼了？」

丁浩正翻過身，一頭就撲進白斌懷裡，鼻子撞得有點疼，「嘶，沒事，我就是在考慮明天白天要做什麼……」

白斌扣住他的腰，讓他在自己懷裡冷靜一下，「頭一次見到你這麼積極主動啊。」

丁浩哼了一聲，能不積極嗎？這是報仇的大事！

白斌親了他的頭髮，又閉著眼睛慢慢向下親，「知道要提前做準備了，值得表揚。」手也從扣著丁浩的腰，改成探進睡袍裡，撩開一些，大大方方地摸索起來。

丁浩被他弄得有點氣息不穩，「這、這就是你說的表揚？白斌……你少來，這分明是『表揚』你自己……唔！」

睡袍被褪到半腰，若隱若現地遮住重要部位，偏偏白斌的手也在裡面揉捏不斷。

他一邊對丁浩動手動腳，一邊咬著他的耳朵，小聲安慰著，「乖，等等就睡著了。」

白斌覺得，丁浩的精神太充沛了，必須累到趴下才肯乖乖入睡。

被強迫儘快入睡的人起初還掙扎了兩下，不過被壓著親兩口後，猶豫過後還是回應起來。

「我跟你說，白斌，我通常不會受美色誘惑的……」

低頭親他的人一下笑出來，熱氣噴在耳朵上，連聲音聽起來都帶著沙啞的情欲，「是，是我受不了美色的誘惑。」

丁浩覺得吃虧了，立刻反駁，「呸！你才是美色！你們全家都美色！」

「有力氣誇獎我，不如多喊幾聲……」

白斌貼著丁浩的耳朵嘟囔了一句什麼，身下的人抬腿就要踢他，瞪著眼睛讓他「去做夢」。

丁浩臉紅紅的，眼睛晶亮得很，挑著眉毛生氣勃勃，「白斌，你讓我做一次，我就喊！」

白斌的手指在他身上遊走，眉毛微微動了一下，「喊什麼？」

被壓在下面的人立刻上當了，「老公啊！」

聽到白斌噗哧一笑，丁浩這才反應過來，火大地踢他，「老子不做了！白斌，你給我下去！」

白斌含住他的耳垂吮吸，感覺到懷裡的人立刻抖了一下。

這麼多年，耳朵依舊怕癢。白斌又埋首在丁浩肩頸處，慢條斯理地啃咬著，留下了幾處紅痕，滿意地舔了舔，「不鬧了，做完好睡覺。」
丁浩貼著他蹭動了一下，還是不老實。
丁浩的雙腿被擠開，手腕也被抓住並按在兩側，白斌趴伏下來親吻他，語氣滿是寵溺，「好了，好了，馬上就好。」
丁浩被他貼得緊密嚴實。睡袍早就被扒開了，一垂眼就能看見在自己胸前動作的白斌。
「白斌，燈……燈沒關……」
「開著就好。」
白斌的手指正在被子裡面忙，努力開拓著能容納自己的地方，哪有時間管燈的事！
感覺到那一陣陣吸附的熱度和緊致，白斌身下的某個部位急速充血起來。覺得手指的工作完成得差不多了，立刻抽出來，換成丁浩更熟悉的進去。
頂進去的瞬間，他還不忘親吻丁浩，含糊不清地為開燈做最後的辯解，「反正，很快就好了。」
丁浩的身子發抖，眼睛裡都帶著水霧，「去、去你的很快！你給我退出去，關燈！」
大約是燈光照射的關係，丁浩有點放不開，後面也絞得死緊。
白斌只進去了前端，但不願意退出去，不死心地在邊緣來回磨蹭。他揉捏丁浩的臀部讓他放鬆，在他耳邊安慰道，「浩浩，有被子，看不見的。你乖，放鬆一點……」
丁浩聽出了白斌的意思，他是絕對不會起來去關燈的。
丁浩抱著白斌的脖子，在喉結處咬了一口，覺得不痛快，又貼在他下巴上磨牙，「……混蛋！」
白斌被他的兩張小嘴夾擊，有點應付不過來，又往裡面擠了一點，不停叫著丁浩的名字。

丁浩瞪了他一眼，身體還是慢慢打開了。

也分不清楚誰先動作的了，肌膚相觸的感覺、痛快淋漓的抽送，抵住最敏感的那一點旋轉、摩擦……彼此糾纏，彼此融合，兩人的身體都是火熱的，誰也不比誰差。

直到最後，白斌覆在他身上，讓丁浩徹底染上自己的味道，滿足地嘆了一聲。

在白斌的不懈努力下，丁浩成功地累了，他想睡覺了。

洗好身體，兩人身心舒爽地抱著，正要迷迷糊糊地睡著時，丁浩的手機響了。手機鈴聲很特別，一聽就知道是為專人設定的：

『爸爸，接電話了！爸爸，接電話了——！』

這是丁浩從最近聽的相聲裡截選出來的，特意拿來給李盛東用，這個電話鈴聲一響，就打從心裡感到舒暢。有時候為了多聽一下，丁浩還會特意打電話騷擾李盛東，響一聲就掛斷，讓李盛東打回來，不停地喊「爸爸接電話」。

不過現在丁浩可沒心思聽，他累得半死，就算李盛東蹲在他眼前喊「爸爸」也懶得理。

李盛東不知道有什麼事非要找丁浩不可，鍥而不捨地喊著「爸爸接電話」。

丁浩用被子捂住腦袋，使勁往枕頭底下鑽，「白斌，幫我按掉！」

白斌也知道是李盛東打來的，聽著那個鈴聲，哭笑不得。不過大半夜的，李盛東打來也不合適，他決定去幫丁浩關機。

順著鈴聲找到手機，還沒按掉，手機就不響了。

保險起見，白斌還是按了關機鍵。

他剛處理完丁浩的手機，自己的又響起來。知道他手機號碼的人不多，除了家人，更是很少有人會打來。白斌拿起手機看了一下，立刻就接起，「喂，白傑？」

白傑的聲音有點低，可能是剛從夢中被叫醒，睡眠不足，『哥，有一個叫李盛東的打電話來，說丁浩的同事出事了，正在醫院急救。』

白斌皺起眉，「你確定？那個住院的叫什麼名字？」

白傑在那邊沉默了一會兒，『那邊的聲音很亂，我沒聽清楚傷患的名字，好像也有「李」字吧。醫院的名字倒是聽清楚了，是市二院……喔，對了，他還叫丁浩開機。』

白斌確定是李盛東，估計是真的出事了，才會大半夜心急火燎地找丁浩。

白傑又問了要不要他也過去，白斌說不用。

他知道自家弟弟對睡眠有強烈的需求，能半夢半醒地打電話來，把事說清楚就不錯了，「你休息吧，我跟丁浩過去就可以了。」

丁浩已經自動自發地開始套衣服了。他剛才都聽見了，出事、住院、李盛東……這些都不是什麼好詞。看到白斌也換好了衣服，丁浩又去衣櫃裡拿外套，把白斌的也抱在手裡，打了哈欠，「好了，走吧。」

丁浩在路上開機，打了個電話給李盛東。李盛東那邊信號不好，接通後說話都斷斷續續的，『丁浩，我們在……好多血，我喊了三個醫生，你別怕啊……你同事……』

手機滋一聲，斷了。

丁浩聽著那邊的嘟嘟聲，眉頭都皺起來了，事情似乎比他想的嚴重很多。

「我再打電話給軍區醫院。」白斌握住他的手，「會沒事的，別怕。我們去了再說。」

兩人趕到市二院，從急診室沒找到人，又去敲值班室的門問護理師，「剛才送來的人去哪裡了？受傷的，很嚴重的那個！」

護士有點迷茫，「很嚴重的？」

丁浩跟她比劃了一下李盛東的長相，用手指按住眼角往下扯，弄出一對三角眼來。

「這個，這個人送來的，記得嗎？」

他這麼一比，護理師立刻明白了，喔了一聲，幫他們指了住院部的方向，「去那邊了！」

丁浩的一顆心往下沉得更深了，那邊不止有住院部，還有太平間啊……

跟著白斌去了住院部，打聽到病房號碼，丁浩的手腳才復原一點知覺。

他手機裡，同事那一欄有上百個電話，大晚上的也不敢一個一個打，只要知道人還活著有救，其他就都不怕了。

市二院的設備不如其他醫院好，病房空了一大片。現在是大半夜，走廊上只剩下綠幽幽的緊急照明燈閃著，腳步在走廊上都有回音。唯一有亮光的一間病房在最西邊，門縫底下透出一點若隱若現的光。

丁浩的手心又開始冒汗，他不知道推開門會看見哪個熟人躺在病床上，總是會下意識回想到當年他車禍的時候，滿臉是血。

丁浩的手停在門把上，深深吸了一口氣——

「你姥姥的！臭流氓！！」

「你這個人講不講道理啊？我說你先噴我了一臉血，現在還有理了！！」

「你、你不親我！我能噴你一臉嗎！！」

「靠！老子那是摔倒，不小心撞到你的嘴巴了！！誰他媽親男人了！還有，一個男的，你燙捲髮幹什麼！」

「我喜歡，你管得著嗎！」

丁浩黑著臉，啪一聲把門推開了，吵架的兩位也被嚇了一跳，都抬頭看著門口。

丁浩看著胸前有一小灘血的流氓李盛東，再看看兩個鼻孔都塞著衛生紙的捲毛李華茂，額頭上的青筋突突直跳。

他指著病床上精神奕奕的小捲毛，問的話幾乎是從牙縫裡擠出來的，「李盛東，這他媽就是我那受到重傷的同事？！！」

丁浩的眼睛沒花，病房裡的這兩個人確實是手腳健全的。唯一的傷，大概就是李華茂正淌著鼻血的鼻子了。

李華茂傷得很無辜，他申請的代課還沒下來，正在等通知，所以晚上閒著沒事就溜去市中心。市中心有那麼多酒吧，偏偏他就看見了「一枝紅杏」。

這家店裝修得別具一格，門口沒有燈，只有兩個大紅燈籠，照得門口的招牌看不清名字。

李華茂是一個富有好奇心的人，他決定停下來看清楚這家店到底叫什麼。招牌是紅底的，字也是悶騷的紅色，李華茂站在門口看了半天，「一枝紅……紅……」

他還在念，倒楣的事就來了。門口只有兩個燈籠照明，實在很暗，李盛東從裡面晃晃悠悠地走出來，沒看見他，面對面的兩人就撞上了！李華茂跳起來，還沒說話，就被喝醉的人再次壓倒——

用李華茂的說法就是，他被這孫子親到嘴了！

李盛東同學抗議，他說這不叫親，是撞到嘴巴了！

總之，兩人的第二次親密接觸有點過於扎實，嘴巴碰嘴巴，鼻子撞鼻子的。李華茂臉部器官的硬度顯然沒有李盛東強，當下就撞出了鼻血，噴了李盛東一臉。

這本來沒什麼，隨便讓清醒的人看看，拍拍肩膀說聲對不起就各走各的了……可是李盛東當時不清醒，他喝醉了。喝醉了的李流氓難得發揮了一次善心，拉著地上的捲毛起來，還客氣地問，「沒受傷吧，我走了啊！」

李華茂被他一連壓了兩次，鼻血不斷地流，撞到他的人還大搖大擺地就想走！他氣得很，張嘴就想評理——前面說過，李華茂比較愛乾淨，流鼻血躺在地上的話，血絕對會倒流回嘴巴裡。李華茂絕對不會咽下去，所以一開口，就吐出一口血來：

「我……咳咳，我跟你說，咳，你這是不道德的……」

李盛東喝得有點暈了，猛然看見這個人又噴血又吐血的，嚇了一跳！想都沒想，伸手就去捂住他流血的地方，「我靠！怎麼這麼多血啊！！」

李華茂被他捂住，生生嗆了一口血！

李盛東喝醉後，力氣大得離譜，下手也沒分寸，一手就捂住了李華茂的半張臉。他以為這樣能止血，捂得十分結實，讓李華茂喊不出聲音，鼻子也被血堵住，沒幾下就翻了白眼。

李盛東一看血沒止住，人又暈了，還有點疑惑。不過看著那一頭捲毛，他猜是個女人。他對待女士還是比較有風度的，就想把人送去醫院。於是，他扛著李華茂往路邊走。

李華茂被他摔在肩膀上，大衣口袋裡的手機撲通一聲掉出來，螢幕被摔亮了。

螢幕上顯示的人有點眼熟，李盛東揉了揉眼睛。

的確是丁浩，就是丁浩頭上戴著卡通帽子，烏龜造型的……又按了一下，主頁背景顯示的人更熟了，這不是白斌嗎！

其實那個人是白傑。李華茂是攝影師，他當時職業習慣發作，就偷拍了幾張放在手機裡收藏。

李盛東暈乎乎的，沒分辨出來，不過看到輪廓大致相同，還是有點忌諱。他覺得這或許是撞到丁浩他們認識的人了，連忙翻出自己的手機，打電話給丁浩確認一下。

丁浩沒接，再打就關機了。

扛在肩上的小捲毛軟綿綿地不動彈，李盛東站在路口抓了抓腦袋，又去翻捲毛的手機。

他剛才好像看到一個什麼「丁浩家的小白白」這樣的名字。

李盛東找到那個名字，打過去，這次有人接了。他也不管人家聽清楚了沒，自己亂七八糟地說了一遍，最後還拍胸脯讓人安心，「……我幫你送去醫院！絕對會送去！市二院，離這裡可近了！丁浩，你放心啊，這個人你……嗝！認識，我一定會好好救他！」

白傑那邊也睡迷糊了，他本來就低血壓，剛起來的那段時間是根本聽不懂人話的，只模模糊糊地抓住了幾個關鍵字，稍微組織了一下語言，就打給自家哥哥。

等到了急診室，李盛東一間一間值班室去找醫生，好歹湊了三個，也不管人家是哪個科室的，都拎到李華茂那邊去。三個醫生聞到李盛東身上有酒味，又聽到他說帶來的人又噴血又吐血的，還以為是出車禍傷到臟器了，連忙帶人去做了檢查。

李盛東在外面等的時候，正好接到丁浩的電話，這次他清醒點了，不過礙於信號不好，依舊沒能解釋清楚。

總之，當查明原因就是鼻血堵塞，呼吸不順暢，又加上外力才暈倒時，丁浩他們已經到了。

丁浩聽完他們的解釋，嘴角忍不住抽了兩下。那兩個人解釋一件事都能吵個十次八次，各種侮辱性的修飾詞都不重複的！

丁浩看到那兩位中氣十足的，深吸了口氣，慢慢開口，「也就是說，你們都沒事了，是吧？」

李盛東的危機意識比較強，小心地接話，「嗯，那什麼……大晚上的，你們跑這一趟也累了吧？丁浩，我幫你報銷車費……」

李華茂沒發現到，還坐在病床上對丁浩熱情地打招呼。大概是塞著鼻子，帶著一點鼻音，「不好意思啊，丁浩！我手機裡有存白傑的電話，這傢伙大晚上的就打過去了，嘿嘿。」

他幫徐老先生做記錄時，從聯絡人名單上記下了白傑的電話。

丁浩已經顧不上電話的事了，他一肚子火，把這兩個傢伙拖出去放血兩百斤都不夠！

「李盛東，你給我等著！」出門時他又想起什麼，轉身回來從李華茂身上搜出手機，俐落地拔下手機卡扔給他，把有他跟白傑照片的手機放進口袋裡，「還有你的手機，沒收了！」

李華茂噯了一聲，剛想說話就被白斌看了一眼。那個眼神大老遠地就讓他冷得發抖，嘴巴張了張又老老實實地閉上了。

白斌跟李盛東也客氣了一句，「李盛東，之後見。」

這聲音裡聽不出什麼負面情緒，但也讓李盛東背後滲了冷汗。酒意是徹底醒了，他正在慢慢整理今晚做的蠢事時，病床上那個嘰嘰喳喳的又嚷嚷起來。

李華茂的手機被丁浩拿走，又見了紅，算是賠了夫人又折兵。

他看到李盛東花裡胡哨的襯衫就火大，這個人就算是丁浩的朋友也不行，太流氓了！李華茂對他伸手，大大方方地要求賠償，「賠錢！醫藥費、誤工費、置裝費、心理損失費！！」

李盛東也氣得不輕，他以往揍人都不會送到醫院的，這次難得好心了一次，還惹上這個禍害。

「賠錢……？我呸！」

李華茂氣壞了，指著他的衣服，立刻運用法律武器捍衛自己，「你衣服上還有我的血，我跟你說啊，這樣我要告你故意傷害都可以！」

李盛東醒酒之後腦袋生疼，被他這麼一說，倒是笑了。

他揪著自己的襯衫湊過去，「你還提醒我了，你也要賠我襯衫！你看看這一灘血！我跟你說，把你賣了，都不值我這身衣服的錢！」

李華茂氣得滿臉通紅，他這輩子還沒遇過這麼不講理的，丁浩老愛欺負人也是有原因的，但這個人的腦袋不知道是門夾到還是怎麼樣，打從一開始就連壓帶撞地欺負他！

李華茂的這個想法在不久的將來，徹底被流氓「連壓帶撞」地實現了。

那個時候，丁浩天天去他家門口，眉眼裡盡是不懷好意的笑。

當然，現在的丁浩也是對他「不懷好意」。任誰大半夜的被弄了一次午夜歷險都會煩躁，尤其是發現自己的照片上還扣了個烏龜殼，丁浩氣得差點摔手機！

第二天，丁浩很乾脆地沒有起來，拖到快中午才去學校看看。

徐老先生那邊已經接到李華茂的電話了，說是牙疼，在醫院檢查。

老頭的心地善良，信以為真，還幫李華茂和丁浩解釋了一遍，「這孩子也真是的，牙疼就早點說啊。我看他從昨天下午就坐立不安，一直想出去，唉！」

丁浩有一種想告密的衝動，但忍了忍，還是放棄了。他們之間的事要怎麼鬧都可以，可是一旦牽扯到長輩就不好說了。

徐老先生這幾天在幫李華茂打聽合適的女朋友，就趁李華茂不在，拿幾張照片來徵求丁浩他們的意見。丁浩都不忍心潑他冷水，附和地點了點頭，只說都好。

而李夏看到徐老先生拿了這個，捨不得那個的，抓了抓腦袋，「老師，要不然您直接去問他喜歡什麼樣的吧！我看李學長不像是會害羞的人啊，只是相親……」

徐老先生教訓他，「什麼叫『只是相親』！見一次面都是難得的緣分，說不定會成功啊！」

李夏覺得這件事不會成功。他這麼遲鈍的人都看得出來，李華茂學長喜歡的分明是五官精緻的美人，要不然丁浩那樣招惹他，他哪能忍下來！而徐老先生幫他挑的，都有點不符合要求，都是圓臉的小女生，並不漂亮，看起來倒是很賢慧，俗稱有旺夫相的那種。

丁浩看到徐老先生興致高昂，在旁邊敲起邊鼓，「老師，要不然我們去醫院看看李華茂吧！他一個人在外地，進醫院也沒人去探望，不太合適吧？」

徐老先生遲疑了一下，李華茂在電話裡再三說了，不用他們去探望，說得還很急，說沒幾句就掛了。

老先生有點為難，「可是，他沒說在哪家醫院啊。」

丁浩一臉真誠地望著徐老先生，替他拿外套，扶著老頭出門，「放心，我知道他在哪裡！老師，您把相親的照片也帶著，我們送溫暖的時候到了！」

徐老先生在丁浩的慫恿下，親自去醫院慰問病患李華茂。

丁浩熟門熟路地找到病房，他昨天聽見護理師說李盛東交了三天的錢，他猜李華茂那麼愛惜生命及金錢的人，一定會留下來做個複查，順便當旅館住一晚。

丁浩猜得沒錯，他們進去的時候，李華茂正在收拾東西。

李華茂的外套上估計也沾到了血跡，這個人愛乾淨，用水洗過後晾了一晚，還半濕半乾的，就穿到身上了。他看見徐老先生來有點意外，再看見後面跟著的丁浩，更是心驚肉跳。

這是……丁浩告密，帶老師來抓他了？

李華茂的腦袋裡使勁編著各種謊言，一眨眼的功夫閃過不下十種，「老師……」

徐老先生對他擺擺手，笑呵呵地讓他坐下，「華茂啊，你帶病工作很辛苦啊。你看看，一直忍著不肯說，出事了吧！」

李華茂不知道徐老先生知道了多少，心裡七上八下的，硬是扯出笑容，跟老先生說，「是……那什麼，我也沒想到，呵呵……」

徐老先生拍了拍他的肩膀，「你們這些年輕人，忙起來半夜都不睡覺。這下好了，一個牙疼就住院了！唉，身體是自己的，以後不舒服就說，學校還是很體諒你們的……」

李華茂這才鬆了口氣，說話也俐落起來，連聲謝過徐老先生、謝學校，「謝謝學校對我的關心和愛護，我回去後一定會好好工作回報社會！老師，您對我真好，我這一顆心……」

站在後面的人是存心來搗亂的，看不見他的任何一點好。

「李華茂啊，你的嘴巴怎麼破了？老師您快看！還瘀青了！」

李華茂的一顆心卡在喉頭！上不去也下不來的，更是難受，試圖用手捂住嘴巴，不讓徐老先生看見，「我這是……這是……」

他捂得太晚了，丁浩這麼一喊，徐老先生也看見了。

老先生很吃驚，牙疼還疼出外傷來了？拉開李華茂的手，自己看了一下，「喲！還真的瘀青了，華茂啊，這是怎麼回事啊？」

李華茂昨天出來的時候並不打算夜不歸宿，也沒隨身帶什麼化妝品，早上起來時素面朝天。他難得一次沒化妝，臉還很白嫩，更凸顯出了嘴巴上的傷。聽見徐老先生這樣問，他現場胡亂回了話：

「啊？啊！那個，是醫生！幫我補牙的醫生鑷子沒拿好，砸到嘴巴了！哈哈哈！出了一點小意外，讓您看笑話了……」

他說完，丁浩抓著拳頭跳起來，語氣相當憤怒，「太不像話了！這是什麼醫生啊，幫畜生看病也不能這麼馬虎吧！我去找他！！」

「丁浩──！！！」李華茂這次是真的要哭了，「別去了，誰都有不容易的時候啊！你就發發慈悲，放他一馬吧……」

丁浩要是出去，他就徹底露餡了，李華茂是在替自己求情。

丁浩看著李華茂可憐巴巴的模樣，心裡這才舒坦了一點，大方地點了頭，「好，既然你都這麼說了，我就暫時放過他！」

徐老先生對自己的學生還是很關心的，熱情地要帶他去另一家醫院看看。李華茂哪敢去啊，哄了老先生半天，才讓他打消這個念頭。

徐老先生看牙疼的事沒什麼好再提的了，於是掏出照片，「華茂啊，你看一下這幾個女孩！哪個比較有氣質？」

李華茂有相親經驗，徐老先生一亮出照片，他就明白了。

這傢伙也不說哪個好、哪個不好，裝出一副很為難的樣子，略帶羞澀，「老師，您太突然了，我也沒什麼準備！要不然，我帶回去認真看看，仔細考慮之後再給您答覆吧？」

徐老先生對他的態度很滿意，不但大方地讓李華茂帶回去好好看看，還表揚了幾句，「不錯！不錯！這才是成年人應有的態度嘛！回去幫我教育一下你那幾個小學弟，現在的孩子太亂來了，對待終身大事一點都不認真！」

李華茂靦腆地笑笑，答應了。

李華茂小心翼翼地收起照片，認真坐在那裡聽徐老先生說話。

老先生總結自己的人生經驗，並結合相應的理論知識，詳細地跟李華茂講解了一遍，從第一次見面要去哪裡吃飯、帶多少錢，到兩人交往幾個月適合結婚，最後還囑咐他，「華茂，你們家只有你一個吧？最好也找個獨生子女，這樣可以生兩胎！」

李華茂同學憋住自己內心的苦悶，擠出一個笑容來應和徐老先生，連聲說是。

他臉上強力隱藏的痛苦，成功取悅了丁浩同學。

丁浩看了看手錶，覺得也不能太折磨李華茂，得給一點休息緩衝的時間，於是他向徐老先生提議，「老師，都快吃中飯了，我們先找個地方坐下，李學長的婚姻大事您不能急於一時啊！」

李華茂感激地看了丁浩一眼，連忙點頭附和，「對對對，老師，您胃不好，萬一過了吃飯時間，又要不舒服了！我們……」

丁浩存心不讓他好過，接了一句，「我們邊吃邊聊啊！呵呵，邊吃邊聊！」

李華茂忽然想起昨天晚上那個穿著花俏衣服的流氓李盛東。李盛東說過的一句話，特別符合他現在的情況：頭痛啊！！

丁浩這頓飯吃得春風得意。

他覺得李華茂當時的表情很下飯，一看就食欲大開。那種隱隱的、不能說清，既感激又哀怨的苦悶心情，充分地從李華茂僵硬的笑容和憂鬱的眼神裡表達出來了。丁浩回家之後，想起來還忍不住笑了一陣子。

白斌被他時不時的一陣笑弄得看不了書，乾脆放下書，抬頭去觀察丁浩在看什麼節目。

當時播出的是《天氣預報》，白斌實在看不出這個有什麼好笑的，揉了丁浩的腦袋問他，「今天又有什麼好玩的事了？」

丁浩順著他的手往後，笑得歪倒在他懷裡，遙控器都不要了。

他跟白斌說了李華茂相親的事，自己還在笑，「白斌，你都不知道！我頭一次看見人笑得跟哭一樣！老師在回來的路上還跟我說，這孩子真是的，一說到相親，就高興得都不會笑了！哈哈哈！」

白斌對李華茂的反應沒有很大，只是一直看著丁浩。他覺得丁浩瞇著眼睛笑時特別幸福，心都讓他捂暖了。他捏了丁浩的鼻尖，讓他張開嘴，低頭吻了上去。

他想確定現在的這種感覺。

丁浩伸手抱住他的脖子，加深了這個吻。他今天心情不錯，也很樂意和白斌分享。

唇齒相交，舌尖糾纏，兩人的氣息漸漸不穩。

丁浩趁著分開喘息的時候，略微鬆開了手，「……白斌，我先說好啊！」

「嗯？」白斌舔了舔他的嘴巴，還在回味剛才那個吻，他喜歡這樣的小親密。

丁浩說得很認真，就是聲音有點發抖，讓人聽在耳裡有別樣的想法，「如果、要在沙發上做……就先去關燈。」

白斌貼得很近，自然能感覺到丁浩的需求，將膝蓋探進去輕輕頂弄一下，果然喘息聲更大了。

這次還帶了一些懊惱，在他肩膀上抓了一下，「白斌！！」

白斌笑著親了他一下，「我去把燈關掉，等我。」

燈關了，只留下電視開著，螢幕上忽明忽暗的。

丁浩聽著電視節目的聲音，被那些變化色彩的微弱光亮打在身上，自己都覺得色情。胸前的衣服被撩起來，身上的人不重，但是一顆腦袋結結實實地伏在那裡，吸住什麼的嘖嘖聲響成功讓丁浩的身體有了反應，又有點臉紅了。

「白斌，你也把電視關了！你這個人……唔，怎麼每次都關一半……唔嗯……」

百忙之中的人抽空做了解答，答案跟丁浩想的差不多，但是親耳聽到更讓他氣憤。

「全關掉的話，我看不見啊。」

「看你妹！啊……」

「錯了，是看你。」

電視的聲音很大聲，但還是能聽到緊緊抱住自己的人輕輕的笑聲，真的很幸福。

第五章 小爸爸，不疼

李華茂的「牙痛」沒幾天就痊癒了。

嘴巴的傷好了，人又恢復成平時的得意模樣。這幾天他一直戴著大口罩，出去講課的時候還被人罵，說是不尊重課堂。就算這樣，他也硬著頭皮挨罵，沒摘下來。

今天沒什麼事，徐老先生帶李夏他們幾個開越野車，去濕地拍照了。李華茂喜歡拍人物，對景沒什麼追求，就跟徐老先生主動要求要留下看家。

徐老先生也沒強求，再說他那台越野車能裝的人有限，點了幾個身強力壯、眼力好的就出發。老先生依舊對沒找到的天鵝念念不忘。

李華茂自己留在辦公室裡，守著電腦聽歌、翻撲克牌，旁邊還有一個電暖爐，暖和得他直打哈欠。李同學瞇著眼睛感慨，這生活太美好了……

但有些人天生見不得別人好，比如流氓，又比如流氓裡的李盛東。

李盛東打電話來的時候，李華茂正在打哈欠，看到不認識的號碼，隨手就接起，「喂，誰啊？」

李盛東在那邊吼得中氣十足，『你大爺！』

李華茂把手裡暗金色的手機拿開一點，還不緊不慢地翻撲克牌，「我有兩個大爺啊！你是剛死的那個，還是早死的那個啊？」

另一頭的人一點幽默感都沒有，還很氣憤，『你他媽敢偷我手機！我告訴你啊，李華茂！做人不能這樣，老子送你去醫院、出醫藥費，最後還留在那裡照顧你一晚……』

李華茂翻的紙牌成功通關，點了開始鍵，重新再來，嘴上也不含糊：

「你是喝醉了，不能走吧？哼，睡得比豬還沉，晚上還打呼！還有，你幫我出醫藥費是應該的，我都不好意思再找你賠錢了，你還得寸進尺了啊？」

李盛東沉默了一會兒，他覺得這個人氣人的功夫不低於丁浩，是個對手。

『你是丁浩的同事，我不跟你計較這些。你把手機還我，這件事就算過去了……』

「那你先讓丁浩把我的手機還來！」

李華茂想起自己的手機就心痛，他手機裡可是存了不少好貨！

他這時一心二用，就翻錯了一張牌，倒扣五十分，氣得罵了句，「你娘的！」

『丁浩還留了一張卡給你啊！你他媽連卡都沒給我拔下來，都帶走了！！』那邊吼完之後深吸了一口氣，強壓住冒火的念頭，努力緩和情緒，再跟李華茂說明情況，『我的手機卡裡有好幾個客戶的聯繫電話，你換個卡也不會耽誤多少事啊！我說，你把手機給丁浩算了，我幫你換個新的……』

他再次提起了李華茂的傷心往事。

他那一去不復返的手機啊，他那些珍藏的美人啊。

李華茂之前也曾厚著臉皮去求丁浩還給他，但丁浩八成還沒消氣，一次說要把記憶體裡的東西全刪了，一次說要把手機扔進馬桶裡沖掉，消息一個比一個絕望。他想起李盛東是丁浩的朋友，又打起了主意，「李盛東，我們也算不打不相識，好歹也是朋友了嘛！要不然這樣吧，你去丁浩那裡把我的手機要回來，我立刻就把你的還給你！」

李盛東哪敢再去招惹丁浩啊，白斌這幾天正忙著抓他小辮子，他躲人都來不及了！

剛說了個「不」字，另一頭就要掛電話，李盛東連忙喊停，『噯噯！別掛，我們商量一下……』

李盛東這次真是急得肝疼，『我的祖宗啊，我的手機送你，卡還我就好了……啊？不要我的？買買買！你要哪個就買哪個！一樣的，保證跟你以前那個一模一樣！』

李華茂估計也只能這樣了，逗弄完李盛東後欣然接受。

不過，他還是強調了一下，「你這是賠給我的！」

電話那頭咬牙切齒，『對，我賠你的！』

兩人約好了見面時間，掛斷電話。

李盛東還是氣得不行，踢了沙發一腳洩憤，嘴裡罵罵咧咧的，不說好話。

李盛東那天在家裡，他回鎮上的時候通常都會陪著他媽。他爸做生意，不比他清閒，成年往外跑，他媽一個人在家也怪可憐的，所以李盛東即便外面有房子也很少出去自己住。

他跟李華茂對罵了一頓，那大嗓門就把李媽媽招惹來了。李媽媽在門邊聽了好一會兒，正好聽見李盛東低聲下氣地求人，又是「小祖宗」又是買東西的，還是跟以前一模一樣……

李媽媽笑了，她家東子是要找老婆了啊！從來沒見過這個兔崽子對誰這麼低聲下氣呢！

鎮上的人很早結婚，李盛東他媽看到跟自己同歲數的人都抱孫子了，心裡羨慕啊！可偏偏李盛東不是個踏實的人，女朋友很多，但沒有一個正經！剛開始，李媽媽還覺得分手好，該換！可一旦發覺李盛東不停換女朋友後，李媽媽著急了。

她覺得自家兒子玩太瘋了，叮囑了幾次也不見有效。叫他回來相親吧，騙一兩次還行，次數多了就不上當了，還威脅她，「再這樣，我就不回家了啊！」

你聽聽！說這種話能不挨打嗎！！

打了兩頓，李盛東皮糙肉厚的不會痛，倒是心疼起自家媽媽的手了，拚命勸她慢一點，「別閃到手臂、傷到手腕……」

李媽媽被他氣笑了，也不再逼他去相親。不過，心裡依舊盼望李盛東能早點安定下來，家裡有個知心人也好說一點話，多勸慰一下。

別人都說李盛東這幾年很了不起，但也只有她這個當媽的知道，她家東子常在外面受委屈，喝了酒也會難受。有一次東子醉得厲害，連膽汁都吐出來了……她在一旁心疼得直掉淚，東子還嚇得直哄她，後來醉了都不敢回家，等沒事了才回來。

李媽媽嘆了口氣，想到李盛東剛才講的電話，心情又好了起來。東子說不定想定下來了，看到自家兒子從掛斷電話就「高興」得亂轉，還踢沙發踹椅子，特別興奮，李媽媽覺得這件事有希望了，這一看就是戀愛了嘛！年輕人高興起來都這樣！

李媽媽盼著這一天盼了好幾年，她覺得這次差不多能抱孫子了。

看著自家兒子滿屋作亂，她倒是笑了，還勸他，「東子！這種事不能急，你得好好哄啊！」

李盛東有點煩躁，但對李媽媽還是好聲好氣的，「媽！您別來亂了，您不知道這是怎麼回事！」

李媽媽嘖了一聲，有點不滿，「我怎麼不知道了！不就是見面嗎？我都聽見啦！」湊過去又詳細問了一下，「長得怎麼樣？哪裡人啊？東子，你帶回家來讓我看看吧！」

李盛東拿起外套，往外跑，「媽，我有事，先出去了！」

李媽媽在後面追，沒追上，笑罵了一句，「這個孩子！追個人還害羞，沒出息！」

白傑的加入讓丁浩的工作清閒起來。丁浩覺得自己的工作都讓白傑做完了，有點過意不去，所以當麗莎請他在週末幫忙照顧小寶貝的時候，丁浩痛快地答應了。

白斌跟丁浩一起去接小寶貝，麗莎對此感到很高興。不但為小寶貝準備了許多日常用品，還為丁浩準備了很多自己做的小餅乾。

「喏，丁浩，請多吃一些吧！很好吃的！」

丁浩收下餅乾，一轉眼就看見了小寶貝。

小傢伙長大了一點，穿著一身小熊外套，腦袋上還戴著兩個半圓的耳朵，看起來可愛極了。丁浩把餅乾遞給白斌，伸手去接小寶貝，抱過來使勁親了一口，「寶貝，可想死我了！」

小寶貝還記得丁浩，也湊過去給了丁浩一個吻。看見旁邊的白斌，也一視同仁地親了一口，不過比親丁浩的那口含蓄多了，只沾了沾臉。

丁浩抱著小寶貝在房間裡轉圈玩了起來，兩人你親我、我親你的，半天也分不開。白斌坐在沙發上問了一下麗莎的近況，他對照顧小孩的要求有點誤會，「怎麼，吳阿姨照顧得不好嗎？」

麗莎搖了搖頭，「她很好，但是我希望讓小寶貝多跟家人相處。」

她攤了攤手，對自己沉重的功課表達了些許不滿。

「以前學校不忙，還可以有休息日，現在沒有了。我希望寶貝每個星期都能出去玩一下，熟悉一下外面的環境……白斌，你們能陪他嗎？」

白斌還沒說話，丁浩聽見了，就搶著答應下來，「當然，當然，麗莎妳放心！我今天帶他去放風箏、明天去划船，後天就去遊樂場，保證不會重複！」

懷裡的小寶貝之前玩過風箏，對此還有印象，抱著丁浩的脖子重複了一句，「風曾（箏）。」

丁浩笑了，親了他一口，「我們等等就去放風箏啊。」

白斌提出了反對，「冬天沒辦法放風箏，浩浩，不要隨便向小孩子許諾。」

他還在擔心丁浩一高興，就對小寶貝說什麼「一起睡吧」之類的。小寶貝現在能聽懂不少話，萬一真的半夜爬上床後不走怎麼辦？

丁浩沒有想那麼多，他沒帶過小孩，就是想把最好的都給孩子。聽到白斌說了一句，也只是對小寶貝做了個鬼臉，「好吧，好吧，我們不玩這個。我們去買風箏好不好？」

小寶貝點了點頭，「好。」

媽咪跟他說過，要做乖孩子，小爸爸說什麼，他就答應什麼。

超市裡的溫度適中，而且東西也多，白斌也不再反對。他們抱著小孩從麗沙那裡離開後，就去了市中心的一家大型超市。

超市裡有專門為帶小孩的人設計的購物車，外形是一輛顏色鮮豔的橘黃色卡通小汽車，上面附帶了一個購物籃。丁浩把小寶貝放在卡通汽車裡，裡面還有可以轉動的方向盤，小寶貝試著轉了兩下，從窗戶探出腦袋來看丁浩，「小爸爸？」

丁浩連忙蹲下去，「我在這裡呢！」

小寶貝看見丁浩就伸出小手，讓丁浩抱他出來，「不在裡面。」

丁浩對小寶貝有求必應，別說是抱著了，要讓他騎在自己脖子上也可以！

白斌看到小寶貝不坐這個，想換一輛小一點的購物車，可是小寶貝眼巴巴地看著丁浩，又看著那台小汽車。

丁浩立刻跟白斌商量，「別換了吧？」

白斌對丁浩自然也是有求必應，推著那鮮豔的兒童購物車繼續前進。反正這東西除了外形不同，跟普通的購物車有一樣的裝載能力，白斌也不覺得有什麼不自然的。

白斌穿著一身職業西裝推著車走在路上，頻頻引人注意，雖說有些不搭，但是白斌這樣反而讓人覺得這才是新好男人的表現。

丁浩在前面抱著孩子，注意力全在小寶貝身上，白斌更是從來不在乎這些。一家三口自己逛自己的，偶爾碰到什麼要買的，丁浩也會回頭問一下白斌的意見。現在不能亂買，小寶貝太小了，還有些不能吃的東西。

白斌側身靠過去，指了幾個標籤給丁浩看，低聲說幾句話才讓他放進購物車或者換掉。說的時候小寶貝也一臉認真地聽著，似乎也想努力聽懂白斌在說什麼。

丁浩一低頭就看見小寶貝嚴肅的模樣，笑著親了一口，「寶貝也選一個吧？」

小寶貝看了看丁浩，先習慣性地回他一個吻，然後指了指貨架上細瓶裝的彩虹糖果。這個顏色跟他的魔術方塊一樣多顏色，小寶貝很喜歡，抱著丁浩的脖子軟軟糯糯地喊一聲，「小爸爸。」

丁浩的眼睛頓時彎了，伸手就抓了一把，放進後面的購物車裡。

白斌看見，留了一個給他，其他的又放回原位。一下買這麼多，小孩不一定愛吃，再說，吃太多糖也不好。他當初就是捨不得管丁浩，讓他從小挑食，如今小寶貝可不能再寵著了。

小寶貝趴在丁浩的肩膀上，看著白斌把他的糖放回去，默默數了一會兒，回頭去跟丁浩告狀，「一……一。」

這意思是說，他那一把糖變成一個了。

丁浩沒聽懂，模模糊糊地聽到一個發音，還以為小寶貝要去看別的，「椅？寶貝還記得你吃飯的小椅子啊，呵呵！我們不買那個，上次的小椅子、小床還幫你留著呢……」

小寶貝告狀失敗，趴在丁浩懷裡悶了一會兒，也不再說什麼，只是時不時要攀到丁浩肩膀上，回頭去看購物車裡，自己那瓶唯一的彩虹糖果還在不在。

白斌都看在眼裡，笑了。

小寶貝回來他們這裡住的第一個晚上，白斌的預言成真了。

丁浩穿著白天特意買的、印有小熊圖案的睡衣，抱著穿了同樣款式，戴著熊耳朵睡衣的小寶貝站在床邊，眼巴巴地看著白斌。

他這次學聰明了，不說話，就這樣看著。

白斌揉了揉額頭，做出最後的讓步，「睡著了之後，立刻送他回自己的小床。」

小寶貝頭一次靠著白斌睡覺，他以前比較常跟丁浩午睡，對白斌有點陌生，但是又覺得白斌跟自己親爸爸很像，倒也不怕他。

他看到白斌在看書，也扶著白斌的手臂探頭去看，但看見沒有圖片，有點失望。

白斌低頭正好看見，不動聲色地換了一本旅遊雜誌。

丁浩的生日快到了，按照每年慣例都會出去旅行，他正好在看要去哪裡比較好。這本書的圖畫比較多，小寶貝撐著小腦袋跟白斌一起看，偶爾回頭看看丁浩還在不在。

看書有助於睡眠，小寶貝沒一會兒就睏了，揉著眼睛爬回丁浩那邊，靠著丁浩睡著了。

白斌看見小孩躺下睡了，放下雜誌去看，輕聲問丁浩，「我抱他回去？」

丁浩點了點頭，小聲地回，「輕一點。」小寶貝靠著他睡得很香甜，丁浩真捨不得他走。

把小寶貝送到小床上放好，蓋上小被子，白斌這才回來。剛進棉被，就被人抱住了，一顆毛茸茸的腦袋跟剛才的小寶貝一樣鑽到他懷裡，嘟囔著他的名字，「白斌……」

白斌抱著他翻了個身，壓住他，貼著嗅了嗅，「都是奶味。」

小寶貝怕黑，房間裡開了一盞落地燈，燈光不亮，倒能勉強看見人影。

丁浩咬他下巴，「你小時候不喝奶嗎？」

白斌將手鑽進他懷裡摸索兩下，就讓使壞的人鬆開了嘴巴，他在尖牙利嘴上親了一口，「哪裡有你喝得多，都上高中了還餐餐都喝牛奶。」

丁浩聽到這個就生氣。

他始終比白斌矮上大半顆頭，本以為喝牛奶能補上一點，卻一點功效都沒有。白斌跟著他一起喝了幾次，但沒辦法，丁浩堅持不了，喝不完又很浪費，所以有一半是進了白斌的嘴裡。

白斌的身高長上去了，比前世還要高一些，丁浩覺得他那未完成的事業更加渺茫了。

丁浩恨恨地咬牙，「好運氣都被你占去了！」

白斌笑了，親了親他的嘴巴，「那我分給你一點。」

丁浩習慣了他睡前的小親昵，也沒太大的反對，順從地張開嘴加深這個吻。想起白斌剛才說的話，丁浩還使勁纏住他的舌頭吸了一口，讓他多「分一點」過來。

◆

小寶貝來這裡的某一天晚上，丁浩被白斌欺負到很晚，半夜才勉強睡著。剛有點睡意，就聽見了奇怪的聲音，像是小寶貝在叫他。

丁浩對孩子的聲音很熟悉，小孩一喊，立刻不睡了，側過身去聽，還真的是小寶貝在說話。不過咿咿呀呀的，聽不清楚他在講什麼。

丁浩推了推白斌，叫他起來一起聽，「噯，你聽……」

過了好一會兒，他們才聽見小孩說了一句，好像還很高興，咬著手指頭嘖嘖作響。

白斌也聽見了，皺了一下眉頭，不太確定地看著丁浩，「這是，在說夢話吧？」

丁浩有點疑惑，「寶貝才多大，怎麼會說夢話？我聽人家說，是身體不好的人才會說夢話。」

白斌對此不了解，搖了搖頭表示不知道。

丁浩不放心，睡覺都睡不安穩，最後還是爬起來去拿了一個錄音機，蹲在小床旁等著錄小寶貝說的話。小寶貝說的話帶了奇怪的音節，他聽不懂，猜想這可能是跟麗莎學的義大利文。

守到晚上三點，小寶貝大概是睡熟了，就沒再說話。

丁浩一晚沒睡，頂著一副黑眼圈，早上起來就先去網路上查：

『一歲多的小孩，最近一睡覺就說夢話，這是××缺乏症……請到××醫院來！』

『一歲多的小孩，最近一睡覺就說夢話，同時還伴隨著磨牙，這是××缺乏症……請購買××品牌指定特效藥！』

丁浩打開一個網站，就彈出一堆廣告，他強忍著心煩，大概瀏覽了一遍正文。

內容跟小寶貝的情況有一點關係，都說得很玄。起初是這個微量元素缺乏、那個維生素缺乏，後來還扯到癲癇，把丁浩嚇得不輕。

丁浩收拾好東西就要帶小寶貝去醫院看看，白斌把他攔住，「網路上的消息太雜了，也不可信。你不如打電話問媽媽和奶奶她們，我覺得沒那麼嚴重。」

小寶貝剛醒來，有點餓了，他餓的時候就會特別聽白斌的話。這一點比較像丁浩，從小喜歡跟著給飯吃的人轉。

小寶貝被白斌放在小椅子上，白斌倒了一碗熱好的牛奶給他，還把他喜歡的小餅乾放進去。小寶貝自己拿勺子吃了兩口，轉頭去看在客廳打電話的丁浩，「小爸爸……」

白斌又幫他夾了一塊雞蛋糕，聽見他問丁浩，也認真地回答，「小爸爸去打電話，等等就回來。」

小寶貝看到桌子上的確放了丁浩的碗筷，覺得他小爸爸不會餓到，又低頭繼續吃自己的了。

丁浩則打電話先去問了丁媽媽。丁媽媽是幼教出身，對小孩的事也很有經驗，聽見丁浩說完，就噗哧一笑：

『浩浩，你別急，這大概就是太累了。白天玩得太高興，晚上就愛嚷嚷兩句……你小時候可比他還吵鬧，在床上轉圈踢腿，跟猴子一樣，你爸拍兩巴掌下去就聽話了！哭了幾聲之後，你就自己睡得很香甜，第二天還告訴我你夢見去打針，屁股很痛呢……』

丁浩害羞得滿臉通紅，掛斷丁媽媽的電話之後還是有點擔心，又打給丁奶奶。

奶奶說的跟丁媽媽的解釋差不多。丁奶奶還囑咐丁浩兩句，要他一定要好好帶人家的孩子。

『白天別玩得太累啊，浩浩，你是大人，但是他還小呢！小孩一高興起來就不睡覺，晚上就不會長高了……』

丁奶奶無意中又戳到了丁浩的傷心處。

難怪他長不高，早年的時候，白斌晚上睡覺都沒輕沒重，緊緊抱著他，常常把他半夜勒醒、壓醒……白斌的心機有多深啊！從小就開始算計了！

丁浩又問候了丁奶奶幾句，聽到老人抱怨丁浩不回家看她，所以多哄了幾句。電話那邊隱約能聽見九官鳥吱吱哇哇地叫喚，丁奶奶就跟丁浩說要去餵豆豆吃飯，就掛了。

丁浩感慨，九官鳥豆豆最近地位的直線上升，丁浩要是再不回去，估計丁奶奶都會先跟人提起豆豆，之後才是他了。

丁浩回來陪白斌吃完早飯，還是不太放心，腦袋裡總會想到網路上說的那些嚴重的情況，很擔心寶貝的健康。吃過飯，他還是抱著小寶貝去找麗沙，白斌拿著厚外套跟著他。丁浩不習慣開車，向來都是他接送的。

到了麗沙那裡，正好碰到好久不見的白露。白露是出來出差的，正好路過D市，想過來看看麗莎和小寶貝，聽麗莎說小寶貝送到她哥那邊去了，還覺得有點可惜。她的時間有點緊迫，不方便再去白斌那裡一趟，正巧丁浩就自己抱著小寶貝送上門了。白露高興極了，對丁浩和顏悅色的。

丁浩跟麗莎說了一下自己來的目的。因為在家裡的時候，小寶貝都是自己睡的，而且很乖，麗莎並沒有遇過說夢話的現象，對此也不理解。

白露覺得說夢話沒什麼，但是寶貝這麼小，她又最疼他，因此也開始跟丁浩一起擔心起來。丁浩聽不懂外國話，想把錄下來的給麗莎聽一遍。丁媽媽在電話裡說，小孩高興時，說夢話會把白天說的話重複一遍，像在重新學習，所以丁浩想知道小寶貝在夢裡都說了些什麼。

而白露是對小寶貝過度保護，帶有一點迷信的色彩。她覺得讓小寶貝聽見自己的夢話不好，想抱寶貝去房間玩。可是小寶貝跟她不熟，只是看看她，直往丁浩懷裡躲。白露心裡直發酸，這麼好的孩子，怎麼偏偏就跟丁浩那麼要好呢？

丁浩親了小寶貝一口，讓白斌帶小寶貝去玩具房裡玩，他想留下來聽聽麗莎怎麼說。

小寶貝回到家很高興，難得主動去拉白斌的手。他帶白斌去看了自己的收藏，連自己最喜歡的小手槍都讓他摸了一下。

白斌坐在一旁看著小寶貝滿地爬，一下抱著這個來給他看，又拖來那個給他看，一臉期盼受到誇獎的樣子。因此白斌立刻學丁浩的語氣，拍了拍他拖過來的毛絨玩具誇獎他，「真不錯。」

白斌學的語氣不是很像，但是表達的意思差不多，小寶貝坐在自己的那堆玩具裡，大方地表示願意與白斌一起分享。

客廳裡，丁浩、白露正等麗莎翻譯小寶貝的夢話。

麗莎認真地聽了一遍，抬頭看著丁浩，眼神很迷茫，「丁浩，我聽不太懂中文……」

丁浩深吸一口氣，舉起四個指頭跟麗莎發誓，「這不是中文，我用我的臉保證！真的，麗莎！」

這次白露也點頭認同了丁浩的話，遲疑地問麗莎，「這也不是……義大利話？」

麗莎搖了搖頭，這真的不是義大利語，她聽不懂小寶貝在說什麼。

丁浩皺起眉頭，還想跟麗莎說什麼，就聽見白斌在走廊上喊，「浩浩，過來一下。」

小寶貝在白斌懷裡含著眼淚等丁浩，看到他過來立刻撲了過去。

丁浩拍了拍在自己懷裡的小寶貝，有些不懂，「這是怎麼了？剛才不是還挺高興的？」

白斌有點尷尬地咳了一聲，「我好像，把他的魔術方塊弄壞了。」

丁浩笑了，他難得看見白斌出糗，也逗了幾句，「這就是你的不對了啊！你看你把人家孩子弄到哭成什麼樣子了……」

小寶貝從丁浩懷裡抬起頭來。他沒哭，媽咪說哭了就不是乖孩子。

小寶貝伸手去抓丁浩的下巴，讓他低頭看自己沒有哭，又仰著頭讓旁邊的麗莎和白露看了看乾淨的小臉，再次強調，「沒哭。」

麗莎立刻鼓勵他，「寶貝很堅強！沒有哭！」

白露也跟著點頭，「對對，真堅強！沒哭，一點也沒哭！」
丁浩被小寶貝捏著下巴不放開，聽到旁邊娘子軍們的話，也不鬧白斌了。
他和白斌商量了一下，「你去跟麗莎聊聊，我去陪寶貝再玩一下？」
白斌點了點頭，他對小孩這種生物真的有些不知所措。不但是因為小孩子本身就很脆弱，就連他們的玩具都很脆弱。
小寶貝一臉傷心地帶著丁浩去看他的魔術方塊，現在已經散開，在地上可憐兮兮地變成幾塊。
他以前的魔術方塊壞了，都是丁浩幫他修好的，這次小寶貝也同樣對丁浩報以極大的希望。
小寶貝帶著懇求地去拉丁浩的手，放在壞掉的魔術方塊上面，「小爸爸，修修。」
散在地上的魔術方塊是不可能修好了，不過丁浩也不忍心看見小寶貝難過，扭頭看見旁邊的手機傳輸線，應該是麗莎放在這裡，忘了收走的。
丁浩拿過那條傳輸線，勉強纏住魔術方塊，固定好形狀，放在小寶貝搆不到的櫃子上方，哄道，「魔術方塊拿去充電了，明天就能復原了，寶貝我們等明天再來看它啊。」
白露怕小寶貝難過，正好端了果汁來，冷不防聽見丁浩這句不要臉的話，抬頭看了一眼櫃子上頭五花大綁的魔術方塊，嘴角忍不住抽了幾下。
丁浩跟小寶貝互動得很好，終於讓小孩暫時不去在乎魔術方塊的事了。整個過程讓白露忍不住直撇嘴角，她對丁浩的「無恥」認知又更上一層，騙小孩的事也只有這傢伙幹得出來。
丁浩抱著笑出來的小寶貝出來時，白斌正好跟麗莎談完，看見他來立刻招手，「浩浩，麗莎下午還有課，我們也該走了。」

白露有點捨不得，她難得見到白斌一次，但是時間實在太趕，也來不及一起吃飯。

丁浩看到白露可憐巴巴的樣子，於心不忍，主動邀請她，「白露，妳也去我們那裡坐坐吧？」

白露很動心，但是依舊搖了搖頭。部隊裡有規定，時間要求更是嚴格，她是來不及去了。

「我還有任務，等等也要走了。」

白斌對自家妹妹還是很關心的，問了白露有沒有人同行，得知有人會過來接她才放心。不過還是叮囑她出門要小心，「以後過來就打電話給我，我去接妳。」

丁浩覺得白斌忘了他妹妹的武力值，適時提醒一下，「白露，要是有人欺負妳，也別在車站動手啊！那邊人多，妳把人帶進漆黑小巷再下手……」

這是白露之前幹過的一件事，這女孩有一次被人順走了錢包，一氣之下追了三條巷子，硬是抓住了那個竊賊，暴打一頓。據目擊者說，那場面真是太暴力了，簡直慘不忍睹。

白露醞釀半天的離別之情頓時沒了，一記眼刀殺過去，「丁浩，你給我閉嘴！你要是不教孩子一點好的，你要是敢對我哥不好……哼！我先帶你漆黑的小巷，我們談談心！」

「哈哈……來來，寶貝，我們跟姑姑來個告別之吻！」丁浩舉著小寶貝轉移話題，讓寶貝對白露做了個飛吻，軟軟地說了聲「再見」。

白露也沒出息，就這樣被輕易征服了，紅著眼眶親了寶貝一口，「姑姑走了，你要乖啊，下次再來看你喔！」想了想，忍不住又提醒丁浩，「你別忘了『充電』的魔術方塊，等等孩子找你要，『充不了電』的話他真的會哭！」

丁浩對她做了個放心的手勢，「沒問題，這種事我常做！絕不會出錯！」

白露的一顆心瞬間更放不下了，她為自己寶貝侄子的學前教育感到擔憂。

接白露的車馬上就來了，幾個人送走了白露，麗莎也該去上學了。白斌順路帶她去學校，約好晚上再把小寶貝送回來。

小寶貝看著自家媽媽去學校，一直趴在車窗上看，丁浩趁機教育他，「寶貝，這是學校，以後你也來這裡上學好不好？」

寶貝看到媽媽走進去，不再回頭看自己，學白斌一本正經地皺起眉頭來，「不要，學校。」說完把小腦袋埋進丁浩懷裡，拱來拱去地表達不滿，「不喜歡。」

丁浩被他拱在腰上，弄得發癢，笑得停不下來。

「好好好，我們不去學校……」

他把小寶貝抱出來，也回擊似的伸手撓了孩子的癢處。小寶貝不怕癢，只動了兩下就老實地坐在那裡，抬頭看著丁浩，一副不明白他在幹什麼的樣子，最後被丁浩親了兩口才算結束。

這兩個鬧了半天，這才正經地看向前面的路。丁浩看到方向不對，有點疑惑地問白斌，「這不是回家的路吧？」

白斌在前面開車，聽見他問就回答，「對，我們先去趟醫院。」

丁浩這段時間的心思都在小孩身上，聽見白斌這麼說，只以為是帶小寶貝去看醫生，沒往別處想，還抱著小孩鼓勵道：「寶貝啊，等等看見穿白袍的醫生別害怕！你要記住，所有反動派都是紙老虎啊，紙老虎……」

小寶貝揪了揪自己帽子上的耳朵，他今天戴的是小老虎帽子，額頭上還有一個「王」。小孩認真地指著自己腦袋，告訴丁浩，「老虎。」

丁浩噗哧笑了，「你這是布老虎，人家可是有鐵鉗的老虎啊！哈哈，不嚇你了，別怕、別怕！就看看你的小肚子，不疼的！」

小寶貝學得很快，而且不過一會兒就把這句話熟練地用到了丁浩身上。

到了醫院，丁浩被白斌帶到十七樓某個檢查室的時候，這才反應到不對勁。

這個樓層他太熟悉了，自從來到D市，白斌就託關係弄了一個特殊檢查室，定期押他來檢查身體。丁浩這幾天帶孩子帶得太投入，差點忘了今天是例行檢查的日子。

丁浩看著那熟悉的門牌，臉色不太好，抱著小寶貝扭頭就想走，「我不去！」

他本來就不想檢查，更何況今天還有小寶貝在。

白斌攔住他，把孩子接過去，眉頭皺起來，「浩浩，聽話。就是檢查一下，很快就好了。」

丁浩不配合，「你去拿一點藥，我回去乖乖喝中藥好嗎？我們一直都沒換藥，為什麼非要來檢查啊！」

白斌對這件事很堅持，有關丁浩的身體，他不能讓步，「很快就好了。」

丁浩的臉色還是不好，咬牙看著他，「那你來！」

以前是白斌親自幫丁浩檢查的，也跟張老頭打聽了一些按摩的手法，但他畢竟不是專業出身，平時檢查的時候要他來也可以，但是今天可不行，「今天是全身檢查，浩浩你忍一下。」

小寶貝也在旁邊安慰丁浩，從白斌懷裡探出身子親了親丁浩，「小爸爸！看看，不疼！」

「白斌，你也帶小寶貝去看看吧……」

小寶貝立刻捂住自己的肚子，縮回白斌懷裡。

丁浩的臉色緩和了一點，笑著戳了戳小孩的小肚子，又跟白斌說，「我說真的，寶貝太小了，我總是有點不放心。反正都來了，就帶去給醫生看看，要是沒事就好。」他咬著牙，推開檢查室的門，「走吧，我等等就去找你們。」

檢查室的門吱呀一聲關上了，白斌猶豫了一下，還是抱著小寶貝去兒童醫生那裡。

要用小寶貝把丁浩騙過來是很容易，但是也存在著一個問題，就是他無法守在門口等丁浩。幫丁浩檢查的醫生信譽很好，絕對不會將他們的身分洩露出去，同時對丁浩也十分親切……就是因為這份超於別人的親切，白斌心裡感到十分不舒服。

但是丁浩不肯接受正規的檢查，更不可能讓不認識的人檢查自己身體最私密的地方，讓熟悉的人碰觸已經是最大的讓步了。

白斌曾經學過檢查身體，他是為了丁浩學的。檢查室裡的那個人也是，雖然與他本身的性取向也有關係，但是不可否認，那個人是特地為了丁浩去學的。全身檢查，連最隱私的地方也會被探入手指檢查……儘管對方的職業就是醫生，但一想到那樣的場景，白斌還是忍不住皺起眉頭。

懷裡的小寶貝叫了他一聲，白斌回過神來，看到小孩不舒服地扭動身體，連忙減輕手勁，「對不起，弄痛你了吧？」

小寶貝看著白斌，伸出小手去摸白斌的額頭，一臉關心，「大爸爸，疼？」

白斌笑了，拿下他的小手親了一口，「不疼。」

這種程度的讓步，還在理性的控制範圍內，因為是對丁浩好，所以還可以忍耐。

但這時，丁浩在檢查室裡有點忍耐不住了，坐在那裡，吃了清腸的藥又連喝了兩大杯清水，表情視死如歸。

旁邊站著一個全副武裝的醫生，臉上的口罩遮住大半的容貌，不過一雙眼睛倒是瞇了起來，帶著一些笑意，「丁浩，你還會害怕？」

丁浩挪了挪身體，打從進來就覺得彆扭，聽見他問，立刻頂了一句，「廢話！換你趴在這裡，讓我捅你一下啊？」還帶著一口惡氣，看了一眼身材修長的白袍醫生，「張陽，你這真是……站著說話不腰疼……」

張陽醫生，丁浩國中時期的好友，曾經朦朧地暗戀過丁浩一段時間，在那段期間與白斌交惡。丁浩的脾氣對誰都不改，好壞都表現在臉上，可是張陽不同，他對丁浩跟對別人有明顯的區別。可以說，張陽很樂意把自己真實的一面與丁浩分享，且他對丁浩有一種難以言說的親近感。

也許是第一次見面的時候起，丁浩就知道了他的祕密——喜歡男人。

那大概是張陽一生最狼狽的時刻，被拆穿、被羞辱、跌入低谷。他還來不及自暴自棄，就被丁浩拉了起來。他需要友情，丁浩給了他友情；他需要金錢，丁浩也給了最適當的援助……

丁浩這傢伙就這樣闖進了他的生命。

這樣說有點矯情，但是對於他來說，真的是這樣。

無論是從感情方面還是金錢方面，丁浩幫的都是最及時的。後來也有人幫助過他，但是比較起來，張陽還是會懷念那份單純的溫暖。一如現在，在丁浩身邊，他很容易就能放鬆下來，像普通朋友一樣談話，不會有鄙夷，也不會有小心翼翼的試探與討好；會互相調侃、會爆粗口，氣極了也會呸一聲，讓他「快還錢」。

「……張陽？你笑我是不是？注意一點啊，你可是簽過借據給我的人！」

靠著窗臺的醫生笑得眼睛更彎了，看了一下錶，提醒那位一臉憋得通紅的人，「丁浩，時間差不多了，去一下洗手間吧。」

丁浩立刻跑去解決個人問題。

白斌往常會在檢查的前幾天開始控制飲食，丁浩平時多少都能察覺。可是這幾天小寶貝也在，丁浩陪著兒子清湯寡水，幾頓吃下來毫無怨言，別說是察覺了，還自己跑去囑咐白斌多做一點好消化的。

他應該早點想到的……丁浩嘆了口氣，在廁所隔間裡拖拖拉拉地整理好自己。

他剛開始來檢查的時候很不習慣，白斌都得在一旁看著，當時的丁浩真是想死的心都有了。

他被白斌按著讓人看那裡……想想就委屈，頭一次檢查的時候還哭了。丁浩覺得，他這輩子都沒這麼丟人過。

白斌的臉色也不好，檢查到一半就帶他走了，回去自己摸索著，幫丁浩看了一遍才結束。再後來，白斌就叛變了，他跟老醫生談過一次，從那之後就弄了這一個檢查室，定期帶他來看看。

丁浩也知道這是為自己好，但是他就是忍受不了自己趴在上面做檢查。當時他提著褲子站在那裡，肯定特別有「文人的骨氣」，絕對的寧死不屈啊。

白斌被他震懾住了，猶豫了一下，竟然把在這裡實習的張陽找來。

張陽給丁浩看了一個小時的教學片，講解了一下檢查的用處，丁浩出來之後就屈服了。雖說還是彆彆扭扭的不太配合，但好歹不用人按著了。

不過這也不是絕對的，比如說，當張陽幫他往裡面注入空氣擴張的時候，丁浩還是忍不住動了一下，「上次沒用這個玩意兒！」

張陽不理他的抗議，手上依舊緩慢地動作，「這次是做腸腔的詳細檢查，你放鬆一點。」

丁浩放鬆不下來，臉都憋青了。

之後是腸鏡檢查，被那細長的膠管捅進去時，丁浩還是忍不住罵了一句。

他不是天生的同性戀，這樣的事對他來說依舊有侮辱的性質，除了白斌，沒人能這樣對他……

丁浩把心裡的煩躁忍下去，咬牙堅持。

張陽在後面提醒他，「深呼吸，放鬆點，丁浩，沒事的。」

去你的沒事……丁浩不開口，他一開口就特別想罵人。

做這個檢查的時間總是有點漫長，也許是心理上的作用，丁浩覺得這十幾分鐘比十幾個鐘頭難熬。也沒辦法，他只能胡亂想其他事情來轉移注意力，想起頭一次做腸鏡檢查的時候，他指著檢查單上的重點提示，跳起來問白斌，說這個有一定的風險啊，白斌，我不能做這個啊……

白斌當時回答的，他一輩子也忘不了。

那混蛋按著他的手指往前指，前面幾個字也印得很清楚，上面寫著：『六十歲以上檢查可能存在一定的風險。』

老子他媽的要一直檢查到六十歲啊！

丁浩扯了扯嘴角，剛想笑，後面就被弄了一下，立刻嘶了一聲。後面的東西被張陽控制著，不時動一下，讓丁浩眼皮直跳，「張陽，你給我快點！」

站在他後面的人清了清嗓子，也不知道是緊張還是什麼，聲音也帶著暗啞，「你……那什麼，放鬆一點……」

「靠！你能不能隨便打個報告出去？這房間裡又沒別人！你也知道，我他媽就白斌一個，從不亂搞……」

丁浩趴在那裡喋喋不休，比開處方的醫生還囉嗦。後面做檢查的張陽倒是很老實，一聲不吭，但如果仔細看，其實他的手也有些發抖。

「好了，接下來檢查前面。」

趴著的人怪叫一聲，「還看前面？老子前面都沒用過！」

無論如何，檢查還是要繼續的。

等丁浩一肚子怨氣地出來時，跟在後面的醫生倒是很鎮定，寫好了檢查報告給他，並囑咐丁浩記得去開一些要塗抹的藥膏。

丁浩翻了一下檢查報告，怨氣更甚，「跟平時一樣！我都說了，我好好的沒事！」

張陽勸他，「這是好事啊，要是跟平時不一樣，你才該哭呢！」

丁浩扯了扯嘴角，還是笑不出來，他現在還有剛才檢查的古怪感覺。

「我走了。對了，張陽，你下次別戴口罩了，裡面的暖氣開那麼強，每次出來你都熱得滿頭大汗了！」

張陽愣了一下，看著那個人夾著檢查報告，一瘸一拐地往下走，半天才摘下遮住大半張臉的口罩。如果丁浩還在，一定會覺得天上下紅雨了，向來都帶著微笑面具的張陽居然也會——臉紅。

白袍醫生擦了額頭上細密的汗，自嘲地笑了，「我真是自找苦吃。」

丁浩找到白斌的時候，白斌正抱著小寶貝在花園。小孩長得很好看，周圍有不少人想湊過來逗逗他，但白斌擺著一張生人勿近的臉，一時半會也沒有人敢靠過去。

小寶貝先看見了丁浩，張開小手對丁浩喊了一聲，「小爸爸！」

等白斌抱著他走近了，立刻把小口袋裡的鮮花掏出來，舉到丁浩面前，「送給小爸爸！」

丁浩一走出檢查室，心情就舒暢多了，看見小寶貝遞過來的花更是瞬間被治癒，接過來隨手插進自己口袋裡，在小孩臉上親了一口，「謝謝寶貝！看，小爸爸是不是又變帥了？」

小寶貝很配合，一臉認真地上下打量一遍，鄭重地點了頭，「又帥了。」

白斌也笑了，也從自己口袋裡掏出一朵花，一起插在丁浩口袋裡，「好了，現在是最帥的了。」

丁浩摸到那朵花上沒刺，知道這是別人送來的花籃裡的。他覺得白斌不可能這麼惡劣，帶著小寶貝去拔人家花籃裡的花來玩，這種事通常只有他幹得出來啊。

丁浩有點好奇地問白斌，「你們從哪裡弄來的？」

白斌指了指兒童門診那邊，「剛才抱著白昊去看醫生，正好有病人送感謝信還有鮮花來。醫生看到白昊有興趣，檢查完就送了他幾朵。」

小寶貝舉起自己的小手，對丁浩比了具體數字，「三朵。」

丁浩對白斌說的後半句比較感興趣，「檢查結果怎麼樣？寶貝沒事吧？」

「沒事，就是太累了，下次要讓他早點休息。」白斌看他這麼緊張也笑了，一手抱著小寶貝，一手去牽丁浩的手，「我們回家吧。」

丁浩想掙脫，但白斌握得很緊，也就隨他牽著走了一路。這也是每次從檢查室出來的慣例，白斌對丁浩檢查身體的事，或者說，是由張陽檢查的事還是有一些介懷的。

小花園裡人少，他們這樣牽手也沒什麼，等快到了停車位，丁浩還是掰開了白斌的手。他對白斌笑了笑，「還是小心一點好，你忘了上次爺爺說的了？」

時間一長，他們的事肯定會有人聽到一些話，但是聰明的人看見白斌穩步提升，就知道這是上面放下來歷練的晚輩，通常不會說什麼，頂多在心裡看笑話。也有不知趣的人，還真的「不小心」拍了照片。這件事後來是董飛依照白老爺的意思處理的，老爺還叮嚀了他們一句話，讓他們低調一點，至少等別人不敢說閒話了，再明目張膽地牽手上街。

丁浩一直記著這句話，並且時時刻刻遵守著。他覺得自己已經在拖累白斌的前程了，白斌這輩子可能走不到那麼高的位置上，但也絕不能因為自己再受到拖累。

兩人一路上都很安靜。因為抱著小寶貝，丁浩坐在後面，白斌的眼睛餘光掃過的時候，看見丁浩抱著小孩，心裡也覺得很暖。

「對了，我剛才接到麗莎的電話。她也不放心，打了通越洋電話給義大利的父母，不過麗莎應該是太久沒跟家人聯絡了，說著說著就偏題了。我聽她最後的意思，好像是想抽空帶小寶貝回家去看看。」

丁浩有點吃驚，「回義大利啊？」

白斌在前面嗯了一聲，聽到丁浩半天不吭聲，知道他是捨不得寶貝走，又安撫他，「也不會回去很久，就是寒假這段時間，很快就回來了。」

後面又半天沒動靜。

小寶貝似乎動了一下，穿著的亮面羽絨衣發出悉悉索索的聲音，接著是軟糯的童音，「小爸爸，不疼。」

◆

小寶貝在寒假時果然和麗莎一起回去了義大利。白傑這次沒一起去，他要回白老爺那裡跟家人過春節，況且丁浩這邊的計畫還沒搞定，他也走不開。

丁浩去機場送她們。看到小寶貝捂得跟小包子一樣，丁浩眼眶又紅了，這件衣服還是他和寶貝一起去買的，有兩件，他們昨天還一起穿呢。

丁浩抱著小孩親了親，告別的話都帶著鼻音，「寶貝，去那裡也要記得想我啊！」

小寶貝似乎發現到丁浩心情不好，親完臉頰，還親了丁浩的嘴巴，「小爸爸。」

白斌在一旁看不下去了，皺著眉把小孩拎起來，放回麗莎懷裡。

他再看向丁浩，一臉不贊同，「他從什麼時候開始這樣親你的？」

丁浩還沉浸在濃濃的憂傷中。他看著小寶貝過了安檢，漸漸走遠看不見了才回頭，心不在焉地回答白斌的問題，「啊，前幾天。也不常親，就是看我難過才親一口……唉！真是個好孩子。」

白斌有些不悅，「不要寵著他。」

丁浩看了他一眼，「那你也別總是教他。」

白斌不說話了。

小寶貝學東西很快，尤其又愛黏著丁浩，而白斌跟丁浩出門前要親，回家要親，看電視要親，睡覺也要親……小寶貝漸漸學起來了，高興時總愛親丁浩一口。偏偏小寶貝還很聰明，自己慢慢總結出一些不同。小孩看見自己親的都是丁浩的臉頰，但他的大爸爸可是哪裡都親，因此寶貝也開始學起白斌。

白斌發現以後，把小孩揪出去教訓了一頓，小寶貝含著眼淚回來，不敢亂親丁浩了。

在機場這一次，是白斌第二次看見小寶貝親丁浩。這次更過分，上次是親脖子，這次就親上嘴巴了！白斌決定等小寶貝回來，再好好教育一次。

丁浩這段時間帶著小寶貝到處跑，過得開心極了，家裡少了小東西還真不適應。晚上睡覺的時候，他習慣性去看旁邊的小床，也見不到咬著指頭的小東西了。丁浩嘆了口氣，翻身去白斌那邊。

白斌正在看書，見到他過來，順便摟住了。他在丁浩額頭上親了一口，指著幾個地方問，「你挑一個，我們今年自己開車過去吧。」

丁浩的生日快到了，白斌老早就在準備，選出來的這幾個地方都是離家近的，但是丁浩也沒心思去。他翻了兩頁書，抬頭跟白斌建議道，「要不然今年我們別出去了，我就想在家，跟你一起過個生日。」

白斌摸到丁浩的手很涼，乾脆放下書，躺進被子去抱住他，「也好。那就回鎮上住兩天，那邊人少，也可以多陪陪奶奶。」

丁浩被白斌握住手放進懷裡，等暖和了，也賴在人家衣服裡不走。

「嗯。那回去時還得買點吃的給豆豆。那傢伙現在學壞了，不給吃的都裝不認識你，氣死人！」

白斌翻身壓住他，把那雙在自己懷裡搗亂的手按住，「你也餓了？」

丁浩的手指在裡面划動幾下，表情很無辜，「沒，我就是很累，特別想睡覺。」

白斌放開他的手，也探進他的衣服裡摸索，咬著丁浩的耳朵模糊地說了一句，「那先『吃』飽了再睡……」

沒有小寶貝攪局，果然做得酣暢淋漓。白斌似乎在這段時間被鍛煉得更持久了，「餵」完一頓，丁浩差點求饒。

「我靠，白斌你下次輕一點……嘶！我的腿都快被你掰斷了！你以為我是什麼啊？有像你這樣用力扯開的嗎！」

寬大的手掌立刻貼上來，幫丁浩揉捏了兩下，都是最痠痛的地方，丁浩又抽了兩口氣。

揉捏的動作停頓了一下，丁浩覺得後面的人又開始貼過來。

丁浩不讓他揉了，再揉又要出事了，「白斌，你別……別過來了……」

腰被摟住，耳朵也被含住吸了一口，丁浩聽著那個人喊自己的名字，說一些白天他都不好意思說的話。

這……這太過分了！明明知道他禁不起語言撩撥！！

「……就、就一次啊！唔，你、輕一點……等我說完……！」

春宵苦短，誰捨得等啊。

如果說這只是丁浩心情上的一點小鬱悶，那李華茂跟李夏這兩位難兄難弟，就屬於金錢上的苦惱。

他們沒錢了，窮得響叮噹。

李夏還好解釋。李夏的媽媽一直要求兒子獨立，上了大學更是鼓勵他自己賺取學費。

李夏之前還能去酒吧打工，錢的事也沒有很難，可是跟著徐老先生來D市後，學校附近可沒有酒吧讓他賺錢。李夏跟著徐老先生做研究也只是幫個忙，別說到時候給的錢很少，就算要給也會拖到好幾個月之後。

李夏只出不進的，說囊中羞澀都太輕了，他眼看都要斷糧了！

李華茂這邊，情況也不比李夏好到哪裡去。他這幾天雖說去上課了，但是上次嘴巴破的問題也為他帶來了一定的影響，他剛上完一門課，學校就發來了通知，委婉地表達了一下關心，還提醒他，如果以後身體不適可以把課程延後——就是說，人家以後不一定想再用他了。

李華茂的家庭條件還不錯，自己又會賺錢，還從來沒有過這方面的困擾。如今他身上剩下的錢都是零錢了，花到沒剩下多少，貧窮程度直逼李夏。他如果打電話回家，錢是有了，但是肯定又會被揪住問相親的事。李華茂想了想，還是掛斷了電話。

他寧可自己過得苦一點，也不願意再被念一頓，也不願意再讓父母白高興一場了……

他終究不會有個正常意義的家庭。

這兩人日子過得苦哈哈，一致決定要破釜沉舟，進城打工。李夏穿上自己的小皮衣，皮鞋也擦得發亮，一頭金髮打理得當，帥氣得勢不可擋！李華茂則揹上他的大相機，頭髮俐落地全紮起來，一雙亮晶晶的眼睛裡都是對未來生活的希望！

他們要賺錢！

可是問題又來了，D市交通不便，他們學校在郊區，要去市中心打工必須找房子住。房子要去哪裡找？他們都窮到要啃饅頭了，別說押金，大概連一個月的租金都湊不齊！

李夏忽然想起了「謙虛待人」的學長丁浩，李華茂指示他：上！這關乎肚皮的存亡，臉皮算什麼！

李夏試圖抗議，「為什麼只讓我一個人去，借來的錢卻要和學長你平分？」
李華茂斜他一眼，「因為你是外國人，外國人臉皮比較厚。」
這個邏輯不通，李夏二次上訴，立刻被武力鎮壓。
大學長一腳把他踢出去找丁浩，親切地囑咐他，「借不到錢別回來！」
李夏去找丁浩幫忙，丁浩自然會幫他。不但借李夏錢、推薦好酒吧，還大方地借了另一套房子給他，「喏，拿去用吧。那間房子離酒吧街很近，你們去打工就住那裡，反正放著也是放著。」
李夏淚眼汪汪地接下鑰匙，「丁浩，還是你最好！你比大學長好多了……」
還沒碰到鑰匙，又被丁浩拿回去了。
丁浩不放心地警告他，「李夏，你絕對不能煮水忘記關火，還要打掃乾淨！聽見沒？」
李夏原地對他敬了個軍禮，「Yes Sir！」

第六章　醉棗

丁浩在市中心的那套房子有三間房間，位置很不錯，傢俱什麼的也很齊全。李華茂大方地讓李夏先選房間，並且承包了做飯及打掃的家務事。

李夏對此有些不好意思，早上的時候也會幫忙扔垃圾，還跟周圍的大嬸打招呼：

「阿姨早啊！哇，這是您孫子吧？長得跟您真像……不不不！我不是說他胖！啊？胖的好？喔喔……那您比他好多了啊！」

李夏說話直來直往的，常常得罪老太太，不過他那頭金髮在關鍵時刻發揮了應有的作用──大家以為他是外國友人，會說中文就不得了了，通常也不會難為他。時間久了，倒也跟幾位老住戶熟了起來，有的還請他去輔導自己的小孫子。

李夏的金髮沒白長，上一節外文課，人家給八十塊人民幣。

李華茂得知以後，心生嫉妒。他的學歷比李夏高，發音比李夏標準，耐心比李夏好，經驗比李夏多……但他沒有李夏的那頭金髮。要知道，李華茂去學校代課，人家給的數字也不過一節課五十塊啊。

李華茂歎息一聲，繼續揹著自己的寶貝相機出門幹活。

李華茂的打工之路比李夏辛苦得多。D市沒有大都市的繁華，人們的眼光難免會窄一點，比如沒多少人欣賞李華茂拍的照片。李華茂在人家工作室裡掛了名，但是十天半個月的也沒什麼工作，無奈之下，去幫忙拍了「寶寶照」。

這項工作很考驗技術，不但要控制閃光燈，小心拍照，還要時時應付小孩的各種突發狀況。哭了就得哄，爬遠了還要抱回來，啃手指頭的得制止，爬過來啃相機三腳架的那更得制止！

一個月下來，李華茂差點沒崩潰。

徐老先生那邊週一到週五有課，他們只在星期六、日出來賺錢。

李華茂早出晚歸，勤勤懇懇，工資再差三天就到手；而李夏只在晚上打工兩個小時，並且小費豐厚，從這孩子換了新款的ＰＳＰ就能看出來，他已經擺脫了啃饅頭度日的窘迫困境。

李華茂每次看見李夏打遊戲打到半夜，然後一覺睡到下午才起床，總是有一種發自內心的迫切想法——特別想往李夏臉上踢一腳！！

這個想法越來越迫切，尤其是李華茂發了工資後，發現還不比李夏的小費多時，他爆發了！

李華茂呸了一口，一臉憤恨地瞪著李夏：

「不是說這邊經濟水準低嗎！！給我這麼一點工資，還不如你賣一瓶酒的錢！」李華茂奮力拍了一下桌子，眼眶都紅了，「這不公平！太不利於社會的穩步發展了！！」

李夏睡到中午才起來，正頂著那頭蓬鬆的頭髮坐在餐桌旁吃麵。聽見他說，含糊不清地回道，「那……學長，你也來我們那裡打工好了。」

李華茂動心了，「你們那裡還缺人？先說好，我賣藝不賣身的！」

李夏的一口麵差點沒噴出來，舉著碗抗議，「學長，我也不賣身的啊！」

李華茂用手指勾住李夏的衣領，拉起一點，趁機看人家的胸肌，嘖了一聲，「你這身材，不賣可惜了……」

李夏臉紅了，悶聲端起碗來吃麵，幾乎要把腦袋埋進去了。

他記得丁浩說的話，僅次於「不許進廚房煮水」的，就是「別讓李華茂接近你一公尺內」！

李夏終於明白了丁浩話裡的含義，那意思就是說，李華茂學長特別愛占人便宜吧……

李華茂看著李夏的吃相，笑了，「我不逗你了！李夏，你吃慢一點，跟我說說你們那裡打工的事吧？」

「包廂裡隨時都要有人，不過那裡面很亂，幹什麼的都有。櫃臺倒是只要一個，跟我一樣是調酒的……」李夏放慢了吃飯的速度，想了想，又一五一十地跟李華茂說，「其實會基本的調酒就可以了，主要是形象要好一點。」

李華茂拍著胸脯保證，「我會調酒！我考過證照，調酒師、咖啡師的職業資格證我都有！」

他是考試狂人。他在國內被應試教育虐來虐去，最後居然虐爽了！秉著無考不歡的精神，堅持以拿證為榮的目標對付各種考試，寧可錯殺，絕不放過！

李夏也知道自己學長的能耐，「那我跟老闆說，你明天過來一趟吧。對了，現在只有淩晨的班，是兩點到四點的……」

李華茂原本激情滿滿的臉立刻變了，很乾脆地拒絕，「那我不去了。」

他晚上睡不好，眼睛就會水腫，而且在那個時間熬夜，他年紀大了，皮膚會受不了。

李夏端著碗，吃得很快。李華茂做的早餐很少有重複的，李夏也跟著有口福，本來就是什麼都吃的人，會飽就好，現在更是吃得肚皮滾圓。

李華茂星期天下午要去工作室拍照，他看李夏還得吃一陣子，也不等著收拾碗筷了。他拿起自己的隨身物品，囑咐了李夏一句，「我出去了，你把這幾個碗洗了吧。還有，絕對不許開火啊！更不許煮水！」

李夏在餐桌那邊沒起身，點了兩下頭，也不知道是聽見了還是在吃麵。

今天來拍照的人有點少，李華茂難得有一個休息的機會，抱著相機坐在窗臺上小瞇了一會兒。

北方的冬天有一個好處，雖然風刮得又冷又疼，但是太陽很暖和。前兩天剛下了雪，風吹過的時候都帶著一些雪飄起來，看起來就像下了一場太陽雪。

李華茂斜靠在寬大的窗臺上，整個人都快縮進軟墊抱枕裡去了。外面的雪在飛，陽光灑進來，曬得人骨頭都懶洋洋的。李華茂窩在那裡，腦袋一點一點的，快睡著了。

有一句成語叫「飛來橫禍」，就是說意外的、突如其來的、讓人意想不到的禍害，從天上直接飛過來啊啊啊——

李華茂半夢半醒間被一陣刺耳的玻璃破碎聲吵醒，並被不明黑影高速襲擊了！要不是他反應夠快，一下護住腦袋，否則從窗臺側摔下來絕對會毀容！

攝影工作室的玻璃窗外沒有護欄，有一個地方碎了，剩下的玻璃也跟著劈劈啪啪地往下掉。李華茂趴在那裡一手捂著腦袋，一手護著相機，這兩個都是他的生命。

眼前不遠處有個球狀黑影還在做彈跳動作，撞上牆角又慢慢滾了兩下，來到李華茂面前。

那是一個，橘紅色的籃球。

外面有奔跑的聲音，不一會兒就有個人衝進來，嗓門大到整個工作室的人都聽見了，「對不起！我在哄孩子，一不小心把球扔歪了。你們那片玻璃要多少錢？我賠。」

看到裡面的人都圍在事發現場，還扶一個人站起來，來人愣了一下，又補充一句，「傷到誰了？我也賠……」

李華茂被人扶著站起來，腦袋一陣發暈，手臂上還沾著一點血跡，大概是剛才被玻璃劃破了。他看了門口那個人一眼，雖然穿著正八經的西裝，但是那雙下垂的三角眼還是能認出來。

一旦認出來，李華茂就恨不得撲上去咬死那個孫子，這次連說話都是從牙縫裡磨出來的，「李、盛、東……！！」

李盛東也認出他了，帶著一點驚訝，「李華茂？怎麼又是你……那什麼，要不要去醫院？」

李華茂氣得發抖，還沒說話，就被周圍的同事們送進了李盛東的車裡。一個小女生紅著眼眶，拿了件外套幫他披上，囑咐他一定要回來，「華茂哥，我們收拾一下就去看你，你撐住啊！」

李盛東車裡還有個女人，懷裡抱著一個兩三歲大的小孩，猛地看見李華茂被塞進來，嚇了一跳！她聞到李華茂身上有血腥味，抱著孩子往一旁躲，語氣有一點驚慌，「東哥，你怎麼讓他上車了？我們賠一點錢不就……」

李盛東看了她一眼，那女的就不說話了，倒是她懷裡的小孩歪過頭來看著李華茂。小孩長得不錯，就是頭有點大，李華茂覺得他的細脖子快要支撐不了這麼重的腦袋了。

李盛東在前面開車，從後視鏡瞥了他一眼，也看不見厚衣服底下到底傷成什麼樣子了。好歹都是認識的人，李盛東想要表達一下關心，可是他從沒做過關心人的事，一開口就得罪了人，「我說，你沒什麼事吧？」

「在你們家流了一缸的血叫沒事啊！」李華茂咬牙切齒地嘶了一聲，語氣也沒多好，「李盛東，我們下次見面，能不去醫院嗎！」

他覺得自己真的跟這個人八字不合，這流氓命太硬，天生來剋他的！

李盛東聽見他這麼說，反而笑了，「喲，還能吵架啊！那我就放心了，傷得一定不重……」

旁邊的女人來回看了他們兩個，大概是沒見過李盛東跟人開玩笑，有點訝異，但也只是看了兩眼，不敢開口問。她抱著的孩子倒是不怕，撐著腦袋看著李華茂。

小孩的膽子還很大，伸手就摸上李華茂的肚子，「怎麼這麼大啊？」

李華茂剛開始還看這孩子長得不錯，有點喜歡，一聽到這句話立刻抽了嘴角。真是什麼樣的人帶什麼樣的孩子，注意的地方都跟平常人不一樣！

那小孩看見李華茂不理他，又扭頭提高聲音問李盛東，「叔叔，他的肚子為什麼這麼大？」似乎生怕李盛東不相信，還比了一下。

小孩不知輕重，小手亂揮幾下就碰到那女人的臉，立刻被按住手臂，似乎還擰了一下，「你乖一點。」

李華茂看了看那女人，見到她沒什麼表情，又忍不住去看小孩。也不知道是那孩子皮慣了，還是穿的衣服厚，像沒事似的，還在嘰嘰喳喳地問，也不喊疼。等小孩再來揪他衣服的時候，李華茂自己掀開鼓鼓囊囊的外套，給他看了一下。

懷裡的是他的寶貝相機，剛才一直貼身捂著，一時匆忙就帶出來了。李華茂允許小孩摸一下，跟他鄭重聲明，「不是肚子大，是懷裡抱著東西。」

李盛東也回頭看了一眼，順口問他，「你去醫院帶著相機幹什麼？」

李華茂也懶得跟他解釋，眼睛轉了轉就開口嚇唬他，「我拍照存證啊！怎麼樣也得吃一塹，長一智吧？你上次沒賠我醫藥費，這次我可得小心點。現在可是講究證據的年代，我拍下來……小孩，別亂按！」

他阻止得有點晚，那孩子實在太有好奇心，動作很快地戳了幾下。

相機亮了，但是立刻嗶嗶叫了兩聲，又自動關機了。

李華茂愣住了，不確定地又按了一下，依舊是這樣的反應。

旁邊的小孩很聰明，指著那相機，肯定地告訴李華茂，「這個壞了！不能玩了。」

李華茂的眼神越發悲憤。他現在可是人財兩失啊，罪魁禍首李盛東必須對他負責任！

他伸手拍著前面的駕駛座喊，「賠錢！我相機也壞了！！都怪你，你沒事扔什麼籃球啊！有人在大街上玩這個的嗎！！」

李盛東還沒說話，那小孩又湊上來，大概是覺得李華茂對他很親切，自己扯著他的袖子說，「那個籃球是我的！」

這不是一個好孩子認錯的態度，完全是想對人炫耀「我有籃球」的意思。

李盛東也笑了，跟著起鬨，「對啊，那是他的球！你要賠償去找他。」

李華茂的臉都黑了，敢情這一家人沒一個邏輯正常的！

小孩的球……小孩的球不也是你買的嗎！你不帶出來，他會在大馬路上玩籃球嗎！再說了，把窗戶都砸破了，小孩能有這麼大的力氣嗎！

他憤憤地捶了李盛東的椅背一下，「李盛東，你別轉移話題！這小孩剛才喊你叔叔吧？我跟你說，你家親戚惹的禍，你也得負責！再說了……」

旁邊的女人聽見這句，有點不高興了，抱過那小孩，摟在懷裡，「你跟一個孩子計較什麼，又不是故意的……」懷裡的小孩動了一下，「別鬧！聽媽媽的話。」

她說得很輕，聽起來也很溫柔，但是手底下不知道怎麼動作的，聽不見聲響，但確實讓那小孩老實下來，趴在她懷裡不敢動彈了。

李華茂的嘴巴張了張，又闔上了。他跟李盛東說話隨便慣了，但是那女人似乎把他說的話當真了，生怕她們母子惹李盛東生氣似的，處處小心。

一路上沒人再說話，李盛東把人送到醫院後也不急著走，好像很清閒，竟然陪他做了檢查。

李華茂的袖子被護士挽起來，正在處理傷口，被玻璃傷的傷口是不深，就是一直流血。

李盛東覺得有點對不起李華茂，三番兩次把送人進醫院，凶手還都是自己。看著護理師幫他包紮，他順口問了句，「不說是割傷嗎，怎麼還在流血啊？」

他們只看了外科，又沒做血液檢查，護理師也不太敢確定地說，「大概是個人的問題吧，血小板偏低的人凝血比較慢……」

李華茂不贊同，一臉嚴肅地告訴李盛東，「別找我血的毛病，這是你弄出來的，別想卸責！」

李盛東被他氣笑了，「我又沒說不賠錢！」

李華茂白他一眼，把話補完，「你上次也是這樣說的，說完就跑了。」

李盛東也想起了上次的事，「那你還趁機偷了我的手機，你怎麼不說啊！」

李華茂也火了，「嘿！你想翻舊帳是不是？我跟你說……護理師，等一下！麻煩您幫我打個蝴蝶結，不是這樣的，要雙股的那種……對對！謝謝您啊！」

手臂上纏好了紗布，他才回頭繼續跟李盛東講事實，擺道理。

「你上次……你笑什麼！！」

「笑你手上那個破蝴蝶結！」

李盛東實在忍不住了，用手扯了一下紗布，他覺得這個人對「臭美」追求到了一定的境界。都什麼時候了，還講究這個！

「你能不能把這愚蠢的玩意兒弄掉……」

「我喜歡，你管得著嗎！打蝴蝶結有助於幫助傷口止痛，我就喜歡這樣！」

「鬼扯！」

「鬼扯也不讓你扯！！你放手……李盛東，你別碰我手臂！」

外面的走廊上還有兩個人在等，一大一小，女人抱著孩子在門口安靜地等著。

大冬天的，醫院的走廊上還是有點冷。那孩子冷得直吸鼻涕，抱著女人的脖子有點不自在，看來平時很少被這麼親切地抱過。

病房的門沒關，李華茂一歪頭就看見門口的兩人。看著冷得直縮脖子的小孩，就扁了扁嘴角。他還真的沒見過有人這樣當媽的，大冬天的在外面等，裝可憐給誰看啊？

他抬頭看了一下李盛東，叫他湊過來，小聲問，「外面那個，是抱著孩子要跟你要錢的吧？你私生子？」

李盛東一巴掌拍在他額頭上，臉色都不好了，「亂說！那是我兄弟的老婆，是來借錢的！」

那一巴掌不疼，倒是把李華茂的膽子打肥了。眨了眨眼，試著說出自己的想法，「我覺得那孩子長得滿像你的……」

李盛東的自戀程度僅次於丁浩，聽完馬上「呿」了一聲，「我就那麼大眾臉啊？我長得比他好看多了！」

李華茂回頭看了看，正好跟小孩對上眼，小孩呲牙對著他笑了。

李華茂覺得這個笑容像極了李盛東，扯了扯他的衣袖，「你看，笑起來更像你了！一看就不是好人啊！」

李盛東的眉頭緊緊皺起，捏著李華茂的脖子把他轉回來，「乖乖養你的病！任何事到你嘴裡就都變了，是在哪裡看的肥皂劇啊？俗不俗啊！」

李華茂的眉頭也皺著，還是忍不住來回對比。

李盛東懶得管他，打電話給丁浩，告訴他李華茂又被他帶來醫院了。

「你別著急，他傷得不重……」

丁浩火冒三丈，『別急？明天我們要開會，你叫我別急？你都把做會議記錄的人送進醫院了……什麼？馬上能出院？呸！你弄傷他的手臂幹什麼！你倒是弄傷腳啊，手臂還有用啊！』

丁浩雖然很凶，到底還是擔心自己人，沒一會兒就跑來了。

看見李華茂的手臂五花大綁的，厚厚的紗布讓他的手臂都粗了一圈，心疼到不行，「李盛東，你這是開車撞的吧？」

李盛東不高興了，「丁浩你看清楚，他那是打了蝴蝶結！」

丁浩又湊近看，還真的是蝴蝶結，只是紗布太厚了，看不出來，猛然看去倒像是重傷病患。他問了一下李華茂，知道只是割傷也就放心了，轉身又找起李盛東麻煩，「門口那女人抱著的該不會是……你兒子吧？」

李盛東好氣又好笑，那個小孩真的長得跟他那麼像嗎？怎麼每個人來就問一遍？

他對丁浩不客氣，直接頂回去，「你管好你們家姓白的那個就好！少管這些亂七八糟的事！那是我兄弟的孩子，他出了一點事進警局了，叫他老婆來找我借錢。」

李盛東以前喜歡當大哥，還真的有不少兄弟跟著他混。他這兩年做生意忙，也沒了玩的心思，不過老感情還在，有什麼事來求他，他都會幫一把。

丁浩也知道他過去的那些事，但就是因為知道，看李盛東的眼神更加古怪了，「靠，人妻你都不放過啊？」

被一而再再而三招惹的人怒了，「滾蛋！」

有丁浩在還是有好處的，李盛東的錢包鼓著出門、扁著回去，連一點都沒剩下。

李華茂拿著厚厚的鈔票，眼睛都笑彎了。這比他大半年賺的還多啊，暫時緩解了經濟危機的李華茂對李盛東說話也親切起來，尤其對他明天的行蹤路線特別感興趣，就差在臉上寫著「你再砸我一下吧」。

門口那個女人一直悶不吭聲地等著李盛東，看見他看過來，立刻露出期待又小心的神情，楚楚可憐。

李盛東還帶著這兩個累贅，也不好讓人家多等，看到丁浩來了也算有了一個交代，跟李華茂說「有事再找我」就走了。

丁浩用熱烈的眼神目送李盛東離去，他記得上輩子時，李盛東確實弄大了人家女人的肚子，不過還沒生就打掉了。那件事鬧得很大，李盛東他媽拿擀麵棍追著他打，老太太哭得稀裡嘩啦，拚命嚷嚷要李盛東賠她大孫子。

那是他還在讀書時發生的事，如果算上這幾年，那孩子也差不多三歲了。

丁浩回頭看見李華茂也在探著脖子往外看，笑了，「怎麼，看上李盛東了？看你一臉捨不得，我幫你們介紹啊？」

李盛東不忌口，但是通常也只碰女的，所以丁浩說完也沒放在心上，只是隨口鬧著玩的。

李華茂哼了一聲，「我才沒看他，我在看那孩子！」

丁浩很好奇，「你看人家孩子幹什麼？」

李華茂想到那女的抱著小孩，還捏他，心裡就一陣不舒服。

「沒什麼，這兩天拍小孩拍多了，習慣性注意了一下。那孩子長得還不錯，很有精神。」

「喔，對了！聽你一說，我就想起來了，過幾天我兒子回來，我帶過去，讓你幫我們好好拍幾張啊！」

丁浩想到小寶貝就很高興，幫李華茂收拾了一下，拿了醫生剛才開的單子就去藥房拿藥。

「就這些，還有別的嗎？」

「沒了。」

李華茂搖了搖頭，說了聲謝謝，但是笑得有點勉強。不知道為什麼，丁浩一說小寶貝，李華茂總是會想起剛才那個小孩。

丁浩家的小寶貝真是捧在手心裡長大的，從小就沒缺什麼。剛才那孩子和丁浩家的相比，待遇就差遠了，最起碼他媽媽對他不是很好。要不然，怎麼會大冬天的抱著孩子故意在外面等？李華茂特別討厭拿孩子當擋箭牌的人，你要賣可憐是自己的事，何苦帶著孩子出來惺惺作態？

他曾經聽一個搞兒童心理學的專家說過，凡是調皮的孩子，其實都是希望父母多關注他。希望你能多看他一眼，多聽他說一句話，因為他們渴望更多的愛，所以會使勁地鬧。

李華茂想起那笑得一口小白牙的小臉，心裡悶得發慌。

工作室的老闆還不錯，知道李華茂是靠攝影吃飯的，生怕傷到手，拿錢來要幫他先墊醫藥費。

「先把手臂治好要緊，這件事太意外了，也怪我們沒弄防護措施，唉。」

李華茂連忙說不用，「剛才那個砸傷我的人付完醫藥費了，不用您再出錢了。」

老闆覺得過意不去，留了幾百塊給他才走，讓李華茂自己買點營養品。李華茂在工作室裡人緣不錯，跟著老闆來看他的還有幾個小女生，一口一聲華茂哥。要不是李華茂傷得太輕，不需要住院治療，那些小女生早就坐下來幫他削水果了！

丁浩領藥回來，看見滿屋的鶯鶯燕燕，還逗他，「喲，李華茂！豔福不淺啊！」

坐在床邊的小女生捂著嘴笑，「哪有啊，我們是華茂哥的好朋友！」旁邊的也點頭說是，還在來回打量丁浩，眼睛亮晶晶地跟那幾個咬耳朵，「噯噯，你看這個人跟華茂哥配嗎……？」

另一個人也偷偷看丁浩，看了一眼，臉就紅了，「我覺得這個有點風流吧？」

「風流好啊！千帆閱盡，驀然回首，發現身邊的人，隱藏在脂粉下的那顆真愛的心！」

丁浩離得很遠，只聽見她們在嘀嘀咕咕地說話，聽不清內容。看見那些小女孩時不時回頭看他一下，然後又笑成一團，丁浩自我感覺良好，還以為是個人魅力發揮了作用，對李華茂說話也難得溫和了一些，「藥拿回來了，我們走吧，等等還得回學校。」

那幾個女孩眼睛眨了眨，看了丁浩又看看李華茂，笑嘻嘻的不說話。

李華茂跟她們感情不錯，但也不好跟她們說丁浩的事，只笑著讓她們別鬧，「我可不是什麼人都喜歡的。走了啊，你們回去路上也小心點！」

丁浩在送李華茂回學校的路上，總覺得學校條件艱苦，受傷更是諸多不便。他看了看他手臂，又問，「你一個人可以嗎？不然就跟老師請假吧，去市中心那邊住幾天，水電什麼的也方便一點。」

李華茂心裡惦記著他的寶貝相機，也想留在市區找人修理一下，聽見丁浩問，猶豫了一下，「那明天開會怎麼辦？」

丁浩笑了，「我剛才是跟李盛東鬧著玩的，也沒那麼重要！會議內容跟平時一樣，就是講一下進度什麼的，讓李夏他們弄就好。」看到李華茂還在考慮，丁浩乾脆給他吃定心丸，「要不然這樣，明天我帶祕書過去就可以了吧？」

李華茂笑了，臉上的捲毛遮住一半眼睛，瞇起來還滿好看的，「謝謝你啊，丁浩！」

李華茂留在市區多住了幾天。他的相機摔得不輕，光是修理就把錢花了一半。相機越貴，修理得越慢，光是零件就不好找。李華茂每天過去看看，等著領回相機時乾脆在附近走走，倒是讓他找到幾個不錯的景點。

李華茂身殘志堅，正在用手尋找拍攝角度，忽然就看見馬路對面的一個女人。

那個女人似乎在等人，站在馬路旁不斷張望。她眼神很急，但是旁邊的孩子似乎不想在路邊枯等，一直想要掙脫她的手去別的地方玩，掙扎得厲害時，就被女人使勁拎住後領，低頭教訓了一句。

李華茂把手放下來，但還在看著她們。

那小孩被拎得有點不舒服，又動了一下，這次沒有得到前幾次那麼寬容的對待了，被狠狠拍了一巴掌。李華茂隔得很遠，但是也看得到小孩鼓鼓的羽絨衣被打凹了一塊，看得出來這一巴掌帶著一些憤恨。

小孩低頭不動了，小手時不時揉一下眼睛，不知道是不是哭了。

李華茂皺了皺眉頭，轉身回去修理店。

這些事不歸他管，就算他們是李盛東的朋友，充其量也不過是朋友罷了。就算孩子很可憐……

李華茂忍不住回頭又看了一眼，這次女人身邊停了一輛車，她正俯身跟裡面的人說著什麼。

車門打開後走下來一個人，那身花裡胡哨的衣服能看出來，是李盛東。

李華茂看著不遠處的那三個人，心裡冒起一陣酸意，但看著李盛東舉起那孩子哄著的時候，又有點羨慕。真的是年紀大了，也該找個人穩定下來了。將來有可能的話，也收養一個孩子，不用多乖多聽話，只要有一個孩子該有的活潑就好。

李華茂這邊有感而發，丁浩也在家裡唸著小孩。

小寶貝被麗莎帶去義大利，怎麼算都得年後才能回來。照慣例，白老爺家過年時會拍全家福，現在為了小寶貝，還特意挪到年後拍，只等他回來。

丁浩的生日也快到了，乾脆為自己放了個長假，收拾好東西，準備回家住幾天。一來是等小寶貝回來，二來是去看看家人，尤其是丁奶奶那邊。老人年紀大了越像小孩子，只在嘴上哄沒用，也該回去看看了。

白斌這邊年底比較忙，只能空出丁浩生日那一天，因此讓董飛送他回去，又囑咐丁浩在家等他，別亂跑。

丁浩在機場聽白斌一條條地念完，才被准許上飛機。董飛一路陪同，想到剛才的事又笑了。丁浩臉皮厚，自動自發地把董飛的表情當成羨慕，舒了口氣，「你沒見過白斌這麼囉嗦吧？我跟你說啊，他在家裡每天都念我，不許這樣不許那樣……唉。」

董飛聽到他這得意的語氣更想笑，咳了一聲，低頭去看雜誌。也只有他這個活寶才會讓人這麼不放心了，不過，也就是這樣才熱鬧。

丁浩不敢回自己家。最近電視上一直在說「男人也有更年期」，丁遠邊深信不疑，提前跟丁浩打了招呼，大意是說他也更年期了，讓丁浩下次挨罵也不許回嘴，男人更年期也有嘮叨的特權。

白斌在的時候還好，丁浩自己一個人還真的不敢回去聽丁遠邊嘮叨。

他不敢通知所有人，偷偷讓董飛陪他去鎮上，回到丁奶奶家。

丁奶奶見到丁浩很是高興，拉著丁浩的手連連嚷嚷丁浩瘦了，摸著丁浩的臉，都泛著淚光，「我可憐的浩浩喔，都瘦成這樣了！把奶奶心疼死了！」

董飛正在搬東西進來，冷不防聽見這一句，默默看了丁浩一眼又低下頭去。他沒記錯的話，丁浩這兩年的體檢報告中，身高體重都沒變。

好吧，丁浩自己把前者做了修改，每年一公分地穩定提高，但是體重是真的沒變。

換句話說，董飛真的沒看出來丁浩哪裡清減了。

丁奶奶在丁浩的請求下，很痛快地答應把丁浩藏起來，老人說，「你爸就算在這裡親眼看見你，我也會讓他說『沒看見』！」

丁奶奶的威風不減當年，丁浩感動得一塌糊塗，祖孫倆在門口抱成一團，一個喊著「我的親奶奶啊」，一個回應「我的寶貝浩浩喔」。

董飛覺得壓力有點大，下意識看了一下門口有沒有圍觀的，幸好，天色晚了，沒什麼人看見。

張陽家還住在丁浩租給他們的房子裡。說是租，還不如說是讓他們白住，租金從一開始就沒變過，那點錢都不夠付水電費。

張陽媽媽住得離丁奶奶很近，她提前退休後，每個月領學校發的工資，丁浩託她照顧丁奶奶也偷偷給了一份，自家兒子張陽更是上了大學就自己賺學費，沒讓她操心過，日子過得很舒心。
張阿姨正好來送點水果給丁奶奶。是學校發的蘋果，她特意挑些不錯的拿來。看見丁浩來了，她很熱情地幫忙做了一頓飯。因為丁奶奶一直算著丁浩該回來了，陽臺外面放了一些蔬菜，都是丁浩愛吃的，做起來也方便。
不一會兒，張阿姨就手腳俐落地做了滿桌的菜。她還記得丁浩愛吃她做的手撕雞，特意煮了一隻。自己炸辣椒油調味，又撒了碎花生、芝麻粒，吃起來味道濃郁，香辣可口。
因為張陽實習分配到的是D市的老醫院，張阿姨坐下來多問了幾句，聽丁浩說張陽胖了一點，笑到眼角的皺紋都遮不住。
「這孩子！我每次打電話問他都說在醫院吃得很好，我還不信呢！但聽到浩浩這麼說啊，我就放心了！」
董飛端著飯碗，聽見這句話，又忍不住看了一眼丁浩。
就是因為是丁浩說的，才更不能放心吧？
丁浩一個人獨占了手撕雞，因為丁奶奶牙口不好，吃不了；董飛長得比他高，更不用謙讓。
他一邊啃雞翅膀，一邊繼續哄張阿姨開心，「阿姨您放心，他在哪裡都吃不了虧！真的，您別看他在家裡脾氣好啊，他在外面，喝！來一個打一個，來兩個揍一雙啊！」
董飛的一口粥差點沒噴出來！他從沒見過有人這樣跟人家父母誇獎孩子、報平安的！
丁浩把手邊的水遞給董飛，又順口把董飛拉進去，增加可信度，指著喝水的人又開始吹牛，「阿姨，您看我這朋友，別看他長得很單薄，衣服底下可都是肌肉！就他這種練過的，張陽一來，嘖！一腳就能把他踹到趴下！」

董飛這次有心理準備，寵辱不驚地聽著，手裡的水杯紋絲不抖。

丁奶奶當真了，回頭看董飛，追問，「真的啊？」

董飛猶豫了一下，還是點了點頭。

金牌祕書守則第七條：在不違背良知的基礎上，老闆喜歡，不妨配合他說些善意的謊言。

張阿姨聽了又笑，「他要是能欺負人，我就放心嘍！」大概是想起以前的事，又嘆了口氣，「我家陽陽就是太乖了，有事都自己忍著，從不跟我說。幸好還有浩浩你跟他做朋友，不然就被我養出了一個悶葫蘆！」

丁浩搖了搖頭，一臉認真地告訴張阿姨，「您太小看他了，阿姨！您都不知道他的手有多黑啊，罄竹難書！罄竹難書！」

九官鳥豆豆在籠子裡跳了一會兒，也忍不住飛出來，停在丁奶奶的椅子上啄羽毛。沒一會兒，後面又飛來一隻小九官鳥，活脫脫是小一號的豆豆，鬼靈鬼靈的模樣讓丁浩想起豆豆剛來的時候。

丁浩看著小九官鳥，很喜歡，拿碟子裡的花生米去餵牠。小九官鳥怕生，猶豫著不敢吃，跳著躲去丁奶奶身後。丁浩一邊逗牠一邊問，「奶奶，這就是小豆豆啊？」

丁奶奶把小東西握在手裡，輕放在桌子上，「可不是！幾年前就幫豆豆找了母九官鳥，孵了好幾窩，只有這個活下來，人家就趕緊送來了！豆豆可疼牠了。」說著，又戳了一下小九官鳥的腦袋，「這個小東西聰明得很，現在跟豆豆成天蹲在門口等炒豆，人家一個月來一次，牠們倆就像在過年，叫得開心得很！」

丁浩也笑了，「那賣炒豆的老頭現在還會來啊？」

丁奶奶告訴他，「來啊，不過換了輛小貨車，特地送炒貨來我們這邊！人家現在不吆喝啦，都用自動播放的喇叭，聲音倒是沒變。豆豆牠們聽見賣炒豆老頭的聲音，喊得比喇叭都起勁！呵呵，人還特意繞過來，送兩包炒豆給牠們呢。」

丁浩笑得受不了，吃貨教出小吃貨，哈哈！

豆豆帶著兒子一起蹲在椅子上，兩隻小東西的姿勢一樣，眼神一樣，都歪著腦袋無辜地看著丁浩。估計是經常被丁奶奶教育要說四個字的吉祥話，九官鳥豆豆拍著翅膀過去，貼著丁浩蹭了蹭，一臉討好地跟著湊熱鬧，「恭喜發財！」

丁浩被牠逗笑了，丟一粒碎花生米給牠，「不錯不錯！豆豆，再來一個。」

九官鳥得意了，仰著脖子說不停：

「萬事如意！」

「身體健康！」

「我吃旺旺！」

小九官鳥看見了，有樣學樣，也拍著翅膀湊過去討好董飛。小東西深情地看著董飛，說的也是四個字的，「你傻吧你！」

董飛始料不及，一口水就噴了出來！弄了九官鳥一身水。他嗆得一邊咳嗽，一邊拿紙巾幫小東西擦乾淨，「對不起，對不起……咳咳！太突然了，我沒心理準備……」

小九官鳥悲憤了，用翅膀重重拍了董飛一下，自己飛走了。一整晚都用屁股對著大家，沒再吭聲。自從牠來這個家，就沒被這樣欺負過，小九官鳥傷心極了。

董飛有些尷尬，拿著紙巾不知道該怎麼辦。丁浩倒是幸災樂禍，笑得碗都端不住了，丁奶奶也笑了，老人這邊難得這麼熱鬧，聽到丁浩他們說笑，合不攏嘴。

董飛住了一晚就走了，臨走的時候，小九官鳥還是不肯正眼看他，撅著屁股生悶氣。

丁浩讓他不用放在心上，看到董飛有點受挫，又拍著他肩膀勸慰，「這樣吧，你下次來的時候帶點九官鳥愛吃的飼料。豆豆以前很好哄，半包飼料就能跟你走！」

九官鳥豆豆在吊籠裡叫了一聲，以示抗議。

沒過幾天，小九官鳥就吃到了飼料。不過不是董飛送來的，是白斌親自帶來的。

白斌這幾年還真的沒跟丁浩分開過，幾乎是丁浩前腳走，他後腳就開始想念了。

白斌的工作性質特殊，就算加班忙完也不能抽身離開，只能抽出中間的雙休日來看看丁浩。雖然辛苦一點，但能看見人，他也安心許多。

白斌回來的時候動靜有點大，畢竟得先去看看白老爺。看完自己家人，丁浩家那邊也不能忘。白斌一去看丁遠邊，丁浩躲著不回家的事就露餡了。

白斌把丁浩從鎮上接回來，丁浩一到家，先被丁遠邊揪著耳朵訓了一遍。丁遠邊聽說丁浩又不蓋飯店，改去做工程，一顆心七上八下，這幾天就沒睡好過。

白斌在旁邊陪著，連忙跟丁遠邊解釋了一下，說丁浩不是專門弄工程的。

「我們老師也過來了，算是去幫忙的，幫學校一個忙。浩浩也沒拋棄原來的產業，就是負責和各部門聯絡一下，真的不是亂來。」

丁遠邊還是不放心，他們這邊好幾個老朋友的兒子、侄子都跑去搞工程，弄得烏煙瘴氣，錢沒撈到多少，倒是把自家老爸的名聲弄臭了。丁遠邊自己是不怕，但白斌呢？白斌剛起步，哪擔得起這個啊！

這兩個小孩遠在D市，而丁浩向來大膽，白斌又什麼都讓著他，萬一闖禍了該怎麼辦！

白斌又仔細地解釋了一遍，丁遠邊認真聽著，直到把白斌的心裡話都問出來才算放心。白斌表達的意思很明確，他想讓丁浩多跟學校接觸，有可能的話，能繼續上學深造是最好的。

丁遠邊也覺得這樣很好，他家兔崽子做事沒那麼大的定性，而且一個人在外打拚確實很辛苦，白斌能這樣護著是最好不過。

從骨子裡來說，白斌的想法跟丁遠邊的不謀而合，他們就不指望丁浩能做多大的事，老老實實地養在身邊就好。

丁遠邊覺得丁浩一出門他就提心吊膽，聽到D市的負面消息，就會不由自主地往丁浩身上套，委實折壽幾年。而白斌覺得丁浩在自己身邊做事，抬頭就能看見，心情相當好，實在是長壽的妙方。

家裡主事的兩個男人商量半天，差不多已經替丁浩定下來了：去學校吧，就這麼辦！

丁媽媽趁他們商量細節問題時，拉丁浩去了廚房，拿出一小罈醉棗給他吃，「喏，浩浩今年還沒吃到吧？這是秋天的時候，去你奶奶家那裡摘的，摘下來就泡進去啦。」

丁浩夾了一顆來嘗，又甜又辣，咬起來很脆。

「我在奶奶那裡也吃了一點，不過都是棗乾，還是這個好吃啊。」

丁媽媽看他吃得很開心，又摸了摸他的腦袋，滿眼笑意，「吃慢一點，這一罈都是留給你的。浩浩，來了就多住幾天吧？正好你生日也快到了，我們在家過吧？」

丁浩唔了一聲，嘴裡被酒辣得嘶嘶吸氣，「媽……我都想好了，我們那天都去鎮上吧？反正就是一家人聚聚，去奶奶家，人多熱鬧，奶奶也高興。」後面還省略了一句，到時候可以跟白斌回他們的小窩過兩人世界，這件事他自己默默知道就可以了。

丁媽媽點頭答應了，只要兒子高興，去哪裡都好，更何況是去老人那邊呢！

她幫丁浩倒了杯水，又小聲問，「浩浩啊，你爸他們說的是真的嗎？你偷偷跟媽說，你還想不想繼續上學？」

丁浩連吃了幾個醉棗，吐出棗核才回答，「隨便啊，反正多讀點書又不是壞事。」

丁媽媽知道自己兒子坐不住，從幼稚園就鬧得全家雞飛狗跳。小學跳級，高中轉學還一連轉了兩三次。她看丁浩瘦了一點，又開始心疼，「不然我們不讀了吧？現在不是也能吃到飯嗎？好不容易把這十幾年熬過來了，就不回去受那個罪了……」

丁浩抱著丁媽媽的脖子笑了，在她臉上啃了一口，「媽！您真是我親媽啊！」

丁媽媽也笑了，「當然是你親媽了！你小時候皮得很，換個後母都養不活！」她掐了一下丁浩的臉，囑咐他，「你有事就跟媽說，別管你爸他們。好不容易過上好日子，別那麼累啊。」

丁浩嗯了一聲，抱著丁媽媽親了好半天，不過還是順著丁遠邊他們的話接了下去，「媽，我覺得回學校也好，多跟老師們接觸接觸，多學點本事吧。」

丁媽媽拍拍他的手，笑著說好。

在丁浩父母這邊吃過晚飯，丁媽媽特意做了拿手的白菜湯，白斌喝了兩碗，笑著說就是這個味道最好。丁媽媽不知道是因為受到誇獎還是剛才喝了酒，臉上紅光滿面的，笑得很開心。

白斌是開車過來的，不方便喝酒，丁浩替他端起杯子。

他們家是自己泡的藥酒，一天一小杯最好。丁浩敬了父母，說起話來，不由得多喝了兩杯。丁遠邊也不攔他，只是囑咐丁浩，「在外面做事要有點分寸，別隨便自己亂來。多聽聽旁邊人的話，知道嗎？」

丁浩拍著胸脯答應了，說的話十分好聽。丁遠邊笑了笑，也就放過他了，不再囉嗦。畢竟還有白斌看著他，光看他這飯桌上細心照顧的模樣，也放心了。

當爸的最瞭解自家兒子。你別看丁浩這兔崽子表面上很乖，在外人面前人模人樣的，心裡的鬼主意可多了。剛才夾菜給白斌，夾的都是自己不愛吃的！嘖，但是嘴上不這麼說，一口一句「嘗嘗吧，我媽最拿手的」、「好吃吧，老丁家手藝最地道的菜」……

丁遠邊看著看著，自己先笑了。

一頓飯吃得很開心，但是吃過飯，丁浩他們還是得回去白老爺那邊。

丁遠邊心裡有點不舒服，他覺得自家兒子像嫁出去了一樣，特別彆扭，「到了別忘記打個電話回來。」

丁浩在晚飯時多喝了一點，臉上有點紅，說話倒是很俐落，「爸，我們到了就打……電話，您放心吧！」

丁遠邊沒注意他說的話，一雙眼睛全盯著丁浩腰間的那雙手。雖然知道是自家兒子喝多了，人家白斌怕他摔倒才扶著的，但他心裡依舊很彆扭。

他有一種自家兒子被人佔便宜的錯覺……這個感覺十分不好，丁遠邊不由自主地皺起眉頭。

丁媽媽倒是覺得沒什麼，把那一罈醉棗都給丁浩帶走，囑咐他們路上小心開車，「路上有冰，開慢一點啊。」

丁浩從車窗跟自己爸媽揮手，「知道了！媽，快進去吧，天氣冷！」

吉普車按了兩聲喇叭，開走了。丁遠邊看著那台吉普冒著寒風，帶著自家兒子開去別家，心裡更不舒服了，原本很高興的臉上也笑不出來，哼了一聲就進屋去了。

丁媽媽站在門口多看了兩眼，想到過幾天去鎮上又能看見丁浩，就更高興了一點。

丁浩喝多了，小動作也格外地多。他在路上偷吃了不少醉棗，最後還捧著小罈子喝了一口。白斌在開車，來不及阻止，等到白老爺那裡的時候，丁浩的眼神已經有點飄了。

別小看這一小罈醉棗，丁媽媽生怕泡不出好醉棗，託熟人去酒廠弄來了原釀。這個酒純度高，度數又高，偏偏又放了一些糖讓人嘗不出來，幾口喝下去就醉了。

丁浩下車時已經有點站不穩了，白斌半扶半抱地帶他進去。

白老爺正在客廳看書，看見他們這樣進來，嚇了一跳，「這是怎麼了？」

白斌幫忙解釋了一下，「浩浩貪嘴，不小心吃太多醉棗了。」

丁浩抗議地唔了一聲，也說不出什麼話來。他剛下車吹到冷風，又進來被房間裡的暖氣烤，加上剛才吃的醉棗，只覺得自己由內到外都要燒起來了。

白老爺也看出他不對勁了，讓白斌趕緊扶他去房間休息，「快去洗洗睡吧。」

白斌答應了一聲，扶著丁浩上樓。但丁浩不走，紅著小臉站在原地，對白老爺敬了禮，「爺爺晚安！！」

白老爺的老花鏡被他這聲震得往下滑，扶著眼鏡對他擺手，也笑了，「晚安、晚安！快去睡吧。」

丁浩又敬了個禮，人都快歪了，「是！！」

白斌被他鬧得不行，乾脆扛起來帶他上樓，「別亂動啊，小心撞到……洗澡？好好好，我帶你去洗澡……」

白老爺看著趴在白斌肩膀上鬧的人，搖頭笑了一下。現在的年輕人啊，還是有點朝氣好，他都沒想過自家孫子將來會有這麼像老媽的一天，這種體貼又耐心的模樣，除了丁浩，恐怕還真的沒用在別人身上過。

丁浩被白斌體貼地帶上樓，又耐心地幫他脫下衣服。好不容易陪他沖洗完，丁浩又開始鬧了。

丁浩的睡衣都沒穿整齊，釦子有一半扣錯了地方，歪七扭八地套在身上，露出大半片胸膛。洗澡之後，喝醉的臉更紅了，硬是跪坐在白斌身上不下來，手還撐不穩，張嘴吐出清晰的三個字，「我不要。」

白斌怕丁浩著涼，伸手去幫他扣好釦子。但剛碰到他，馬上被抓住了手腕。紅著臉的那位還在說話，固執地重複那三個字，「我不要！」挪了挪身體，丁浩壓住頂在身下的堅硬東西，還惡劣地伸手去摸了一下，「我不要……給你壓啊！傻瓜……才這麼做！」

白斌被他摸得有點上火，這傢伙在浴室裡就在點火，他還沒算帳呢。這下也不幫他扣釦子了，直接從打開的衣襟探手進去，大方摸索起來。

「那你想怎麼做啊？」

惹事的人不覺得自己錯了，坐在白斌身上，理直氣壯地宣布，「我要在上面！」

白斌哄他坐起來一點，給了他一個吻，「嗯，你在上面。」

醉得像軟腳蝦一樣的人哪抗拒得了，被親幾口就喘了起來，眼裡泛著水光，「我不在底下……」還記著不忘。

白斌也不難為他，替他脫下剛穿上不久的睡褲，又體貼地做了潤滑，「好好好，都聽你的啊，我們在上面。」

丁浩坐著不下去，被弄到腰軟了也強忍著，不肯倒下。白斌看他可憐兮兮的，乾脆把他抱起來換了方向，讓丁浩背靠在自己胸前，歪在自己懷裡。

丁浩有了依靠，這才好受了一點。但才好受了一點又開始不聽話，膩在白斌身上蹭來蹭去，就是不讓他得逞。

白斌被撩得一肚子火，在丁浩脖子上啃了一口，又怕咬太重了，不捨地舔了一下。

「浩浩，讓我進去……」

丁浩不配合，推開他，晃晃悠悠地要起來，眉頭都皺起來，「你進去……那我的放哪裡啊？」他喝了酒很直白，人家要幹嘛他就幹嘛，絕不吃虧。

白斌笑了，趴在他脖子旁嘆了口氣，「怎麼喝醉了也變聰明了？好吧好吧，我們一起好不好？」

他把人抱起來，溫柔地撫慰了半天，半哄半騙地頂了大半進去。

丁浩還在猶豫，不過白斌在他耳邊說的話好聽極了，他 走神，就徹底吞了進去。

體內的東西似乎還在微微地跳動，慢慢脹大著，耳邊的聲音也變得沙啞，「浩浩，我被你關起來了……」白斌伸手握住丁浩的，細緻揉搓，「你的也被我抓住了。」

丁浩的身體發燙，想法遠沒有身體的反應快，習慣性地晃動腰部。

白斌灼熱的鼻息噴在他耳朵上，貼著蹭了一下，「好乖，我們一起啊。」

白斌握著丁浩的手，讓他和自己的手一起上下動著。

丁浩猶豫了一下，立刻被前後夾擊弄得有些承受不了，順從地照白斌的指導動起來。

「嗯……好聰明，就是這樣。」

耳邊低沉的聲音還在說著，有點聽不懂他在說什麼，但是話語能清晰地傳送到腦袋裡。

「做得真好，浩浩很厲害。」

丁浩被扭過下巴，側身去與白斌接吻，耳邊都是讚揚的誇獎聲。

「在上面也很厲害，我都快……被你弄瘋了。」

丁浩頭暈暈的，但是聽到表揚，還是賣力地證明起自己「在上面很厲害」。這樣的後果就是，第二天醒來的時候，被他「欺負」了一晚的身下人難得一次沒有早起，陪他睡了懶覺。

丁浩果然很厲害。

白斌的工作忙，住了一晚就走了。丁浩跟白老爺下了兩天的棋，又難得收起心思，翻出自己以前的紙筆寫了好幾篇文章。白老爺在旁邊看著，雖然字不如前，還是誇了他幾句。

丁浩屬於那種罵著上進，誇著倒退的。白老爺這麼說之後，字是一篇不如一篇，最後自己也寫不下去了。白老爺在旁邊看著，活生生被他氣笑了，看到丁浩在家裡坐不住，乾脆讓他去鎮上待幾天。

「去看看你奶奶吧，在這裡只會糟蹋紙，別惹我生氣了！」

丁浩收拾了包袱去丁奶奶家，一直住到生日那天。

在這期間，丁浩和小九官鳥建立了革命友情。白斌留下來的鳥飼料十分管用，丁浩每天換口味餵牠，有時候還拎著籠子帶牠出去玩。

炒貨店離這裡不算太遠，丁浩早上晃過去陪丁奶奶買早點，順便也幫小九官鳥買一份炒豆。

小東西的人生真諦被顛覆了，原來炒豆不是月中才可以吃到的！原來炒豆可以天天吃！！牠現在很喜歡跟著丁浩，有事沒事就纏著丁浩蹭腦袋，連丁浩伸手進自己的籠子去拿裝水的小鼓杯都不啄他，還討好地往前踢了踢丁浩，歪著腦袋，一臉討好。

「浩浩！浩浩……恭喜發財！」

丁浩笑了，「再換一個！」

小九官鳥往丁浩眼前蹭了蹭，嘴巴巧得不得了，「萬事如意，身體健康……又長高啦！！」

丁浩聽得心花怒發，把口袋裡的炒豆都拿出來，倒在另外一個裝小米的鼓杯裡，「喏，吃吧、吃吧！吃完還有啊。」

丁奶奶在沙發上坐著，看著丁浩在陽臺上逗九官鳥，眼睛也笑得眯起來。孫子輩的幾個人裡，最常來這邊的就是丁浩，老人最疼的也是丁浩。畢竟是從小看到大的，這份疼愛是怎麼也替代不了的，怎麼看怎麼喜歡。

生日當天早上，丁浩早起去買了菜。原本張阿姨幫忙提前準備了一些，但是丁奶奶非要買新鮮的魚肉，說要為丁浩好好補補。丁浩向來順著老人，又不捨得老人出去，就一大清早起來，自己去買了。

剛走出社區大門，就看見外面停著一輛車。丁浩看了牌子一眼，是D市的車牌號碼，想必是連夜趕路，上面都掛著一層風雪，灰撲撲的，實在狼狽。

丁浩過去拍了拍車窗，好一會兒窗戶才放下來，裡面的人有點驚訝，「浩浩，這麼早就起來了？」

丁浩不回答，伸手往他臉上摸了一下，眉頭也皺起來，「白斌，你早就到了？車裡那麼冷，怎麼不上樓？」

「不冷，開了暖氣。」白斌知道他擔心，按著他的手多貼在臉上一會兒，讓丁浩知道是真的不冷。

他看到丁浩還皺著眉，笑了，「路上沒塞車，比我想的提前一點到了。」

白斌到的時候是淩晨四點，他不想打擾老人休息，但又想第一眼就看見丁浩，乾脆在外面等。

他想天亮時，第一眼就看見丁浩。光是這麼想著，心裡就格外溫暖，哪怕趕了一夜的車，也不覺得疲憊。

丁浩他們社區的位置好，離菜市場也近，丁浩跟白斌兩人就晃去買了需要的蔬菜魚肉。早市剛開始，商販們忙碌著，菜色比平時還多一些。年關快到了，該置辦年貨了呢。

白斌穿著昨天的衣服，大概是剛下班就趕過來了。雖然多了件厚外套，但依舊能看見裡面的西裝，中規中矩的，更是襯出一種特殊的氣質。這樣的人跟在穿著厚棉襖，還戴著護耳的丁浩身後，讓人忍不住又多看兩眼。

「爺爺跟你說了吧？我那天寫了一張特別好的字，之後拿給你看。我覺得都可以裱起來了……唔，這個鐵杆山藥可以嗎？買一點回去蒸來吃吧，奶奶挺愛吃這個的。」

白斌點了點頭。他不多說話，丁浩買了，他就在後面接過來提著；丁浩身上沒零錢，他就掏了自己的錢包給他，讓丁浩自己拿。

兩人逛了半天，拎著大包小包回去了。到家的時候丁奶奶剛起來，看見丁浩一個人出去，兩個人回來，有點驚訝。

「白斌啊，這麼早就來了啊？」說著，就要去倒水給白斌，「外面很冷吧？看看你穿的，都快凍僵了！下次奶奶也買個大棉襖給你啊。」

白斌連忙把菜放下，扶住老太太，自己去倒水，「奶奶您休息，我自己來。」

他壓根就沒把自己當外人，不但幫自己倒了一杯，還熟門熟路地翻出丁浩常用的杯子，也幫丁浩倒了一杯。

丁浩把兩人買來的菜分類放好。魚還很新鮮，就拿去放在廚房的水盆裡，淺淺的一層水，大鯉魚肚皮朝天地睜著眼睛直吐泡泡，偶爾擺一下尾巴。

小九官鳥沒見過這麼大的魚，拍著翅膀飛過去，站在丁浩肩膀上也往下看。

丁浩指著那條魚教牠，「這是松鼠魚、紅燒魚、糖醋魚、水煮魚……算了，你也學不了這麼多，說個年年有餘吧！」

小九官鳥對魚不感興趣，從丁浩的左肩跳到右肩，輕輕啄了丁浩的頭髮，「浩浩！浩浩……發財！」

丁浩噗哧笑了，這個小東西越來越偷懶，連說得最好的恭喜發財也不肯好好說了。

丁浩隨手丟了一顆豌豆粒給牠，小九官鳥歡歡喜喜地啄起來，嘗了一口就發現不對勁，「呸」地吐掉，在抽油煙機上拍翅膀抗議！

丁浩怕牠把廚房弄亂，開了抽油煙機，嗚嗚響著嚇唬牠，「我要烤九官鳥了啊！噓噓！快走、快走！」

小九官鳥怕火，一聽到這個聲音也有點待不下去了。牠看著丁浩，心想這次是真的討不到東西吃了，才猶猶豫豫地飛走。

丁奶奶要去做早點給白斌吃，被白斌攔了下來，笑著說，「我在路上吃過了，不餓。」

丁奶奶心疼他，覺得人家白斌連夜趕過來，總得表示什麼。老人想了想，這一不喝水，二不吃飯的，應該是累了吧。這麼一想，就試探地問他，「白斌啊，要不然你去休息一下吧？奶奶都幫你整理好房間了，新棉花絮的被子，可軟可暖和呢！」

白斌還真的有點累了，一夜奔波也很辛苦，「那好，我去休息一下。」

丁奶奶站起來要帶他過去，丁浩看見了，從廚房幾步過來，「奶奶，您坐一下吧，不是說要看早上重播的那個戲嗎？」丁浩把電視打開，又遞遙控器過去，放在老人手裡，「喏，正好要播了！您昨天沒看到，嚷嚷了一個晚上，好好看吧！我帶他過去就好。」

走了兩步，他又回來叮囑老人，難得擺出一張嚴肅的臉，「奶奶，我跟您說了啊，不能去處理那條魚！廚房裡的菜也不能動，那是我媽從上星期就決定好的工作，您做完了，她可饒不了您！」

丁奶奶笑了，揮手讓丁浩趕緊走，「知道，知道！你說多少遍了，豆豆都會說了！」

九官鳥豆豆正在陽臺的晾衣杆上跟小九官鳥玩，聽見後伶俐地回了一句，說的是最拿手的，聲音都格外深沉，「鋤禾日當午，汗滴——禾下土！」

這也是個懶貨！就這兩句詞，翻來覆去地背了好幾年，居然還很得意！

丁奶奶幫白斌整理出來的客房還不錯，白斌也只看了一眼，又轉進丁浩的臥室。丁浩正在翻出睡衣給他，看見他進來也不意外，「等等啊，我拿睡衣給你……還是穿那件灰色的？」

白斌的地盤意識強烈，有丁浩的地方，就有他留下的痕跡。

白斌對衣服不挑，丁浩給什麼就穿什麼。他拿著睡衣去沖了熱水澡，略微緩解了一下疲憊再回去時，自動自發地進了丁浩的臥室。

白斌坐在床上讓丁浩幫他擦頭髮，閉著眼睛說得理所當然，「我不習慣和你分開睡。」

丁浩正擦著，聽見這句話也氣笑了，用毛巾在他腦袋上使勁揉了一下，「白斌，不想睡客房就直說啊……」

白斌反手抓住丁浩的手腕，摟著他的腰湊近，蹭了一下，「不是，這幾天都沒睡好。」

丁浩被這句話觸及心中最柔軟的地方，像心裡忽然被抓了一下，對白斌的體溫和味道也眷戀起來。不過白斌抱得太緊了，丁浩被他這樣摟著，擦不了頭髮，「你頭髮還是濕的，先放開手，我幫你擦完……」

白斌貼著他搖頭，聲音已經帶著一點睏意，「別擦了，浩浩陪我睡一下，很累。」

分明是模糊不清的聲音，卻格外讓人捨不得拒絕。

丁浩被白斌摟著一起裹進被子裡。他的衣服還來不及脫，就被白斌抱著不放，也只能在被子裡扭著脫完。也懶得拿去掛起來了，他把衣服隨便往床尾扔，褲子沒扔好，就貼著床尾滑下去，「啪」一聲，掉到地上了。

白斌怕他起來，從後面抱住人，貼著他說了一句，「別管它。」

丁浩管不了褲子了。他如今整個人都被白斌霸占住，肩膀、腰腹上橫著白斌的手臂，摟得不緊但也很難掙脫，更別說那顆拚命貼過來的腦袋，都恨不得趴在他臉上呼吸了。

丁浩覺得，這樣還能起來也是種本事。

換了個舒服一點的姿勢，他側身躺進白斌懷裡，後面的人立刻張開雙手配合地重新摟住，比之前更親密了。

白斌已經閉上眼睛快睡著了，抱著懷裡的溫暖，習慣性地貼著丁浩的額頭親了一下。

第七章　這是我所有的愛

白斌這一覺睡得很舒服，起來的時候都是中午了。旁邊的丁浩還窩在暖和的被子裡呼呼大睡，睡得比他還熟。

白斌捏著他鼻子，一會兒又鬆開，「浩浩，起來。」

丁浩瞇著眼睛，好半天才反應過來，側身過去在白斌嘴角親了一下，「我還以為在做夢呢，原來你真的過來了啊。」

白斌摟住他，從枕頭底下掏出手錶看了一下，剛過十點。他猜丁浩的父母該過來了，覺得繼續睡下去不好，跟丁浩小聲說了一會話就起來了。

丁浩原本就睡得不錯，現在更是精神十足，自己俐落地穿好衣服，又幫白斌穿上毛線衫。白斌坐在床上，舉著雙手任由他忙，趁丁浩幫他整理衣領的時候摟住人，親了一下，「我還沒說『生日快樂』吧？」

丁浩挑眉，「這個是形式上的，不重要。」這傢伙的眼睛圍著白斌轉來轉去，開始尋找重要的，「你有帶禮物來嗎？」

「帶了。」白斌捏了他的臉一下，笑了，「在車上，等晚上回去拿給你。」

丁遠邊夫婦果然已經來了，丁媽媽一來就綁上圍裙進廚房忙碌，丁遠邊也沒閒著，正坐在沙發上挑豆角，丁奶奶一邊看電視一邊指揮他，「仔細挑啊，小心有蟲子……你看看！裡面有這麼老的不好吃，這都得挑出來。」

丁遠邊都快一根根挑了，丁奶奶還是不滿意。老人年紀大了，家裡不讓她做事，但老人看著丁遠邊做事更著急。

「你看看，你看看，掐頭去尾的還剩下多少？你給我吧，急死我了。」

白斌過去幫忙把那一小籃豆角收起來，連桌子上都一起收拾乾淨，「爸，我來吧。」

丁遠邊愣了一下，倒不是因為這個稱呼，只是他沒想到白斌會做這些事。

他看著白斌端著菜籃進廚房，跟丁媽媽一起做飯，還有點沒回過神來。他看了看廚房，又回頭問丁浩，「平時都是白斌做飯啊？」

丁浩在幫丁奶奶修遙控器，老人捨不得扔，拿舊的纏了好幾圈透明膠帶繼續用。

他聽見丁遠邊問，隨口回答，「是啊！上次在我們家，您跟我媽不是也嘗過他的手藝，還直誇他做的好吃嘛！」

丁遠邊有點傻眼，「我以為……」以為白斌是裝裝樣子的。

他還真沒想到白斌能拉下身段做這些，又回頭看了一眼在廚房裡忙的人，似乎還綁了圍裙。看白斌的架勢，真的很熟練。

丁遠邊看了一眼自家的小兔崽子，他正在低著頭修遙控器。看著這幅等著吃的模樣，似乎已經習以為常了，丁遠邊忽然有些感慨。

丁浩在旁邊沒什麼感覺，還在修理遙控器裡的小彈簧，「奶奶啊，下次我可不幫您修了，我們這真的得換一個了……喏，好了，千萬別晃，一晃就會掉啊。」

丁奶奶小心地接過來，放在沙發扶手上，「浩浩啊，這次真的不怪奶奶，都是你爸！他一來就給我撞到地上了！」

丁浩看了一眼丁遠邊，不敢跟著聲討，只小聲地附議幾句，「對，您就罰他把他們家的拿來換。」

丁遠邊聽到就被氣笑了，「丁浩，少淘氣，等等去買個新的給你奶奶。」

那遙控器都恨不得跟丁浩同歲了，要不是用得很小心，早就壞了。

丁浩跟丁奶奶咬耳朵，「奶奶您看，如今兒子靠不住啊，還是養孫子划算……」

丁遠邊耳尖，一下又聽見了，瞪了丁浩一眼，「亂說什麼！」

丁奶奶沒聽清楚丁浩的話，倒是聽見了丁遠邊這句，馬上護住丁浩，瞪了回去，「去去去！成天大小聲，我的耳朵都是被你吵聾的！」

這才是個無原則溺愛，外加能賴皮的人。丁浩在後面聽到笑得不停。

「浩浩！」白斌從廚房出來，一手拿著菜刀，一手抓著小九官鳥，表情很嚴肅，「牠偷吃。」

丁浩覺得白斌這個造型很適合問「這隻怎麼吃」。

看著小九官鳥垂頭喪腦的，丁浩自己先笑了，戳著小東西的腦袋問，「又偷吃什麼了？啊？你這個愛吃鬼！」

白斌的眉頭還皺著，「牠偷吃辣椒，紅色的那袋辣椒都被牠啄出了一個洞。」

丁遠邊對九官鳥不太熟悉，雖說平時常逗著玩，但他真的沒餵過鳥。聽見白斌這麼說，他嚇了一跳，「怎麼什麼都吃啊？沒吃出什麼毛病吧？」

白斌把犯了錯的小九官鳥放到丁浩手裡，跟丁遠邊解釋了一下，「沒事，九官鳥能吃辣，好像還對喉嚨有好處。」又敲了一下小九官鳥的腦袋，「就是不能吃太多。」

小九官鳥縮在丁浩手裡，往裡面挪了挪。

丁遠邊聽得一愣一愣的，還是有點不相信九官鳥敢吃辣椒。

丁奶奶在旁邊笑了，「活該！早就該捉住牠敲一頓啦！之前我餵他吃過一次辣椒，還吃上癮了，生怕不給牠吃似的，非得都咬一口！真是鬼頭鬼腦的，不學好！」丁奶奶也過去敲了小九官鳥，不過老人下手很輕，像摸了一下。

小九官鳥歪著頭看了看丁奶奶，覺得那邊比較安全，拍著翅膀飛過去，蹲在丁奶奶肩膀上一副「我在沉思過錯」的模樣。

說是幫丁浩過生日，其實就是一家人聚聚。

丁媽媽買了個小蛋糕給丁浩，白斌沒料到，他也提前訂了一個。白斌原以為還會有別人過來，訂的蛋糕有點大，是三層夾水果的那種，但現在只有他們五個人加上兩隻九官鳥，肯定吃不完。

丁奶奶疼自己孫子，讓他們帶回去吃，「浩浩帶回去吧，別打開了！」

丁浩想了個折衷的方法，「也把我媽買的那個蛋糕帶走吧，我們中午吃這個大的，一年一次過生日，怎麼樣也得吃個痛快啊……對不對，小豆豆？」

小九官鳥早就停在蛋糕盒上，來回用小爪子去撥拉綁著的絲帶。

聽見丁浩喊牠，立刻抬頭討好地叫了兩聲，「恭喜發財！身體健康！我吃旺旺！」

一家人都笑了，丁媽媽逗小東西，「你吃什麼旺旺啊，這是蛋糕，小笨蛋！」

小九官鳥從小嬌生慣養，丁奶奶怕會餵出什麼毛病，只敢挑了一點海綿蛋糕，外加一點水果乾給牠吃。小東西幾口就吃進去，吃得很開心。

豆豆的分量比牠多，可是吃得反倒沒小豆豆多，牠啄了幾口，又跳去其他地方玩了。牠的陽臺上還放著小九官鳥拖過去的一截辣椒，太陽光一照，紅豔豔的。

丁遠邊吃飯時又提了一次幫老人請保姆的事。老人沒答應，這次倒不是勉強，而是確實有人照顧。

「你們還記得張陽家的嘛！她如今也退休，不上班了，一個星期有五六天都在這裡呢。我們兩個一起剪紙啊、做花啊，忙得很呢。」看到丁遠邊還要開口，丁奶奶又夾排骨去堵他嘴巴，「嘗嘗人家斌斌做的菜，我老了咬不動，你們替我多吃一點！」

丁浩在旁邊埋頭吃飯。他知道丁奶奶其實就是捨不得這個地方，捨不得埋在這裡的爺爺。丁奶奶以前說過，她說老死了以後，就埋在老頭子旁邊……現在的日子多好啊，活著就為孩子們多操心多笑笑，等走了，還有老頭子一直等著，知足嘍。

丁遠邊夫婦留下來住了一晚。丁媽媽也放寒假了，她想來多陪陪老人。而丁浩跟白斌住得很近，也不急著回去，等丁奶奶要睡了才起身回自己的小窩。

丁奶奶囑咐丁浩明天還要過來，「奶奶還留著好吃的要給你，一罈豬肉乾可好吃了。」

丁浩笑著答應了，「好，我一定會早點來，奶奶您好好休息。」

丁奶奶的記性有點不好了，豬肉乾上午就給丁浩吃了，現在又說了一遍。丁浩也不嫌煩，他聽到老人嘮叨這些，心裡就覺得特別溫暖。

丁浩跟白斌回到自己小窩，已經快十一點了。稍微整理了一下，丁浩就餓了，晚上他怕老人吃多了會難受，就提議喝粥。但丁浩的胃口從小就被白斌養刁了，習慣少食多餐，一頓飯沒喝多少，現在不餓才怪。

幸好丁媽媽幫他買的小蛋糕有拿回來，現在還可以吃幾口。

白斌讓他去洗澡，「我再做點吃的，等你洗好一起吃。」

丁浩對大廚很恭敬，立刻領命去洗澡了，等他擦著頭髮出來的時候，客廳裡面黑漆漆一片，只有桌子上有點微弱的燭光。忽明忽暗的橘紅色光芒暖暖的，映襯著蛋糕上的「23」，格外醒目，旁邊還有幾碟果仁、兩杯熱好的牛奶。

丁浩頂著毛巾過去，帶著鼻音還不忘逞強，「白斌，一般是蛋糕配紅酒吧？你弄兩杯牛奶，多沒氣氛……」

白斌把他抱在懷裡，在燭光下也是笑著的，「紅酒也有，改天喝。奶奶說你這幾天胃不舒服，我們先喝牛奶慶祝吧。」

丁浩坐在他懷裡，不吭聲。

白斌從旁邊拿來一個盒子，薄薄的，倒是很扁平。

「浩浩，你打開看看。」

丁浩拆開，裡面是很正式的那種公文袋，他愣了一下，又打開袋子，裡面是幾張紙——或者說是一份類似於遺囑的東西。上面注明了白斌的全部資產，接收人是丁浩。

丁浩拿著紙，有些手抖。

白斌抱著他不放開，跟他一起看著那幾張薄薄的紙，「喜歡嗎？」

丁浩的聲音發堵，有些哽咽，「誰他媽……喜歡這個啊！！」

白斌抱著他的手緊了緊，貼著他臉頰親了一下，聲音也有點顫抖，「你知道就好。為什麼要在家裡留這個？」

他們在D市的家裡，床底下也有這一個小盒子。裡面放著的東西跟這份差不多，不過是巨額保險，標明如果丁浩出了意外，受益人是他——白斌。

如果不是在打掃的時候無意中發現那個小盒子，如果不是好奇丁浩藏了什麼，上面還寫著他的名字，白斌就不會發現這個小祕密，也不會發現丁浩小心翼翼的愛。

「浩浩，你知不知道我看到的時候……是什麼心情。」

在後面抱著自己的人，頭一次展現了脆弱的一面，丁浩甚至覺得，他快要哭了。

——那麼，白斌，你又知不知道……我寫這些的時候是什麼心情？二十三歲這一年，我們曾經一起走過。逃避、追逐，然後一場車禍，讓我明白什麼是最重要的。

白斌，我只是想，如果我熬不過生日的這天……我只是想，請你不要忘了我……還有，活得更好一點。

丁浩湊過去吻他，「我生日快過去了。我們把蠟燭吹了，吃蛋糕吧？」

白斌應了一聲，陪丁浩一起吹了蠟燭。

黑漆漆的房間裡，白斌抱著他，貼近地聽丁浩嘟嘟囔囔地說自己的生日願望。無非是希望老人身體健康、家人平安發財之類的，第三個願望留在心底，沒說出來。

白斌親了親丁浩的額頭，不知道為什麼，他覺得最後這個願望就是跟自己有關係的。或者說，是關於他們兩個人的。

許完願，白斌把旁邊的落地燈打開，家裡只有他們兩個，開一盞小燈夠了。

丁浩把拿出來的文件收拾一下，準備放回公文袋。他一看見這東西就心裡特別不舒服。

白斌叫住了丁浩，示意他再打開看一下，「裡面還有一件小禮物。」

丁浩有點疑惑，但還是聽白斌的話，拿著公文袋抖了一下。裡面的幾張紙已經拿出來了，輕飄飄的，實在不知道還能有什麼禮物藏在裡面，就算有，那也很小吧……

一個很小、圓滾滾的戒指從公文袋裡滾出來。戒指帶著金屬的光澤，在地毯上滾動兩下，就撞到一旁的落地燈燈座，發出「叮」的一聲。

丁浩把它撿起來，是一枚風格簡樸的男用金戒指，簡樸到只是一個光禿禿、沒有任何標記、任何紋路的圓環，可是一看就知道是一枚戒指。

白斌把戒指拿過來，替丁浩戴上，「我覺得也該買點什麼了。抱歉，讓你覺得不安了。」

白斌親了一下丁浩，貼著他的額頭輕聲說了對不起。

他們一路走來，風雨近二十年，即便彼此都知道對方是最重要的，終歸還是想要得到一個儀式來確認吧。白斌察覺到丁浩的不安，認為是自己的失職。

這件東西早就買了，也許應該提早送才是。

丁浩看著自己的手，上面的戒指套得很牢，他覺得自己再也逃不開了。眼睛有點模糊，聲音這次也徹底無法隱瞞了，帶著哽咽地問，「白斌，你的呢？」

白斌從上衣口袋裡拿出來，遞給丁浩。丁浩接過來，幫白斌戴上的時候有點發抖，緊咬著唇，表情緊張得像要上戰場。

白斌配合地伸出手，還笑著囑咐他，「浩浩，記得套牢一點啊。」

一模一樣的戒指，在燈光下發出低調而迷人的光芒，簡單質樸，一如白斌。

沒有任何花哨的裝飾，這就是一份承諾。

親吻、觸碰，互相擁抱、感知對方，像是第一次做這種事，兩個人都緊張得咬到對方的唇瓣、舌頭，磕磕碰碰的，但是絕不放開……

來不及去臥室拿潤滑劑，丁浩摟住白斌的脖子，紅著眼睛看他。白斌則低頭親吻他，還是不敢貿然進去，手指挖起奶油細緻地塗抹，「浩浩，全部吃進去……你吃完，我就能進去了。」

丁浩看著他，覺得自己的身體跟方才塗抹上的奶油一樣，在白斌手上快要融化了。

手指在裡面溫柔攪動，白斌的吻也極其溫柔，鼻尖互相磨蹭著，連呼吸都是彼此的味道。

白斌進入的時候，丁浩抱著他哭了。他貼著白斌的臉頰，小聲叫著「白斌」……他叫一次，白斌就回應一次。

一如糾纏在一起的身體，白斌強勢而堅決地將丁浩全部浸染上自己的痕跡。

白斌將丁浩抱起來摟在懷裡，親吻著他。姿勢的關係，使腰部動作的起伏更纏綿。丁浩配合著

白斌，環繞住他的脖子，回吻並一起搖晃、絞緊……

直到最後，白斌挺身全部埋入，將自己徹底噴發在丁浩的體內。懷裡的人唔了一聲，抱著他抖了好一陣子。白斌細細地感受那一陣陣的縮緊，甚至丁浩吞口水的時候，內部都會帶起一陣蠕動，像是還不夠，挽留般地把他再次吞吃進去。

丁浩貼著白斌的胸膛，有點分不清到底是誰的心臟怦怦作響，越跳越快。他身上泛紅，抱著白斌的脖子不放開。

不是沒做過比這樣還激烈的，可是舒服到無法表達的，這還是第一次。

白斌咬住他的耳朵，低聲說了什麼。丁浩沒回他，只是身體一直不肯放開他，模糊中，似乎有一聲像答應又像喘息的聲音，「嗯。」

白斌送完了禮物，盡情地享用主人大方的回應。

這是他的丁浩，他視若珍寶，細心呵護，任誰也無法奪走……

◆

白斌做了一夜，淩晨的時候才擁著丁浩睡去。

丁浩沒有睡意，他翻身看著白斌，手指在白斌臉上晃動兩下。昨夜轉戰到臥室時，連窗簾都來不及拉上，清晨的陽光照進來，手指上起了微弱的反光。

白斌閉著眼睛，還在睡，只是丁浩左手上的陰影落在他臉上，無名指上稍微粗了一點。丁浩晃動著手，陰影也跟著變換方位，落在白斌的嘴角上，倒像是白斌在微笑。

丁浩玩了一會兒，也不忍心再打擾白斌了。白斌開夜車過來，只在剛到時睡了幾個小時，昨晚又運動了一番，的確該好好休息。

丁浩小心地起來，看到白斌還是張開雙手要環住什麼的樣子，想了想，把自己的枕頭塞到他懷裡，攏了攏被角，小心翼翼地出去了。

客廳裡亂成一團，還能看見隨手扔在地上的衣服。桌子上的蛋糕已經殘缺了，紅色的「23」蠟燭融了一半，紅色的蠟燭油滴落在奶油上，冷掉了。

丁浩看著蛋糕扯了扯嘴角，下意識地扶了自己的腰。過度使用的後果，真的很痛……

他收拾了一下客廳的殘局，把杯子也拿去廚房的水池裡泡著。丁浩的動作很輕，生怕吵醒睡著的白斌，整理完這些，他又在客廳沙發上坐了一會兒，忍不住還是撥通了丁旭的電話。

丁浩有種劫後餘生的感覺，那份喜悅與激動，只能跟丁旭分享。

他跟丁旭的生日在同一天，也是從同一天的同一場車禍回到從前。

丁浩有一段時間沒聯繫丁旭了，他在逃避——逃避丁旭，也是逃避自己。他害怕二十三歲的到來，直到昨晚平安度過，丁浩這才放心，但又忍不住打電話給丁旭再次詢問，確認一下。

電話過了很久才接通，聽到丁旭的聲音，似乎還沒睡醒，『……喂？』

丁浩愣了一下，抬頭看了一下客廳的掛鐘，有些不好意思。

現在還有點早，丁旭的作息很規律，肯定吵醒了他。不過打通了，也不好就這樣掛了，丁浩硬著頭皮先送上祝福，「那個，丁旭啊，昨晚來不及跟你說，祝你生日快樂……」

電話那邊沉默了一會兒，接著是一陣悉悉索索的布料摩擦聲。丁旭的氣息很重，似乎心情不好，說話硬邦邦的，『不用。你知道，我不喜歡這一天……』

丁浩握著話筒，不知道該說什麼。

的確，丁旭以前說過，這是他的忌日，沒有人會喜歡自己的忌日吧。

丁旭也說過，他沒有直接回到小時候，他被肖良文挽留了三個月。他曾看著自己一天天衰弱，不能動，不能說話，不能對最愛的人做出任何反應……

如果沒有被自己撞到，便不會發生這種事。丁旭這傢伙死要面子，難怪會一輩子記恨他。

雖然他再次與肖良文相遇了，但是，沒有他們以前相愛的回憶……也會難過的吧？

「丁旭，對不起啊……」

電話那頭的信號似乎不好，有滋滋的干擾聲，讓丁浩聽不清楚對方的回話。追問了兩遍，才聽到丁旭的聲音。

丁旭清了清嗓子，有些沙啞，但是在清晨的時候透著一股特有的慵懶。

『丁浩，你在這個時間打電話給我就是要說這些？我不需要你的道歉。』電話那頭嘆了一聲，聲音裡帶著一絲隱忍，『三個月……也不是什麼特別難過的事。』

「什麼三個月？」

『……就是你想的那樣。』

丁旭說了聲「還有事」，就把電話掛斷了。

丁浩有些傻眼。三個月……三個月？

是啊，他怎麼沒想到！如果說他跟丁旭是一起的話，丁旭之前還耽誤了三個月啊！也就是說，這三個月……還是危險期吧？

丁浩握著話筒，腦袋裡一團混亂。

掛了電話的丁旭也終於能放鬆身體，手指放開床單，稍微容忍自己發出一些聲音。

「丁旭，你剛剛在騙人吧？」

丁旭咬住唇，把聲音減輕到最低，可是停留在體內的東西火熱巨大，讓他無法停止顫抖。

「肯定在騙人……」後面的人咬住他耳朵，得到滿足後的聲音格外性感，「我都被你夾到有反應了。」

身後的傢伙不知疲倦地再度攻擊起來，一味地侵占，雙手更是摟得死緊。丁旭覺得自己的腰都快被他勒斷了，但求他放鬆力道，對方是不可能會答應的。

這個人就跟野獸一樣，這種時候不會接受任何理由，除了一點。

「腰、好痛……」

緊扣住腰部的雙手立刻放鬆了，不過依舊不捨地在附近流連。

即便有難得飽食一頓的機會，肖良文也沒有忘記剛才聽到的隻言片語。他的腦袋蹭過去，硬硬的頭髮刺得丁旭脖頸又痛又癢，「丁旭，什麼三個月？」

丁旭的身體僵硬了一下，他不想跟肖良文說這件事。

背後的人鍥而不捨地追問，每問一句還非要在他體內作惡一番！丁旭有點冒火，他整整一夜都沒有休息，就連剛才接電話，一連請求了多次，都沒能讓肖良文從自己的身體裡撤出去。

「不關……嗯……你的事……」

輕輕的喘息聲溢出，說出口的話卻偏偏令人生氣。

肖良文從他體內撤出，不等丁旭鬆一口氣，又抱著他換了一個姿勢。面對面地埋進濕熱並深入，「丁旭，告訴我，我想知道你所有的事。」

「……你給我下去！別找藉口！混蛋肖良文！」

被欺負了一夜的人，終於忍不住炸毛了。

肖良文笑了。雖然平時有限制，但是丁旭一旦允許，他總會吃得飽飽的。丁旭的責任感真是存在於各種地方，哪怕是「餵飽」他，也一樣當成自己的責任與義務。

「不要，你昨晚明明還說……要跟我過一輩子。」

肖良文看著丁旭，眼神又慢慢轉暗。低頭親吻丁旭的額頭、濕漉漉的睫毛還有紅豔的唇……輾轉反覆，舌頭大力地撬開，粗魯地探進去吸食屬於自己的甜蜜。

——才不會，放開你。

◆

另一邊，丁浩心裡毛毛的。

自從跟丁旭通完電話，他就開始坐立不安。丁浩不願意出門，就連丁奶奶、丁媽媽那邊也不敢去，生怕自己連累了家人。

過年的時候躲不掉，得跟著白斌去向長輩拜年。而他們出去這一趟，在路上就看見三起車禍，其中一起就在他們旁邊。那輛車想要超車，沒打方向燈就忽然從右邊超過去了，幸虧白斌反應得及時，不然被撞到的很可能就是他們。

丁浩在車上嚇得臉色發白，手指緊緊抓著安全帶，指甲因為用力過度都泛白了。到了白老爺那裡，也不知道自己跟老人說了什麼吉祥話，甚至連去自己家拜年的事都記不得了。他稀裡糊塗地回到鎮上的家，打開電視，聽見影片裡的警車亂叫都能嚇到發抖。晚上睡覺更是手腳並用地纏著白斌，渾身冷得像冰塊，怎麼做都溫暖不了。

白斌有點擔心，撫摸著丁浩的後背，小聲問他，「浩浩，是不是白天冷到了？我去拿點藥來給你吃……」

丁浩不讓他起來，抱著不放開，趴在白斌懷裡悶聲悶氣地說，「沒事，我就是不習慣坐車，很難受。」

「沒事的，別怕。」

白斌也猜到丁浩在怕什麼了，白天的時候是有點突發情況，不過他都及時處理好了。

「你也看見了，沒有人員傷亡啊。在路上磕磕碰碰是難免的，董飛剛開車時也常常磨掉車漆。」

白斌難得拿董飛來開玩笑，他現在只想讓丁浩放鬆下來，自家大祕書偶爾犧牲形象也是可以的。

丁浩把手伸進白斌懷裡，掌心勉強算溫熱，但指尖冰涼。

白斌握住他的手，往心口帶，小聲地繼續安慰他，「還有一次啊，路上塞車，董飛就規規矩矩地停在後面等。等了三個紅綠燈，周圍的車都走了，就只有董飛的沒動。你猜為什麼？」

丁浩窩在白斌懷裡搖了搖頭，表示猜不到。

白斌笑了，咬了丁浩的耳朵，告訴他，「因為前面的兩輛車撞到了，兩個女車主下車商量賠償問題。她們身高矮，董飛在後面沒看到，就一直等著，呵呵。」

這個勉強算是冷笑話，不過丁浩還是噗哧笑了。有董飛的一份功勞，但更多的是因為白斌，丁浩還是頭一次聽見白斌講笑話。

很顯然，這個人不適合說笑，說得冷到不行。但是丁浩的手指開始暖起來，身上也被白斌溫熱的氣息包裹住，很暖和。

丁浩從他懷裡抬起頭，湊過去給了白斌一個晚安吻，「我睏了，我們睡覺吧。」

白斌應了一聲，在他唇上輕柔地落下一個吻。「好。」

丁浩的睡眠算是好轉了，不過心事重重，依舊不可避免地瘦了一圈。

白斌在旁邊看著，心疼得眉頭都皺起來。他在晚上洗澡的時候拿手掌量過，丁浩的腰本來就能一把抱住，如今更是結結實實地瘦了半個巴掌。

白斌捨不得了，抱住在沙發上看電視的丁浩，又用手掌仔細地量了一遍。

白斌湊過去問他，「浩浩，你有沒有想吃的東西？酸的？甜的？」

白斌以前為了飲食健康，對丁浩的食譜也嚴格要求，這種無原則任由丁浩選擇的話相當少見。這等於是在說：你想吃什麼，我們就吃什麼。

換做以前，丁浩肯定會多為自己謀福利，可是如今丁浩也沒那份心思了。

「你這幾天是不是有心事？」

白斌握著丁浩的腰，這句話一說完，丁浩就抖了一下。

白斌抬頭看他一眼，丁浩垂著眼睛不說話，看起來可憐巴巴的，讓他也不忍心再問，把整個人抱在懷裡親了一口，「有什麼不能跟我說的，嗯？」

丁浩看了他一眼，還沒說話，就聽見白斌補了一句，「反正年假快休完了，我們馬上就要回D市去了。你有事就說出來，一定會滿足你。唔，太過分的不行……呵呵。」

丁浩又垂下頭，白斌這等於是滅了他所有的後路。他就是不想回D市啊……

果然，在丁浩的「不合作」下，為了帶人回D市，白斌費了很大的功夫。

丁浩縮在鎮上的小房子裡不肯走，左看右看，就是不敢看白斌的眼睛，「我想多住幾天……這不是難得回來一次，那什麼，奶奶她們……」

白斌挑眉看他，對丁浩的這個說詞很不滿意，「我問過奶奶她們了，她們說，你要跟我回去。」

丁浩閉上嘴巴不說話了。這的確是他說的，但那不是為了大家的安全著想嗎！他現在就跟定時炸彈一樣，誰知道什麼時候會出事，又會連累誰啊？

丁浩抓著門框不肯走，都快哭了。

「……白斌，你就讓我在這裡住幾天吧，求你了。」

白斌沒放手，只是再次跟他確認了一下，「你要一個人住在這裡？」

看見丁浩點頭，白斌二話不說就把人扛到肩上，邊走邊教訓他：

「做夢！留你一個人在這裡，你是存心不想讓我睡好覺了吧？」

丁浩被白斌扛到樓下，塞進車裡。他看見董飛也開車在後面跟著，立刻又開始提要求，「白斌，我要去坐董飛那輛車！」

白斌往後看了一眼，董飛開的是黑色轎車。那輛車的優點是密封性良好，缺點也是這個。暈車的都知道，密封性太好的車開起來，遇到顛簸的地方很難受。丁浩是不會暈車，但是特別容易緊張，一坐進車內就臉色發白，所以平時都會找高又寬敞的越野車給他坐，但今天不知道是什麼原因，非要往小車裡鑽。

光是把他「哄」下來就很不容易了，白斌為了能把人帶回D市，也不再講究那麼多。他停車，去跟後面的董飛交換鑰匙，白斌站在小黑車前面對丁浩招手，「浩浩，過來，我們開這台。」

丁浩這次真的要哭了。

「我不是這個意思……那什麼，我跟董飛坐同一輛車不行嗎？」

丁浩豁出去了，寧可禍害董飛，也不想傷到白斌。

丁浩看著一臉正氣的董飛，深覺得這個男人應該跟李盛東一樣，天生命硬，不怕剋。

不知內情的董飛同學對丁浩突如其來的熱情有些訝異。不過他看白斌的臉色不好，果斷地接過白斌手裡的車鑰匙，「那，我先開在前面吧。」

白斌點頭答應了，又叮囑他，「後車廂有一些水果和禮品，你等一下路過張陽家、丁奶奶家那邊時，都給他們一些。」

董飛答應了一聲。禮數方面的事情交給他做還是很放心的。

丁浩被強行打包帶回了D市。這次的行李有點多，兩家大人都讓他們帶了不少東西，董飛特意開車過來接也只能勉強裝滿行李，再也放不下人了。白老爺要派一輛車給他們，但是白斌看到丁浩一上車就臉色不好，乾脆帶他坐飛機回去，好歹行程不滿兩個小時，比坐半天的車少受罪。

董飛開車帶著行李回去了。他也有發覺丁浩沒什麼精神，跟白斌約好第二天再送過去，讓他們回去好好休息一下。

丁浩回到D市後，情況更糟糕了，這次不但沒有恢復食欲，反而連前幾天剛穩定下來的睡眠都無法保持了。雖然丁浩努力表現得跟平時一樣，但白斌還是能察覺到。

一起生活了那麼多年，丁浩哪次晚上不翻身、不踢被子？自從回來後，丁浩晚上睡覺忽然老實起來，這就是有問題了。白斌看在眼裡，但又問不出什麼，頭一次有些無可奈何。終於有一天，白斌忍不住把董飛叫進來，向萬能的金牌祕書諮詢。

董飛認真聽完白斌說的情況，甚至拿出小本子，把白斌說的記錄了一下，也跟著皺起眉頭。紙上寫的很明確，事情的開始是從生日過後的早上，而在那之前，白斌送了禮物。董飛試探地提醒白斌，「會不會……是因為戒指？」

白斌有些疑惑，「戒指？」

董飛這幾天被家裡安排了幾次相親，對這種事有了一點經驗。他想了想，跟白斌說「稍等」，轉身出去拿了一本書回來。

「我也說不太準，這本書上應該會有解答。」

桌子上的書名通俗易懂，確實是白斌目前需要的——《婚前培訓學習手冊》。

董飛翻開幾頁，找到幾段字指給白斌看，「我想，大概是這個原因。」

白斌順著他指著的看過去，眉頭又皺起來，「婚前恐懼症？」

董飛點了點頭。他是白老爺培養成才的，也早就知道白斌與丁浩的事。白斌買了戒指，但是送完戒指之後，丁浩整個人都恍惚了，董飛覺得，只有這一條算是合理解釋。

白斌把書留下，自己抽空開始研究。

『即將結婚的人，會擔心失去戀愛時的熱情，對方會不再對他吐露心事……兩人的關係發生會質的變化。如果一方感到高興，另一方卻憂慮時，整個人都會焦躁不安，並對自己的日常決策做出懷疑……』

白斌越往下看，眉頭皺得越厲害。

『……工作、賺錢養家，回家後做飯、洗衣、打掃、餵養小孩，這些情況的設想，對一方而言是甜蜜的負擔。但是，得不到回應時，會造成一定的心理壓力……』

白斌覺得這些不是丁浩的壓力，而是他的壓力，但是他並不討厭這樣的生活，反而隱約有些期待。再說了，他們平時不也是這樣過的嗎？

雖然心裡有些不贊同，他還是繼續看，想找出如何破解丁浩「婚前恐懼」的辦法。

「嗯？容易產生婚前恐懼的人……個性不成熟、依賴性強、生活能力差……？」白斌一臉嚴肅地闔上書，「胡說八道。」

◆

丁浩擔心了一段時間，什麼事也沒發生，他開始懷疑自己被丁旭騙了。

丁浩覺得這件事很有可能，而且那天早上……丁旭的聲音不大對勁。要是平時，丁浩早就聽出來了，可偏偏那天他心神不寧的，難得沒多想，現在回過神來，越想越覺得丁旭是在報復。

丁浩翻出自己藏在小鐵盒裡的手機，這款黑色直板手機現在已經重新上市了，不用再偷偷藏起來了。小鐵盒裡的那支手機跟了丁浩一路，一直都小心地放在鐵盒裡，沒有用過，唯一打開的一次是丁浩六歲生日的時候，那時候沒錢，差點就把它拿去賣了。

不過，幸好白斌來了，拿了一個塞著滿滿鈔票的小豬存錢筒，告訴他這是「浩浩許的願望」。白斌好像一直都知道他最需要什麼，不縱容，但也捨不得讓他難過。

丁浩掏出那個黑色的鐵傢伙，依舊是冰冷的金屬外殼，握在手裡很涼。這是他唯一可以證明自己重新活了一遍的憑證。

弄了一下，手機並未如願打開，螢幕漆黑一片。也是，都快二十年了，打不開也正常。丁浩摸了摸手機外殼上的刮痕，覺得這東西也算「古董」了。

他捨不得裡面的訊息，就把手機放在口袋裡，準備拿去修理一下。還沒出家門，白斌就打了電話來，說是小寶貝回來了，讓丁浩在家等麗莎她們過來。

『浩浩，白傑有事走不開，先讓麗莎到我們這裡來。董飛已經去機場接她們了，你在家等著，不要亂跑。』

丁浩答應了一聲，「好，什麼時候到？我去準備點吃的。」

白斌想了一下，『不用，我中午回去做給你們吃吧。你幫小寶貝準備一點水果，再把小床收拾一下，他估計很累了，到家得睡一下。』

白傑是很忙，但是家裡還有吳阿姨在，回去也能應付過來。白斌這是在擔心丁浩，他覺得丁浩這段時間實在很沒精神，想方設法地想讓丁浩高興一點。

丁浩心裡明白，也不說穿，按照白斌說的收拾了一下家裡，為麗莎和小寶貝準備了水果飲料。家裡沒小點心，果乾倒是有一點，也都裝在盤子裡擺出來。

手機來不及拿去修理，又收回了盒子裡。

比起過去，丁浩覺得還是現在更重要，一直抓著過去不放實在很累人。他想開了，心情也舒服了許多，尤其是想到自己寶貝兒子要過來，臉上更是忍不住笑出來。

小寶貝很快就來了，他已經不用麗莎抱著了，雖然還是不愛說話，但多少還是能跟大人進行溝通。小寶貝戴著小熊耳朵的編織帽，在丁浩打開門的那一刻，張開小手撲到丁浩腿上，「小爸爸！」

丁浩也感動了，但是小寶貝太矮了，只能抱住他的腿，而且抱得很緊。

小寶貝想丁浩了，親親熱熱地抱住不肯放開，「小爸爸，抱！」

丁浩哭笑不得。小傢伙在這段時間吃胖了一點，他拖著向前走都有點吃力，「寶貝，你放開，我才能抱著你啊。」

小寶貝搖搖頭，用一個主語將自己的意思表達清楚，「我抱。」

麗莎跟董飛在後面搬東西進來。這些是要送丁浩他們的，車裡還有一些是要送給家裡其他人的，就沒拿出來。不過就這些也夠了，紅酒、衣服、乳酪、香腸、巧克力……還有兩大盒義大利麵。

丁浩成功地把小寶貝從腿上掰下來了，正抱在膝蓋上跟他玩。看著麗莎弄來的這些東西，他的一雙眼睛都快看傻了，「麗莎，這些都是給我們的？這也太多了吧。」

麗莎想了想，拿起一件衣服，轉身遞給董飛，「對對，這個是送給你的！董先生。」

丁浩抱著小寶貝去搗亂，從桌子上拿了一盒義大利麵，塞到董飛手裡，扭頭跟麗莎歪曲事實：「麗莎，妳不懂吧？我們中國人講究『民以食為天』，送吃的就對了！穿的不講究啊，一萬里都挑不出一個！妳硬送的話，董飛都不……」

「對不起，我就是那一萬分之一。」董飛板著一張臉，把那盒義大利麵放到丁浩腦袋上，讓他頂著，「我對吃不講究，你還是自己留著吧。」

小寶貝看見丁浩頂著盒子，立刻老老實實地不動了，擔憂地看著自己小爸爸，生怕盒子掉下來打到小爸爸那張漂亮的臉。

丁浩倒是更害怕砸到小寶貝，把那盒麵拿下來，也不鬧董飛了。

他抱著小孩去裡面的房間，「寶貝，看看小爸爸都幫你準備了什麼，保證你嚇一跳！哈哈！」

丁浩這麼一說，連麗莎都有點好奇了，跟進去一起看，「丁浩是什麼東西？」麗莎的中文還可以，就是不能連起來說。

董飛在後面接了一句，「不是什麼東西。」

也不知道董飛是有意還是無心的，說的話也格外讓丁浩耳朵發癢。

這是特意為小寶貝空出來的一間臥室，光線很好，地上跟麗莎家一樣也弄了一層軟墊。房間裡的桌腿、床腳都包上了一層軟軟的海綿，看得出來房間的主人下了一番功夫。

不過，最讓人注目的還是房間中央的一個兒童小城堡。說是城堡，根本就是一個大魔術方塊，每個顏色的小面都能打開一部分，上面還有一個五彩的小滑梯。這東西占了房間一大半的位置，甚至連幼兒床都被擠到了一邊，隱約露出高出來的一角。

小寶貝把吃了一半的果乾遞給丁浩，自己過去抱住那個大魔術方塊，眼神很擔憂，「小爸爸，這個充電……太多了。」

試著轉了兩下，根本轉不動，小寶貝憂傷了。

他臨走的時候，魔術方塊又壞了一次，媽咪特意留在國內充電，但小寶貝從沒想過會出現這種情況。他不死心地又掰了兩下，依舊不能轉動，眼睛裡都含著淚花，「充壞了。」

丁浩嚇了一跳，連忙跟他解釋，「寶貝，這個不是壞了，這是我們新買的。你看，你看，你的在這裡呢。」

小寶貝可能分不出哪個玩具是自己玩過的，但就是不肯輕易接受新的玩具。丁浩從那個魔術方塊大城堡裡掏出一個小魔術方塊，遞給小寶貝，「喏，你看，我們的沒壞，這個大的……呃，是它的朋友。」

小寶貝抬起頭來看了一眼魔術方塊大城堡，又低頭看了看自己的魔術方塊，勉強接受了「來做客的朋友」，讓它停留在自己的房間裡。

麗莎過去摸了一下，不是充氣的，軟綿綿的很舒服。她感嘆了一聲，「丁浩，你對小寶貝真好。」

丁浩抓了抓腦袋，「好什麼啊，他都不喜歡。早知道就不買這東西了……差點把孩子弄哭。」

「不是這個！」麗莎表達得不明確，乾脆對丁浩豎起大拇指，「寶貝給你們養老！很划算！」

丁浩笑了。麗莎回了一趟義大利，都學會王婆賣瓜了，看看她自我推薦的！

丁浩看著認真巡視自己房間的小寶貝，接過麗莎的話，「那當然划算啊，這麼好的小孩，打著燈籠都找不到！」

麗莎試著重新表達了一遍，「是你們，你們……」繞來繞去，就是表達不清楚「丁浩、白斌值得小孩敬愛」。

丁浩憋著笑，就是不提醒她，最後還是董飛看不下去，試著提點了一下詞彙，才勉強讓麗莎把一句話完整地表達出來。就這麼一下子，麗莎就差不多把自己繞暈了。

白斌在中午時回來了，同車回來的還有白傑。兄弟倆都是一身西裝，只是白斌的是深色，白傑的是淺色，雖說五官相似，但一看氣質就不同。白傑站在自家哥哥旁邊，硬是被襯托出了幾分陽光氣息。尤其是抱著小寶貝笑起來的時候，真的像個大男孩。

麗莎在旁邊站著，看見白傑的襯衫袖子往上挽著，立刻幫他放下來，「又弄皺了，又弄皺了，要燙好久……」

丁浩站在白斌旁邊接過他的外套，主動幫白斌挽起袖子，「嘿嘿，白斌，今天吃可樂雞翅吧？上次做得可好吃了……」

董飛看著這兩家人的動作，忽然對「賢慧」一詞有了新的理解。人家麗莎是真的賢慧，而丁浩這真是閒在家裡，什麼都不會。

午飯很豐盛，白斌留董飛下來一起吃飯。

董飛對此有點不安，其實，從白斌穿圍裙進廚房的時候，董飛的眼皮就開始跳了。他真的沒看見過白大少如此打扮，在外面想都不敢想。

小寶貝也一樣憂心忡忡。他抱著新「充好電」的魔術方塊開心不起來，哪怕是白斌擺了滿桌的美食，都不能讓他提起精神。小寶貝認為自己的魔術方塊有了朋友，就不願意只跟自己玩了，說到底還是老白家的地盤意識在作怪。

小寶貝吃了兩口，又抬頭眼淚汪汪地問丁浩，「小爸爸，大魔術方塊什麼時候回家？」

丁浩立刻告訴他，「明天！不，今天晚上我就讓它走！！！」

依照白家的慣例，過年時要拍全家福。今年為了小寶貝，還特意把日期挪到年後，只等著小孩回來。

白老爺好久沒見到孩子了，在國內時還沒什麼，但是自從麗莎帶回義大利，白老爺就格外想念小孩。老人對曾孫的疼愛不斷累加，逐漸飆升到一定的高度，甚至在得知麗莎她們回國後，就立刻親自趕到D市，把一家人叫到D市來拍全家福。

白書記夫婦也從外地趕回來，他們好久沒見孫子了，也滿想念的。再者，張娟也想多看看白斌和白傑的日常生活，她這個當媽的從小就不怎麼管孩子，內心始終有一份愧疚。尤其是白斌，張娟覺得大兒子找了個男媳婦，雖然也是從小看到大的，但還是有些擔心，這兩個大男人，在生活中磕磕碰碰，萬一打起來的話怎麼辦？

張娟懷著一份擔憂的心情到了D市，先去看了白傑一家。白老爺帶著大隊人馬，已經到了，正在白傑那裡笑得很開心。一家人圍著一個孩子轉，看到小孩多吃一口東西，多問一句，都笑得合不攏嘴。

麗莎對白書記夫婦叫得很親切，一口一個「爸爸」、「媽媽」，讓他們坐下，還去端了水果。白傑家的沙發上坐滿了人，白書記夫婦一來，又是一番讓座。

白露一家都到齊了，白露她媽還特意做了頭髮才來，看起來是個美人，跟白露湊在一起倒像是姊妹。

「哥、嫂子，快過來坐！露露，來跟我擠一張沙發。」

白露連忙讓出自己的位子。

她們一家三口是特意請長假過來的，就當作旅遊散心。原本白斌還安排要帶她們去外面的風景區逛逛，可進門一看見小寶貝，沒一個人能邁出門的。一家人圍著小寶貝看得滿心歡喜，把白傑家的客廳堵得滿滿當當。

白傑把小寶貝的皮椅都搬出來了，但還缺一個座位。小寶貝跟在自家爸爸後面，看到自己的皮椅被搬出來，很是疑惑。看到沒人坐，小孩試著把自己的寶貝魔術方塊放上去，以示此地被占領。

好吧，這下少了兩個座位。

白露對丁浩使了個眼色。她覺得丁浩自從見到「公婆」就格外靦腆，平時那麼熱情的人，現在怎麼跟一個木頭一樣杵在那裡不動啊？

丁浩坐在白斌旁邊，原本靠著白老爺，但看到白露使眼色，立刻就站起來了。他結結巴巴地對白書記說，「那什麼……爸，您坐、您坐我這邊！」

丁浩在電話裡喊了幾次，已經叫順口了，但是當面叫還是頭一次。他一開口，自己先紅了臉，就那麼幾步路，讓開位置的時候還差點自己絆到自己的腳。

白書記回答得很自然，謝過丁浩，就靠著白老爺坐下了。

白老爺的一顆心都放在曾孫身上，看到小寶貝也爬到自己的皮椅上坐好，準備加入大家的會議的樣子，更是笑得眼睛瞇成了一條縫。

「來來，我們一大家子難得聚在一起，趁這個機會，我說幾句……」

丁浩站在一旁認真聽白老爺說話。白斌伸手拉了他的衣袖一下，示意丁浩靠著他坐下。丁浩不理他，在一旁依舊站得筆直，像在站崗。但白斌的手勁大，沒幾下就扯得丁浩站不穩，一個用力，丁浩差點翻到白斌懷裡。

原本在說話的一家人也靜了一下，看著丁浩從沙發上跳起來，紅著臉靠著白斌，坐在沙發扶手上。

那位自己不好意思了，咳了一聲，自己找臺階下，「那什麼，我……我站累了，哈、哈哈！休息一下，休息一下。」

白斌裝作咳嗽，但眼裡都是忍不住的笑意。

白老爺也被丁浩這麼一鬧，忘了之前要說的事，用拐杖敲地面，「看看、看看！又搗亂，我都忘記剛才要說什麼了！」

旁邊的白書記提醒老爺，「剛說到照相。您該說我們是要出去拍，還是在家拍了！」

白老爺也想起來了，喔了一聲繼續話題。丁浩低著頭一動也不動，不過他要是抬頭看一眼，就能看見白書記那一臉和善的笑意。

「我覺得啊，我們今年就不要在家裡拍了。每年都在同一個地方，多沒意思啊，我們去照相館裡拍拍看吧！」白老爺扭頭又問白斌，「這邊有哪裡拍得好？要能把小孩拍好看的地方啊！」

丁浩倒是想起一個，「爺爺，我認識一個攝影師，他那個攝影工作室是專門拍小孩的，拍得還不錯。」他想到上次抱小寶貝去學校，李華茂還把小孩逗笑了，這才是難得的，「在那邊照相的小孩都笑得很漂亮。」

白老爺當下拍板決定，「好！就去那裡。浩浩，你提前打個電話，約個時間。」

丁浩答應了一聲，撥通電話，又問白老爺，「爺爺，他們今天排滿了。不過說能幫我們空出一個小時，下午四點過去可以嗎？」

白老爺他們是去拍全家福，只要人到齊，拍得五官周正就好了。老人心想，往年也差不多拍一個小時，就點頭答應了，「可以，一個小時夠了！」

他又回頭囑咐大家，尤其是麗莎，「我們休息一下，等等換上統一服裝過去。麗莎，我拿了兩套小衣服給白昊，妳到時候先幫他穿一套，過去後再換一套啊。」

白老爺帶來的依舊是改良的唐裝，顏色也鮮亮，各色的紅穿在身上，都能帶出不同的效果。像是白老爺穿上叫端正；白書記夫婦穿上叫沉穩；白露穿上叫喜慶……丁浩跟白斌穿上也很喜慶。

白斌看著丁浩扣盤釦，那身紅衣服穿在丁浩身上，襯得丁浩的臉都有點紅。

不知道是不是紅衣的關係，白斌覺得丁浩格外漂亮，尤其是垂著眼睛坐在床上扣釦子時，真是讓人想入非非。

白斌過去替丁浩跟盤釦奮鬥，丁浩舒了口氣，「謝謝啊……」剛道謝，丁浩就覺得不對勁了。

「噯噯！白斌，你幹嘛啊？我好不容易扣上幾個，我容易嗎！你怎麼又把我解開了！！」

白斌剝下他的衣服，俯下身在他鎖骨上親吻幾下，又不滿足地往下繼續。丁浩不高興了，就這麼一點換衣服的時間，哪來得及做這種事啊！

「起來……別扒我衣服！白斌，你都把我弄皺了……啊……」

白斌把整個腦袋都埋進衣服裡，溫熱的呼吸噴在丁浩胸前，讓他顫了一下，下一刻就真的要發抖了。白斌的牙齒、舌頭齊上陣，不知道怎麼了，有一股「非要在丁浩身上留下印記」的氣勢。

丁浩的袖口有點寬，自己挽了一截起來，推開白斌腦袋的時候難免會往下滑。手臂上也不知道是因為冷，還是被白斌在衣服裡戲弄的，起了一層雞皮疙瘩，呼吸都有點變喘。

「能不能……等回來啊？還要、要照相……」丁浩可不希望自己的那副德行被拍下來，想到就忍不住又推了白斌一下，這次力氣大了一些。「白斌，爺爺他們都還在外面等呢。」

白斌被他推起來，也覺得不能再繼續下去，不然就出不了門了。

他在丁浩手腕上輕咬了一口，「好了，我們準備一下，該走了。」

白老爺有提早到的習慣，一大家子到攝影工作室的時候，人家還在忙碌。

負責接待的人很熱情，先帶他們去休息室，叫化妝師來幫各位女士補了一下妝。

天底下沒有不愛美的女人，就連白露都老老實實地坐下了，還時不時插句話，問幫她化妝的小姊姊如何修飾眉峰什麼的。那位化妝師有一張巧嘴會說話，沒一會兒，幾個人就聊起了保養品和保養小祕方。

小寶貝被香粉的味道熏得打了個噴嚏，揉了揉鼻子，往丁浩懷裡鑽。

丁浩抱著小孩問，「寶貝，我們去外面玩吧？」

小寶貝看了看丁浩，又回頭去看自己的另外兩個爸爸。雖然揪著丁浩的衣服，但是也捨不得丟下他們，「爸爸不走？」

丁浩跟著看了那邊一眼，化妝師已經完成女人們的要求，正躍躍欲試地試圖湊近白斌兄弟。她手裡夾著長短不一的幾支筆，還托著一盒粉，丁浩覺得那就像凶器。

他抱著小寶貝往門邊溜，「我們先去，他們等等就來……」

工作室很大，分成好幾個攝影棚，布景也很別致。尤其是幫小孩拍照的那幾間，布置得跟森林小屋一樣，顏色鮮亮又活潑，很討小朋友喜歡。

小寶貝也很喜歡，但是他更喜歡丁浩。丁浩把他放下來，讓他自己去玩，小寶貝走兩步，回頭看見丁浩沒跟上，立刻又回來了，抱住丁浩的腿不放。

丁浩哄他，「寶貝，自己去玩，你看那個蘑菇房子多有意思！」

小寶貝抱著丁浩的腿使勁搖頭。

丁浩乾脆抱著小孩一起進去。這間現在沒人用，他們倒是可以趁機玩一會兒。

丁浩蹲在布景前面看小寶貝，看著小孩從那個肥嘟嘟的蘑菇房子裡探出頭來，忽然好想買一對兔耳朵給他。要是戴上兔耳朵，再配上小寶貝的表情，簡直就是「吃光蘑菇在擔憂」的小兔子啊！哈哈！

丁浩自己想著，笑了一會兒，等小孩拉他的手才回過神來。小寶貝似乎想讓丁浩一起進入這個蘑菇房子，但丁浩可不敢，別說那個房子了，就算是這小布景，都支撐不了他一個大人的分量啊！

「寶貝你玩，我幫你拍照啊。來，笑一個……啪嚓！」

丁浩又在騙孩子，拿旁邊的大玩具相機幫他拍照。小孩看了看丁浩，還是遲疑著比了一個雙手捧臉的開花姿勢。

丁浩玩得很高興，連有人進來都沒發覺，聽見身後「啪嚓」的拍照聲才扭頭去看。

幫小寶貝拍照的人穿得很得體，就是腦袋上的一頭捲髮讓人懷疑性別，丁浩看見他就笑了，「李華茂，你們店裡還真忙啊，我帶孩子玩了半天，也沒看見一個工作人員來……」

拍照的人放下相機，帶著濃濃的鼻音回答，「那當然，我拍照技術好，有多少人都帶了回頭客來找我拍啊！」

他一放下擋著的相機，丁浩關心的重點就轉移了，目不轉睛地盯著李華茂那對眼睛——準確來說是他那瘀青的一個眼眶，「喲，你今天的妝還滿別致的。最近流行這種……家有賤狗的風格？」

丁浩戳中了李華茂的傷心處，「丁浩，你不知道，李盛東他們家的孩子有多折磨人！幫他拍照還非要拍踢球的，我怕他再踢碎玻璃，換成了羽毛球……」

丁浩好奇，「羽毛球？那麼輕的東西不能把你眼睛打成這樣吧？」

李華茂嘆了口氣，他實在是被折磨到很累，「哪是，他把羽毛球的底座扣下來，裝在彈弓上往外打。我護著相機，捂住相機就沒捂住臉了。」

丁浩笑了，「李盛東還真的養了孩子？還在拍照嗎？我也去看看。」

李華茂搖了搖頭，「剛走，跟你們擦身而過。你要看就去市區的房子吧，那對母子就住在隔壁，不過李盛東不常來。」

丁浩在市區買房的時候，李盛東也湊熱鬧地在旁邊買了一套。聽李華茂這麼一說，丁浩就明白了：李盛東是沒地方安置人，又怕家人誤會，先讓人住在外面了。

理解歸理解，丁浩還是對這對母子很好奇，「李盛東沒留下過夜？一次都沒有？」

李華茂翻了個白眼。丁浩比他還八卦，他只有偶爾會趴在門上，從貓眼往外看一看，但丁浩都打探起人家的生活隱私了。

「我哪知道啊。你當我多清閒還是怎麼樣，成天不睡覺，定點蹲在門口等他？」

丁浩還在笑，「其實，你跟李盛東還真有緣分！你看，你一見到他就出血……這次賠了多少錢？哈哈！」

李華茂不想再提傷心事，而且這次的罪魁禍首是李盛東家的小孩，他還不至於跟小孩生氣。再說了，那小孩也很可憐，有好幾次李華茂都在走廊上看見他。後來，就只能在樓梯上看見了。

李華茂問他，他就抱著自己的小汽車，擦了擦鼻涕說「媽媽說在走廊上很吵」。

李華茂忽然問不出為什麼他不回家玩的話了。如果連在走廊裡都不能容忍，就更不會讓孩子進家門了。李華茂沒經歷過這種事，他的童年很幸福，哪怕大了，跟父母攤牌、死活不肯結婚，家裡也沒有這樣對待過他。

樓梯很高，孩子很小，沒有任何安全可言。李華茂心軟了，帶小孩回房間玩，有時候也會送他零食吃，還親手做了一個彈弓給他，希望能給小孩一點童年溫暖。

對，就是那個彈弓，那熊孩子今天一來就用那個彈弓把他的眼眶打瘀青了。

李華茂又低沉起來，他對臉的重視程度僅次於頭髮。雖然那熊孩子最後哇哇大哭，抱著他的腿大喊「對不起」，但是也不能輕易原諒。李華茂決定三天不給他零食吃，房間……房間還是讓他進來吧。

想起隔壁李盛東養的那個臭孩子，李華茂又忍不住看了丁浩家的小寶貝。人家小寶貝漂亮，話也不多，一看見丁浩起來就立刻抱著丁浩不放開，眼睛水汪汪的，看到心都軟了。

李華茂滿心羡慕，「丁浩，你家這孩子真好啊。」

丁浩一把抱起小寶貝，親了一口，也很得意，「那當然啊！寶貝，說李叔叔好。」

小寶貝看了一眼李華茂，不顧對面的李叔叔一臉微笑，一扭頭就鑽到丁浩懷裡去，「臭。」

李華茂以前會噴香水，被小寶貝嫌棄過，不過從那之後他就不常用化妝品了。尤其是來到攝影工作室，有的小孩皮膚嬌嫩，對化妝品過敏，李華茂還是很小心的。如今，他身上除了香皂味可沒有其他味道，因此不死心地往前湊，繼續討好小寶貝，「不臭、不臭，寶貝，你再聞聞。我還問過你小爸爸，跟你用了同一款潤膚霜呢，嘿嘿！我們一樣香～」

小寶貝一句話就讓李華茂沮喪了，他伸出小手，指了指李華茂的黑圓圈，一臉嚴肅地再次告訴李華茂，「醜。」

這次發音很標準，是三聲，那長長的尾音實在讓人無法聽錯。

李華茂很受傷，他今天真是身心受挫，尤其是小寶貝最後的這句，簡直大受打擊。

不過，有些人是可以用長相來抵消所有過錯的，丁浩是這樣，丁浩家的孩子也是這樣。十分鐘之後，李華茂端起相機幫這一大家子拍照的時候，深刻明白了這個真理。

小寶貝今天很配合，被麗莎和丁浩逗得咯咯直笑。李華茂搶拍了好幾個鏡頭，看著那粉嫩一團的小孩，覺得真是討人喜歡。

拍照很順利，白斌兄弟沒有被下毒手，臉上還是跟剛來的時候一樣，拍起來也相當帥氣，就是白傑被麗莎抓住、抹了一點唇膏，不過白斌很幸運，他家丁浩從來不弄這些。

白老爺抱著曾孫心情大好，拍完了全家福，還多拍了幾張抱著小寶貝的。小寶貝不愛坐在別人懷裡，自己爬下來抱著白老爺的腿站好，白露在對面逗小孩，哄他上去。白老爺笑著擺手，「不用，不用！就這麼拍吧！這樣很好！」

李華茂也笑了，端著相機連拍了好幾張，「老爺子，我都先幫您拍，等等您自己挑喜歡的！」

丁浩在旁邊聽見這番話，立刻不要臉地說，「挑什麼啊，我們家人都上相，怎麼拍都好看！我們都要！」

小寶貝聽到丁浩說話，習慣性地跟著重複，還抓到了重點，「好看。」

白老爺笑了，立刻點頭，「對，好看！都要啊！」

一家人拍得高興，白斌兄弟也都笑了。張娟看自家大兒子心情不錯，試著跟他談了幾句，不過她太久沒有跟兒子溝通過，不太懂白斌的心理。前幾句還好，後面一句提醒的話讓白斌有些惱怒。

起因是張娟看見丁浩跟李華茂熟識，李華茂的那頭捲髮讓張娟有點在意。

她內心深處還是覺得自家兒子是受到丁浩的影響，雖然不排斥白斌的選擇，但是對丁浩的交友範圍提了一點意見。

「白斌，他和這些朋友交往會不會不太好？我還是希望你們能多與普通朋友來往，畢竟那個圈子很亂……」

白斌對此並沒有多解釋，只是告訴她，「我也是那個圈子的，請您不要這樣說我的朋友。」

張娟聽出了白斌的不滿，雖然不認為自己錯了，但還是立刻道歉。

「我不是那個意思！我不排斥你們，只是覺得，這樣的朋友可以少一些……」

白斌沒有耐心再聽完，「您認識這個攝影師嗎？和他講過幾句話？他的履歷表也一定沒看過，您不知道吧，這位是從國外回來的文理雙博士。」

張娟有些驚訝地看向捲髮的攝影師，她沒想到這個人那麼有本事，「難怪打扮得跟常人不同。」

白斌的眉頭有些皺起來，但是又強迫自己舒展開來，語氣依舊很平緩。

「您看，因為他的努力得到了社會一定的認可，所以您能再次公正地評價他。今天很幸運，遇到的是個博士，不過我希望下次遇到其他朋友的時候，您也能正視他們的努力。一個人的人生，不是只見一面、看了相貌就能判斷的。」

白斌尊重自己的母親，但是這不代表長輩就可以隨意評價他人。沒有過多的接觸，只依照外表就貼上標籤、冤枉丁浩交友不慎，這樣的行為他實在無法認同。

張娟本是好心，但是白斌那裡碰了硬釘子，只得訕訕地住了口。她不知道該如何討好自己的大兒子，好不容易與白斌多說幾句話，偏偏又說錯了一大半，非但沒有一點好處，還惹得母子關係不如從前了。

天底下的母親大約都是一樣的，始終覺得自己的孩子好。要是丁浩他媽在這裡，看見李華茂肯定也會跟丁浩說一句「浩浩，他沒你漂亮」或者「浩浩，我們比他高多了」……丁浩的小尾巴就會立刻翹起來，外加一句「那當然啊」。

果然還是自己養大的，知根知底，一看表情就能知道在想什麼。

丁浩不只是丁媽媽一個人養大的，他陪著白斌的日子不比自己家人少。大老遠就看見白斌跟張娟兩人的臉色不好，母子兩人沒聊幾句就開始進入冷戰狀態。

發動者很顯然是白斌，丁浩看見張娟又主動跟白斌說起好幾個話題，白斌似乎不太願意再談。外面人多，大家的注意力都放在正在拍照的小寶貝身上，丁浩也站在大家身邊，沒過去。他覺得這樣貿然去勸，效果不好，要是把小事鬧大了，到時候反倒是長輩的面子過不去。

丁浩又往那邊偷看一眼，情況似乎也不算太糟糕，起碼白斌沒有離開。

由於白老爺一行人在D市待不久，李華茂特地親自沖洗，答應趕在白老爺他們走之前把相片洗出來，還拍著胸脯向老爺子保證，「您放心！我拍的您家寶貝，每張都是笑的，不笑不要錢啊！」

白老爺今天開心極了，連聲答應他，「好好好！華茂啊，你多幫我洗幾張，我離開時都帶回去！聽浩浩說，你老家在臨市？那離我們很近嘛，以後路過，一定要來家裡玩啊，別跟爺爺客氣！」

李華茂抓了抓腦袋，不太好意思，「先謝謝您了！只是我也一年半載才回去一次，下次還不知道是什麼時候呢！」

丁浩在旁邊鬧他，笑說，「不遠了！我看見老師這幾天又開始挑照片了，你再多相幾次親，我們就都跟著你回去喝喜酒嘍！」

李華茂差點被自己的口水嗆到，惹得周圍的人都笑了。

白老爺逗他，「看看，這麼大的人了，一說到媳婦，還害羞呢！」

等白老爺他們回到家，都到了吃晚飯的時間。董飛家的老爺提前打電話來，非要安排一起吃頓飯。白老爺推託不了，只好去了。

董飛家老爺安排周到，只是一頓家宴，叫了自家的幾個晚輩，一起動手在自家準備了一桌菜。席間，老人們回想起自己當年的種種，想起走了的幾個老戰友，又看看帶著的小孩，一番感慨。

董飛家老爺看到小寶貝也很是羨慕。他當年很早成家，但也沒這麼快就能抱到曾孫。看著人家孩子自己捧著小碗吃飯，真是恨不得看入眼裡，拔不出來了。

「真是好孩子。老首長，您真有福氣啊，我們家這幾個混小子，一個比一個沒用！」想了想，又補充一句，「董飛不算，我還得謝謝您當年的培養，幫我這粗人教出好孩子。來來，我敬您！」

董飛在家裡排行算小的，他跟著白老爺一段時間，後來又一直跟著白斌做事，倒變成了家裡晚輩裡辦事最沉穩的。董飛家老爺一心想讓兒女參軍、從政，無奈家裡幾個孩子都耐不住性子，跑去做生意的還算好的，不學好又糟蹋錢的大有人在。唯一走上從政道路的，還是只有董飛一個。

董家老爺知道白斌將來大有出息，就想讓董飛多跟著他。一來是他跟白老爺的交情深厚，二來是比家裡鋪的路長遠，跟著白斌，將來絕對不會吃虧。

一頓酒喝完，到家都將近晚上十點了。白老爺他們來這邊，住宿是丁浩安排的，就住在原先買下來的那棟別墅裡，那是丁浩特意留下來，讓家人來玩時住的。這邊房間多，位置又好，一大家子都住在這裡也不會覺得擁擠。

白老爺晚上高興，喝得有點多，一到家就去睡了。小寶貝更不用提，晚飯吃到一半就揉著眼睛去找麗莎了，麗莎抱著他回來，放到小床上後幫他蓋好被子。小傢伙已經睡熟了，自己枕著自己的小手，側臥的睡姿很標準。

丁浩喝了點酒就沒進去，遠遠地在門口看了一眼小孩。白斌晚上也喝了不少，他幫丁浩擋了幾杯，幸好只是白酒，沒有摻雜其他的，倒也還過得去。

兩人回房間後先去洗漱。丁浩洗得很慢，雖然也是因為他喝了酒，動作遲緩，但是更多的是因為身後那個人一直在搗亂。

丁浩喜歡用燙一點的水洗澡，現在也不知道是水太燙還是被白斌的手弄的，臉紅成一片。

「白斌！你、你不是沒喝多少嗎……裝什麼站不穩！你給我起來……」
白斌站在後面低頭抱住丁浩，整個人都貼上去，任由水流從兩人身上一起沖刷下來。
「我喝多了。」
丁浩才喝多了，他覺得自己搖搖晃晃的，都快站不穩了。
熱水一沖，酒勁又上來了，白斌結結實實地趴在他身上，半摟半抱地開始使壞。這裡摸摸，那裡親親的，丁浩的腦袋被弄得更暈了。
「白斌，你先別、別衝動……我真的站不穩了，我們快點洗完啊。」丁浩回頭親了白斌一下，他的睫毛都被水打濕了，也看不清楚白斌的五官，閉著眼尋找那個人的唇吻上去。「等等回床上……做吧？」
白斌受到鼓動，立刻加快了洗澡的速度，現在也不裝醉酒騷擾丁浩了，自己沖洗完，就先去鋪床等著了。
丁浩又在浴室磨蹭了半天，想到等等要做的事，又稍微幫自己「放鬆」了一下。
白斌雖然沒醉，但也喝了酒，剛才又膩著他半天，狀態突出……丁浩將心比心，實在覺得白斌沒有什麼耐心了。
等他從浴室出來時，白斌已經把床鋪好了，開著一盞床頭小燈在等他。旁邊的櫃子上還放著玻璃碗的一大碗湯。丁浩有點疑惑，過去看了一下，裡面是醒酒的濃茶，估計是怕散熱慢，特意放到大湯碗裡了。
這個異域風格太明顯了，丁浩一猜就知道是誰幹的，「麗莎端來的吧？」

白斌嗯了一聲，「喝一點吧，多少有點用。你晚上沒少端酒杯，董飛家的人都敬過頭了。」

丁浩過去，坐在床邊讓白斌用勺子餵了一口，還在辯解，「人家對我敬酒也是好事啊，那是看得起我……」

白斌看了丁浩一眼，把那一大碗遞到丁浩嘴邊，丁浩立刻躲開，「別別別！白斌，你也太看得起我了，我可喝不了這麼多！」

白斌自己喝了一口，放下玻璃碗，含著那口茶餵到丁浩的嘴巴裡。唇舌迎合，糾纏不斷，白斌跟丁浩一起喝下。

茶水太濃了，有點苦澀，但是摻雜了彼此的味道，反而有種說不出的甜蜜。

「浩浩，我想要你……」

丁浩吻上白斌的下巴，手更是伸進白斌的衣服裡摸索，意思顯而易見。

白斌抱著丁浩翻了個身，把他壓在身下，看到丁浩瞇起來的眼睛、紅潤的嘴巴，覺得哪裡都是最好的，恨不得把人藏起來，不讓任何人看見，不讓任何人說一句不是……

兩人糾纏得動情，忽然間，響起了敲門聲，外面似乎還有人在說話。白斌不為所動，依舊在丁浩身上攻城掠地，留下一個個吻痕。丁浩也裝作沒聽見，瞇著眼睛繼續享受。

外面的人又敲了幾下，好像在叫他們的名字，中間還夾雜了小孩的聲音。

丁浩有了反應。他推開白斌的腦袋，要下床去開門。

「我好像聽見小寶貝的聲音了，我去看看。」

白斌不肯，抱著丁浩的腰不放開。丁浩這次可不聽他的，掰開白斌的手臂，還是下去了。

丁浩裹著厚睡袍打開門，門口站著的是麗莎，懷裡抱著小寶貝，眼眶也是紅的，「丁浩，幫幫忙，幫幫忙。」

丁浩立刻就明白了。他今天都跟著白家兄弟，白斌的酒量是鍛煉出來的，但白傑可不行，尤其是麗莎滴酒不沾，白傑被灌了不少。麗莎剛才肯定留下小寶貝，去照顧喝醉的白傑了，沒想到小孩睡到一半醒來，看見沒人在就哭了。

丁浩看著麗莎的紅眼眶，又看看小寶貝的紅眼眶，忽然很贊同白斌剛才那句話——董飛家的兄弟欠修理！

白露沒有帶小孩的經驗，麗莎又不好去拜託長輩，只能抱著小寶貝來找丁浩，「今天晚上能幫我照顧小寶貝嗎？丁浩，真是不好意思……這麼晚還來麻煩你……」

小寶貝在麗莎懷裡還含著眼淚，一看見丁浩立刻伸出了小手，要丁浩抱他，「小爸爸，好黑，害怕。」

丁浩連忙抱住他，拍著小孩的背讓他不再哭得打嗝，回頭勸麗莎，「妳快回去忙吧，今天晚上我看著他睡。」

麗莎再三謝過丁浩才離開。

丁浩抱著小孩回去，看著小寶貝哭得一抖一抖的，又開始心疼。小孩來到陌生的環境本來就不適應，一睜眼又看見周圍漆黑一片，不嚇哭才怪！

「不哭啊，寶貝跟小爸爸睡啊。我們這邊有燈，開著燈睡好不好？」

丁浩小聲地哄著小寶貝，抬頭就看見坐起來的白斌，那位眉頭也皺著，一臉不滿。

丁浩都把小孩抱進來了，也只能硬著頭皮跟白斌說，「你也聽見了，實在忙不過來……就跟我們睡一晚，就一晚！」

白斌的臉都黑了。這個小東西來攪局可不止一次了！

第八章　秀恩愛

白斌沒有阻止丁浩抱小寶貝上床的舉動，只是提醒他，「這邊的床可沒我們家的大，你晚上睡覺小心一點，翻身要輕一點。」

丁浩有點傻眼，他忘了這個問題。

他仔細看了看那張床，是雙人床沒錯，但也絕對不算寬大，尤其是他今天晚上小酌了兩杯，睡著後誰知道會不會滾下去啊！往常倒是不怕摔下去，但要是小寶貝也一起摔傷了該怎麼辦？

丁浩眼巴巴地看著白斌讓他想辦法，「怎麼辦？現在去一樓，再搬一張小床來？」

白斌搖了搖頭，指著鐘錶讓丁浩自己看，「你看看都幾點了？」

丁浩順著他指的看了一下。已經半夜了，弄出一些聲響，大家就都不用睡了。

懷裡的小寶貝拚命揉眼睛，小腦袋已經開始撐不住，一點一點地開始打瞌睡了。丁浩看看孩子又看看床，有點煩惱，「那怎麼辦啊？」

白斌想了想，把房間裡的兩張單人沙發搬到床邊，幫他拼成一張小床。之後又鋪好被子，讓小寶貝軟軟地睡在裡面。小孩玩了一天，早就累了，白斌一把他放下，就咬著指頭睡著了，丁浩甚至來不及幫他打開小落地燈。

丁浩搬來一盞落地燈，抬頭就看見白斌對他比了個輕聲的動作，立刻配合地放輕了手腳，「睡著了？」

看到白斌點頭，他還是打開了一盞小燈，放在小寶貝旁邊。光線不是很亮，勉強能看清周圍一小塊地方，但是暖暖的光透過來，總是能給小朋友極大的勇氣。

丁浩現在正跟白斌擠在一張床上，聽著小孩淺淺的呼吸聲才放下心。白斌的手臂放在他的腰上，耳邊是熟悉的呼吸聲，家裡這位似乎也要睡著了。丁浩側身躺著，雖然白斌沒說什麼，但他還是覺得有點對不起白斌，猶豫了一下，慢慢鑽到被子底下去。

白斌並沒有睡著，丁浩一動，他就清醒了。光線模糊，只能隱約看見被子鼓起一大塊，雖然動作隱密，卻更能撩動人的情緒，光聽到棉被下面輕微的吮吸聲響……就克制不住地興奮起來。

白斌的嗓音有些暗啞，但還是沒忘記提醒他，「要小聲一點，不然會吵醒小孩。」

棉被下面的人聽到，身體立刻僵硬了一下，不過依舊含著、慢慢地動作。

白斌隔著棉被輕輕摸著他的腦袋，明知道這麼說會讓丁浩緊張，還是忍不住要欺負他一下。

「整個含住吸……對，不要弄出聲音啊。」

跟平時的比起來，這次可以說是毫無技巧可言，可能是因為那個人抖得太厲害了，或者說，能讓他這麼緊張羞愧的時候很少，白斌比平時還早一點爆發。丁浩含得很緊，甚至吞了一部分進去，白斌能感受到他的喉頭滾動幾次、收縮口腔的動作。

感覺很美妙，跟丁浩整個人一樣，都灼熱又微微發抖著。

等到服務完畢，紅著臉的人鑽出來，連看一眼旁邊小床的勇氣都沒了，恨不得整張臉都按到白斌懷裡，躲著不出來。

白斌安撫地拍拍他的後背，親吻他的耳朵，「做得很好，沒有發出太大的聲音……而且，讓我很舒服。」

白斌的手探入丁浩的衣服裡，不顧本人的阻撓，依舊愛撫著，「不做完，只是想親親你。」

丁浩翻身趴在白斌懷裡，抱住他的脖子不再說話，只在身體抖得太厲害時咬住白斌的睡衣。

◆

小寶貝第二天睜開眼的時候，是在麗莎懷裡。他有點疑惑，揉著眼睛找丁浩，「小爸爸？」

麗莎拿了一顆柳丁給他玩，「小爸爸一早就走了喔。」看到小寶貝立刻抬頭仔細聽她說話，一副要聽下文的模樣，她又想了想，「晚上吧，應該會來這邊吃晚餐！」

小寶貝得到答案，也就不再問了。小寶貝自己抱著柳丁玩了一會兒，期間白老爺來向他討要，在大方地遞給白老爺之後，意外地又換來兩個柳丁。

小寶貝看著手裡的兩個柳丁，忽然跑去把自己的魔術方塊拿過來，也遞給了白老爺。

白老爺見小孩期待地看著他，或者說，期待他把魔術方塊變成兩個，有點為難，他可沒準備這個啊。

「這個、這個……」

白露自從上次發現小寶貝喜歡魔術方塊之後，這次也特意帶了一個來，看見白老爺很煩惱，立刻把自己準備的那個遞過去。

但緊接著，小寶貝又把兩個魔術方塊一起放到了白老爺手上，而且整個人都爬到老人膝蓋上。

小寶貝期待地看著白老爺，指了指那兩個魔術方塊，「還要。」

白老爺把魔術方塊還給他，「沒有了，沒有了，再來就……就該拿去充電了！」

小寶貝對充電有陰影，他喜歡自己可以轉動的小魔術方塊，不喜歡充電的大魔術方塊。聽見白老爺說，猶猶豫豫地還是抱回那兩個小魔術方塊，看起來十分不捨得。

小寶貝的新衣服上有個大大的口袋，他把兩個魔術方塊都裝在裡頭，把小肚子挺得鼓鼓的，遠遠看去像個小袋鼠。小寶貝不管別人怎麼笑他，都始終不肯把口袋裡的魔術方塊拿出來。他想留到晚上，等丁浩來和他一起玩。

丁浩晚上沒過來，一連兩天都沒過來，第三天來的時候，見到小寶貝還是有點不好意思。白斌倒是沒什麼，這次還買了禮物給小寶貝，抱著他親了一口。

小寶貝匆匆對大爸爸回了一個吻，又撲到自己小爸爸懷裡去，拿出藏了兩天的魔術方塊跟丁浩炫耀，丁浩立刻誇獎，「真漂亮！」

小寶貝要拉著丁浩去玩，迫不及待地想跟丁浩分享自己新得到的寶物，但白老爺喊住丁浩，「浩浩，先過來一下！」

丁浩過來，小寶貝也跟在後面過來了，還抱著自己的魔術方塊，仰著頭看丁浩。

白老爺看見了，又讓白露抱小寶貝去兒童房，囑咐她，「小心看著啊。」

白露答應了一聲，跟自己爸媽一起過去了。他們看得出來白老爺是特意留下丁浩他們幾個年輕人開會，就不留下打擾了，而且小寶貝那麼可愛，他們巴不得多跟小孩相處一會兒呢。

小寶貝這幾天跟白露混熟了，被抱著離開也沒說什麼，只是從白露肩膀上探出一張皺著眉頭的小臉，看著丁浩。丁浩對小寶貝做了個飛吻，小孩這才放鬆了一點，也回了丁浩一個。由於他一直緊緊抓著寶貝的魔術方塊，這個吻全親到了魔術方塊上。

白書記夫婦坐了一會兒，看到他們在，大家更緊張，也就提前離開了。

「我們也去看看孩子，現在不哭不鬧的，正是好玩的時候呢。」

麗莎很得意地舉手發言，「爸爸，小寶貝不哭。一直很好玩，從來都很好玩的！」

白老爺打斷她，笑了，「妳以為妳是養了一個玩具啊，還一直都好玩。」

現在客廳裡就剩下白斌、丁浩，白傑、麗莎兩家，白老爺繞著圈子，來回誇獎小寶貝，感慨了一番家裡有個孩子的好處，還特別幫麗莎上了一堂文化課，把東方人骨子裡對血脈的重視、對後代的培養全說了一遍。

麗莎聽得很認真，其實腦袋裡已經亂成一團了。白老爺講的話每個字她都認識，但偏偏合起來她就搞不懂是什麼意思，最後連「之乎者也」都出來了，麗莎已經徹底暈了。

「咳，我這次來，也住了很久。來這裡呢，一是看看你們生活得好不好，工作重要，家庭也不是戲，要合理分配好。二來啊，是來看看孩子，孩子對每一對父母都很重要啊！我們現在都提倡生女孩，女孩是個寶，是媽媽貼心的小棉襖！要是有個女孩，該有多好啊……」

白老爺繞來繞去說了半天，麗莎終於懂了一點點意思。

老人似乎一直圍繞在女孩多好、多貼心，希望他們有個女孩之類的話題。麗莎對白老爺這種行為做出了批評，「爺爺，您怎麼能『重女輕男』？」

白老爺跟麗莎接觸了幾天，也能勉強聽懂她在說什麼，馬上就否定了，「胡說！爺爺從來不偏心的！」

但白老爺底氣不足，因為他還是有點私心的。

老人想讓白傑跟麗莎抓緊時間再生一個，最好還是女孩。小寶貝是第一個孩子，又是麗莎一手帶大的，他不好意思厚著臉皮去要。白老爺覺得如果再有個女孩，白傑他們可能也捨得送個女孩出來，讓白斌、丁浩幫忙帶。

要是平常，丁浩也會湊過去、添幾句熱鬧話，但白老爺的意思太明顯了，他喜歡小寶貝，可不一定就喜歡再養一個孩子。說到底，丁浩覺得自己有小寶貝一個兒子就足夠了。

當然，白斌也是這麼認為的。他陪丁浩一起坐那裡喝茶不接話，聽白老爺跟麗莎雞同鴨講。

白老爺的目光一遍遍在丁浩身上掃過，希望丁浩跟他站在同一陣線，丁浩立刻坐直了身體，捧著茶低頭喝著。

他心裡打定了主意，老狐狸不點明，他也不說話。

小寶貝拿來魔術方塊，讓丁浩還原，伸手把魔術方塊給了丁浩之後，自動轉過身，捂住自己的眼睛開始數數。白露剛才也說要幫他還原，但是小寶貝不是很信任她，生怕白露把他弄壞了。白露一動魔術方塊，小孩就跟著她轉，眼睛一眨不眨地盯著看，絲毫不給她「無敵還原」的機會。

白老爺終於沉不住氣了，問捂著眼睛的小孩，「小寶貝啊，你想要個弟弟還是妹妹啊？」

小寶貝正在等丁浩還原魔術方塊，聽見白老爺問他，猶豫了一下，還是沒有把手放下來。

小孩捂著眼睛回答了這個問題，「都喜歡。」又怕沒提到白老爺，老人會傷心，補充道：「也喜歡太爺爺。喜歡爸爸，喜歡媽媽，喜歡小爸爸，喜歡方方（魔術方塊），喜歡白斌爸爸，喜歡白露姑姑……喜歡好多人。」

小寶貝像背書一樣說了一大串，把所有認識的人都念了一遍。排名很分先後，前五位絕對是最喜歡的，後面的就是想到誰就說誰了，連只見過幾次的丁旭叔叔都唸出來了，不過那個很黑的肖良文叔叔沒說，小寶貝不喜歡他。

白老爺選擇性地只聽了第一句，用小孩的話說給麗莎聽，「你看看，孩子都說想要弟弟妹妹啦！現在生活好過了，就是一個孩子太孤單了……」

麗莎似懂非懂地跟著點頭，白傑在旁邊接話，「爺爺，我們打算先讓白昊去上幼稚園。麗莎現在上課順利多了，我想，等公司的事情也穩定下來，我們會認真考慮的。」

白老爺聽到這個答案很滿意，又囑咐丁浩他們，「你們多幫忙麗莎照顧小孩，人家又要上學又要忙家裡，不容易。」

丁浩連忙點頭說是。他一抬頭，就被懷裡的小寶貝捏著下巴往下拽。

小孩跟丁浩玩得正高興，非常不滿意丁浩跟他一起玩時，還和別人說話。小寶貝學白斌板著臉，慢吞吞地教訓丁浩，「小爸爸，不專心。」

白老爺看到丁浩抱著小寶貝一起玩魔術方塊，又看看旁邊的白斌，越看越滿意。嗯，說不定明年來又能看見一個小東西呢！白斌跟丁浩養個小孩，老人才會放心，這樣一家子多美滿啊。

◆

白老爺帶隊回去之後，小寶貝被送去了幼稚園。

幼稚園是私立日托的，要求很嚴格，為了培養小孩的獨立性、方便老師教育，到了學校是不允許家長送進去的。

小寶貝第一天去的時候，麗莎和丁浩趴在大門口的鐵欄杆上哭得稀裡嘩啦。被鎖在門內的小寶貝也抓著欄杆紅了眼眶，含著眼淚差點就哭了，「媽咪……小爸爸……」

小寶貝的後半句請求，被旁邊的小朋友嗷嗷哭喊出來。旁邊的孩子抱著鐵欄杆不放手，像猴子一樣往上爬，哇哇大哭，「我要……我要回家……嗚哇哇！！」

由於哭聲太大聲，反倒讓丁浩他們這邊靜下來了。在丁浩的有生之年，他還是頭一次聽見如此震撼的哭聲，聽到那個倒楣孩子哭得三聲長一聲短的，他們幾個就哭不出來了。

小寶貝也被震懾住了，扭頭去看那個高他很多的小孩。看不清楚五官長相，倒是看到很多眼淚、鼻涕……小寶貝小心地往旁邊退了幾步，貼著欄杆外面的丁浩，眉頭都皺了起來。

除了黑，他最討厭髒兮兮的人和東西了。

旁邊的小孩絲毫不自覺，依舊哭鬧著，「我不要！我又沒做錯什麼事！為什麼要把我關起來！我沒在走廊上扔香蕉皮，也沒用妳的口紅在牆上亂畫了……我、我去樓梯上玩，不會再亂跑了！我要回家，不要關起來！」

送那個倒楣孩子來的是個很年輕的女人，看起來像是他媽媽。女人原本還安慰了幾句，但是見到那孩子哭得越起勁，氣得隔著欄杆拍了他一巴掌。

「你都這麼大了，還不懂事！送你來是讀書的，你不讀書……會跟你爸一樣沒用！成天惹事，遲早會去吃牢飯！」

那小孩縮著脖子，依舊不肯離開門口，大約是隔著欄杆，沒被打痛，還小聲頂嘴，「我……我有很多爸！妳老是要我叫別人爸爸，張叔叔、王叔叔、吳叔叔，還有李叔叔！他們都吃牢飯去啦？」

女人氣得不行，就算隔著欄杆，依舊擰了好幾下。旁邊負責接送新生的幼稚園老師看不下去，過來勸了兩句，又拿糖給那個孩子吃，才哄著送去了教室。

女人沒再多等，送完孩子就匆忙地走了，都沒再看一眼回頭張望的小孩，也沒看到那雙有點失望的眼睛。

丁浩看到那孩子，覺得有點眼熟，尤其是那雙哭腫的倒三角眼……丁浩想起來了，那是之前李盛東藏起來的母子。

過年時都沒看見李盛東他媽送紅蛋、喜糖，這孩子肯定沒進李盛東家的門。不過聽那對母子的對話，丁浩也聽出了一些來。

當年李盛東玩得很凶，招惹的都不是正經的女孩，情人最後成了兄弟的老婆也很正常。而且聽他們說，這女人似乎還去找過其他人，結果並未成功，來找李盛東也不過是試試看罷了。

如果真的是李盛東的孩子，那女人估計早就抱著孩子去醫院做鑑定，一哭二鬧地找上門了。李盛東當年也是被人挺著大肚子鬧上門的，為此，李盛東他媽也很是操心。墮胎前，老太太一看見李盛東就心痛，但是真的墮掉了孩子，老太太更是心肝都在抽痛。

丁浩不記得當年那個女人是長什麼模樣了，不過，如果真的是今天這位，那進不了家門也罷。

丁浩帶小寶貝的時間久了，對小孩格外有耐心，最看不慣這種用孩子擋麻煩的人，他隔著欄杆使勁親了自家小孩一口，「小寶貝，你乖啊，小爸爸就在外面等你！喏，看見我們家的車子沒？我就在車裡等你下課，一步都不離開，你從教室裡就能看見我。」

來接小寶貝的老師笑了，「一大家子來送孩子的我見過，但是像你們這麼溺愛孩子的，還真的沒見過呢……」

小寶貝抬起頭來告訴老師，「是寵愛，不是溺愛。」

每次太爺爺說白斌爸爸溺愛小爸爸的時候，白斌爸爸都會生氣地說這句話，小寶貝聽多了，就學會了，他也覺得「寵愛」這個詞比較好。

老師被逗得不行，拉著小寶貝軟軟的小手往教室走，「喲，懂這麼多啊！真是個聰明的孩子。你還知道什麼啊？告訴老師你的名字好不好？幾歲啦？」

小寶貝還沉浸在離別的憂傷中，但依舊乖乖地對老師的提問做出回答：「小爸爸說，不可以輕易洩露個人資訊，只有壞人才會問這些。」

老師被堵了一下，「那個，你爸爸教得也對，但是……你的名字真的可以告訴老師……」

小寶貝的心思不在老師身上，他回頭看向大門欄杆那邊，自己的爸爸、媽媽們一看見他回頭，立刻站起來對他揮手，連最愛板著臉的白斌爸爸也對他招手了。

小寶貝揹著書包，用空著的那隻手對爸爸媽媽們做了個飛吻。他想快點上課，快點回家了。

小寶貝上幼稚園之後，吳阿姨也要走了。

今年她家也有了孫子，要回家照顧，白傑跟麗莎送她回去，還帶了不少的禮物。吳阿姨對此有些愧疚，「不用，不用！你們正是最忙的時候，我也沒幫多少忙……」

白傑對吳阿姨很客氣，「阿姨，您就放心地回去吧。這邊還有我哥幫忙，沒事的。」

吳阿姨算是看著白斌長大的，也隱約知道白斌跟丁浩的關係，以及白老爺想要過繼白傑家的一個孩子給他們的事。白傑跟麗莎若想要小孩，要是她在，還真的有點不方便。

吳阿姨在白家做了很多年，想法跟白老爺如出一轍，這時候離開，也多少帶著一點促成的意思。她也希望白斌跟丁浩過安安穩穩的日子，有個孩子跟有了保障一樣，不然老一輩還真是不放心。

白傑和麗莎也確實有想要第二個寶寶的意思，但是吳阿姨走了，小寶貝該怎麼帶這個問題比較嚴重。想來想去，他們把小寶貝送去了丁浩那裡。

丁浩自然也很樂意帶小寶貝。小孩上學的時間跟他們上班差不多，每天來回正好能接送，就是白斌的福利受到了一點折損。

小寶貝現在能自己睡了，但是他跟著丁浩慣了，不想回自己的房間睡覺。每次被白斌強制帶走的時候，都淚眼汪汪地看著丁浩，一口一聲「小爸爸」的叫。

這招很管用，丁浩次次被喊得心軟，在跟白斌的抗議中，十次裡有八次能把小孩留下。

白斌雖說小心一點也能吃到幾口「肉」，但總是吃不飽啊，這就像在勉強止餓一樣，沒有一次能痛快來一場。尤其是休息日，小寶貝也跟著一起休息，要是丁浩再陪孩子多玩一會兒，晚上就等著看吧，白斌連睡覺的地方都會被小孩占領了。

某個星期六晚上，白斌從自己枕頭下摸出不知道第幾個魔術方塊時，他的不滿終於爆發了，「不能再這樣了。」

丁浩剛沖完澡，正在旁邊擦頭髮，聽見白斌說話，疑惑地挑眉，「什麼？」

還沒等白斌回答，旁邊的小東西先有了反應。小孩聽見丁浩的聲音，迷迷糊糊地翻了個身，抓住丁浩的睡衣衣角。

丁浩的注意力瞬間被轉移了，低頭看著小孩趴在自己的大枕頭上咂嘴，睡得一臉香甜，也跟著笑了，「喲，自己睡著了？今天還挺快的，我還以為要再鬧一下子呢。」

小寶貝今天玩累了，小鼻子一吸一張地，睡得很沉。迷糊中，他感覺到丁浩在戳自己的小臉，動了兩下，還是不肯放開手裡的衣角。

白斌把丁浩的睡衣脫下來，包住小孩，再次送回了隔壁的房間。等回來的時候，丁浩已經鑽進被窩準備睡了，一邊打哈欠一邊問他，「你今天晚上還要看書嗎？要看就開小燈吧，我睏了，先睡了啊。」

白斌很鬱悶，這是除了小寶貝在他們床上留宿之外，第二件讓他鬱悶的事。

丁浩精力有限，白天上班、接送小孩、陪孩子玩，到了晚上自然會累。累了，就不願意動，他也不捨得讓丁浩再「活動」了。

白斌覺得，必須再找個保姆，最好是安全可靠、有耐心的，能在每週六幫忙照顧小孩一晚最好。

很快，這個人選就出現了。

李夏同學被酒吧炒了魷魚，原因很簡單——他太會吸引女人了。原本酒吧老闆還很看好他這一點，每次他站上櫃檯，一圈大姊姊都會湊過來跟李夏說話，能多賣多少酒啊。但是就因為湊過來的人太多，為了李夏跟誰多說一句話、多笑一下，也常發生明爭暗鬥。

這些事情，老闆還可以容忍，畢竟客人是有消費的。但是接下來的，卻讓老闆有些鬱悶。

李夏在感情上異常遲鈍，絲毫察覺不到旁人對他的喜歡，或者說，沒有察覺到真心真意的喜愛之情。李夏每天依舊盡職盡責地賣笑加賣酒，直到酒吧裡的那個女服務生以他女朋友自居，並數次出手破壞了李夏的生意。

李夏很鬱悶，找她詢問，女服務生也很委屈，「你那天幫我教訓壞人、跟我說話，也誇我漂亮，說很喜歡我啊……我只是不希望你在喜歡我之後，還對別的女人那麼好……」

李夏對女性的溫柔，造成了今天的硬傷局面。過多的禮貌用語真的很容易造成別人的誤會，李夏解釋再三，只換來了一個巴掌。

女孩哭著跑了，「我恨你！為什麼……為什麼不喜歡我還要給我希望！李夏，你最討厭了！」

老闆煩惱，李夏也煩惱，乾脆就不幹了。李夏現在住在丁浩的公寓裡，省下不少房租，可以悠閒地找一些自己喜歡的工作。

而李華茂在聽完李夏的悲情遭遇之後，對他那個巴掌印哈哈笑了半晌，等徹底笑夠了，又介紹一個代課的工作給李夏。李華茂現在代課也漸漸代出了一些名氣，公共課的講座也講得不錯，幾所大學都希望他來代課。

李華茂囑咐李夏，「我跟那邊說好了，你去了，依照研究生的待遇支薪。」

大學生一節課給二十五塊，研究生一節課給三十五塊，博士生一節課給五十塊，不過這些前提是都要畢業的，像李夏這種還沒畢業的研究生，都依照大學生的待遇發錢。

李夏有點不安，「學長，我還沒畢業……」

李華茂安慰他，「沒事，我準備的教材是徐老師的，你去了，就依照那個講課。他們聽的是研究生導師的教材，這樣算起來還是賺了。」他又踮起腳，摸了摸李夏那頭金髮，笑了，「你要是覺得虧欠人家，下課就陪他們練習一下英文口語吧！」

李夏點頭答應了。

不過代課的時間畢竟是短暫的，過了兩個星期，李夏同學再次失業了。

所有酒吧都像下了通知一樣，都不錄用他，他時間也很緊湊，不能全天打工，漸漸坐吃山空。

李夏來找丁浩的時候，正是白斌最心煩的時候。白斌皺眉看見那個大個子走進來，晃著一頭金髮到處找丁浩，「白，丁浩在不在？我需要丁浩的幫忙！」

李夏來得很不巧，是星期天，丁浩抱著小寶貝去遊樂場玩了，白斌也想找丁浩呢！

李夏哪壺不開提哪壺，白斌昨晚的怨氣再度累加，「他出去了，你有什麼事嗎？」

李夏的神經粗大到一定的境界，對白斌的情緒視而不見，完全沉浸在自己的苦惱中。他囉哩囉嗦地說完自己的遭遇，還試圖得到白斌的同情與支持，「白，你說，女人是不是很麻煩？我都沒想到那麼複雜，這種事情發生過好多次，唉……」

白斌看著大個子一邊喝茶一邊長吁短嘆，認為李夏是來炫耀的，聽完這些，終於忍不住發作了。

「如果只是這種事，我可以幫你轉告丁浩，你現在可以走了。」

李夏很驚訝，「走？不，我還沒開始說啊。剛才那些是嘮叨啦，白，我覺得你真是個不錯的朋友，已經很久沒有人能耐心地聽我抱怨這些啦，哈哈哈！」

白斌的額頭上迸起幾道青筋，臉色也陰沉得可怕。不過對面的大個子還在自顧自地抓頭笑道，「白！丁浩說的沒錯，你真的是個好人啊！」

白斌的神色緩和了一些，「哦？他都跟你們說了什麼？」

李夏是個老實人，白斌問什麼就說什麼。估計白斌也知道要在丁浩回來前趕走李夏很不容易，也挑自己能聽進去的話題問，多半都是圍繞著丁浩的。

「……丁浩說你其實很有愛心，就是平時板著臉，不太能看出來。喔，他還說他特別喜歡你板著臉的樣子。白，其實我都沒發覺你會板著臉，我一次都沒看到，真是奇怪，你明明只是不愛笑嘛！對吧……喔喔，丁浩還說了，你開車的時候有一次放古典音樂，差點讓他睡著，哈哈！白，下次真的不能放這種東西啦，我開車聽這個也會睡著……」

李夏無意中解開了白斌的低氣壓，但是他完全沒有發現，他每說一句話都會讓白斌產生微妙的臉部變化。

白斌再次從李夏的話中得知了一件事——就是下次不能讓丁浩跟徐老先生出去了，至少在李夏開車的時候絕不能出去。

李夏說了半天，總算想起自己要說的主題，「唔，我來是想要一份工作。不要每天上班的那種，因為還要上課，我只能抽出星期六、日的時間，不過晚上也可以上班！我熬夜沒問題的！一整晚不睡也沒事！」

白斌抬頭看了李夏，他對李夏的最後這幾句話很感興趣。

◆

丁浩抱著小寶貝回來，推開門就看見綁著圍裙的李夏，差點自己以為走錯了地方，倒回去看了一眼門牌號碼——的確是自己家。

李夏倒是很熱情，又是端茶又是倒水，招呼丁浩趕緊進來休息一下，「丁浩，你們累了吧？白在做飯，很快就好！」

丁浩被按著坐在沙發上，旁邊的金髮大個子殷勤地伺候，又是捏肩又是捶背的，丁浩更疑惑了，「李夏，你有什麼事要求我吧？先跟你說啊，你這樣伺候我，我也不一定會答應你！」想了想，又擔心起來，「我說，你該不會把我那間房子燒掉了吧？」

李夏連聲否定，「沒有、沒有！丁浩，我只是想問問你……」李夏說得很小心，帶著一點期盼，「我這樣服務你，舒服嗎？」

丁浩有點疑惑，但還是點了頭，誰一回來就被當成老大爺伺候會不舒坦啊！

「還可以，滿舒服的。怎麼，你以後都會來伺候我嗎？」

丁浩的一句玩笑話，立刻讓李夏興奮起來，「可以嗎？丁浩，真的可以讓我來嗎？」

看著丁浩點頭，這傻孩子立刻跑去找白斌，「白！白，丁浩說可以！我看到他點頭了！你說丁浩點頭，我就可以來打工了，對吧？」

白斌正端著飯菜從廚房出來，聽見李夏的這個消息還有點驚訝，「這麼快就點頭了？」

李夏樂不可支，「是啊是啊，我親眼看到的，丁浩點頭了！」

丁浩也反應過來，皺著眉喊住大個子，「李夏，你給我等等！這到底怎麼回事？你先跟我說清楚啊。」

白斌把小寶貝接過來，帶去洗手，跟丁浩建議，「先吃飯，一邊吃一邊聊吧。玩了一上午，應該也餓了。」

小寶貝在吃飯時很聽白斌的話，自己抹了香皂一遍遍地洗手，洗完還舉起來讓白斌檢查。這是他在幼稚園學的規矩，原本是檢查誰的指甲長，但現在小孩做什麼都愛舉起手讓人看。

一頓飯吃下來，丁浩也差不多弄清楚是怎麼回事了。白斌說得很中肯，一個星期就讓人幫忙帶一天，他們平時也忙，總需要有休息的時間。

丁浩也有點動搖了，以前還好，現在小寶貝來家裡常住，白斌晚上常為了做那件事黑臉。有一次更不管小寶貝就睡在旁邊，按住他就進去了。白斌再成熟再沉穩，也需要一個愛的滿足啊，尤其是這位從小就摟抱枕、肌膚饑渴、嚴重缺乏的，丁浩的注意力長期不在自己身上，肯定會不滿。

丁浩覺得白斌是忍耐快到了極限，需要緩解。

白斌看丁浩不吭聲，以為他是不願意，也不再強求他，「這只是一個提議，以你的意見為主，也不是非要讓李夏……」

丁浩笑了，夾了一筷子的筍絲給白斌，「這也可以啊，但是晚上還是住在我們家吧。白旲好不容易不認生，晚上不用開燈睡了，要是換地方又會鬧。」回頭示意李夏，「你也來，白天就在這裡陪他玩，我之後再放張大床在白旲房間裡，你看著他一起睡。」

小寶貝正在自己吃飯，聽見丁浩說他的名字，還抬起頭來看了看丁浩。

小孩自從上了幼稚園，就不喜歡大家叫他「寶貝」。他明白了名字的意義，喜歡大家叫他白旲。當然，媽咪和小爸爸除外，他們可以隨便喊，都喜歡。

李夏算是正式被聘用了，不過出於穩妥起見，丁浩還是帶著小寶貝跟他熟悉了幾天。

因為之前丁浩也常帶著小孩一起去徐老先生那邊，所以白旲對李夏並不算太陌生。丁浩他們去的那天，正好李華茂也在，正在客廳裡跟一個小孩一人捧著一桶泡麵吃。那小孩穿著幼稚園發的圍兜，吃得很開心，見到有人進來也只看了一眼，之後又低頭吸麵了。

李華茂不吃了，連忙站起來熱情地招呼丁浩，「丁浩，你來了也不說一聲！你看看，我都沒收拾房間，那麼亂……」

他把丁浩當成房東了，而且還是不要錢的房東，怎麼樣也想留個好印象。他一邊整理沙發，又去廚房端了一點蘋果過來，拿了一個給小白旲。

「喏，剛才泡了半天，絕對洗乾淨了。寶貝吃一個吧？」

白旲的小臉板得跟白斌一樣，嚴肅地告訴李華茂他的名字，等李華茂叫了好幾遍「白旲」後才接過蘋果。不過他轉手又遞給丁浩，這次表情都不一樣了，專注地看著丁浩，「小爸爸吃。」

李華茂看著父子倆你親我我親你的，心裡酸得冒泡，他也想要一個這麼貼心的孩子。他回頭看了一眼抱著泡麵大吃的熊孩子，那熊孩子還警惕地往後挪了挪，一副怕他搶回去的模樣。

李華茂有一種想在他的泡麵裡……吐口水……的欲望。

丁浩對那個小孩很感興趣，讓白昊跟李夏去房間轉一圈、互相熟悉，自己留下來看那個小孩。仔細看過後，那孩子的眼睛其實比李盛東的大一點，也不算難看，不過護食的模樣跟李盛東小時候同一副德行，特別沒出息。丁浩感慨了一把，又問李華茂，「他叫什麼？常來你這裡玩嗎？」

李華茂跟那個孩子很熟，一邊拿走小孩抱著的泡麵，不許他再吃最後那點麵渣，一邊回答丁浩，「他叫孫辰，也不常來，每次嘴饞了才會來。」

孫辰小朋友在旁邊舉手發言，「我不是嘴饞，我就是想吃一碗泡麵！我們老師說，這個是垃圾食品……」

李華茂的眉毛都豎起來了。這孩子剛才可不是這麼說的，剛才這小孩還可憐巴巴地說沒吃過外面的東西，他媽都不買給他，要不是看起來實在可憐，李華茂怎麼可能會買這個給他吃。

「你知道是垃圾食品，還哭鬧著要我給你吃啊？」

孫辰看著李華茂，眨了一下眼睛，模樣無辜極了，「我沒吃過垃圾啊，就想試試看垃圾是什麼味道！」

李華茂氣得差點喘不過氣。他決定了，下次一定要在這熊孩子的泡麵裡吐口水！這小兔崽子也太氣人了！剛才就不該心軟去買給他。

「行了，你吃飽了吧？等等去刷刷牙，趕緊回家。」

孫辰搖頭，脖子上的鑰匙噹啷作響，「我不要，我媽要晚上才回來，家裡沒人。」

李華茂不說話了，拿了顆蘋果給他，也不再趕他回家。

孫辰在一旁的板凳上啃蘋果，扭著脖子看電視。電視裡播的是李華茂特意找出來的《超人力霸王迪卡》，裡面的超人力霸王正跟怪獸打成一團，孫辰看得目不轉睛。

丁浩在旁邊問他，「孫辰，你媽經常不在家？」

小孩點了點頭，毫不在意地洩露了自己的事，「是啊。」

電視上的超人力霸王被怪獸壓倒了，孫辰也跟著緊張起來，「超人力霸王要死了。」

丁浩跟著喔了一聲，還沒再問，孫辰又回過頭來安慰他，「不過，超人力霸王等等會活過來！」說的時候，小鼻子都是翹起來的，很有一種「自己打倒怪獸又復活」的自豪感。

丁浩覺得有趣，配合著他，一臉好奇地往下問，「是嗎？你怎麼知道他還會再活過來？」

李華茂在旁邊接話，語氣很是怨憤，「他怎麼會不知道！都把這一集翻來覆去看了七遍！！」

孫辰在旁邊嘿嘿直笑，指著李華茂說，「他也陪我看了七遍，太好看了！」

丁浩看著李華茂那張委屈的臉，實在無法贊同孫辰小朋友的一廂情願，忍了半天還是笑了，「李華茂，這孩子很幽默啊……」丁浩拍了一下李華茂的肩膀，讓他以後好好照顧，「我之後跟李盛東說一下，讓他好好謝謝你。這是他家的事，還把你牽扯進來了。」

李華茂聽見丁浩這句話，臉色好轉了一點，「不用，李盛東已經知道了，而且答應會幫忙。」

他拍了自己腦袋一下，又回頭去找李夏。

「我的腦袋被門夾了！今天就這麼一件事，還忘了告訴李夏。前陣子李夏不是被酒吧開除了嗎？我正在幫他找工作，李盛東不知道從哪裡聽來的，就幫李夏介紹了一個翻譯的工作。」

李華茂起身去找李夏，剛喊了一聲就被丁浩拉住，「別喊了，他找到新工作了，那個工作你就讓給別人吧。」

李華茂不服氣，「李夏自己找的吧？我敢保證他找的工作都沒有這個賺，一天一千呢，一個月下來夠他吃喝一年了。快讓他把手頭的工作辭掉，我就不信還有比這個翻譯還優越的……」

丁浩放開手，說得慢吞吞，「喔，那倒是。李夏幫我帶小孩，工資的確是沒那麼高，唉……」

李華茂定在原地，硬生生地把自己剛才說的話又轉過來，「我覺得如果是幫你帶孩子，我們不拿錢也必須帶好。」

白昊跟著李夏在房間裡玩。李夏的房間裡，貴重一點的也就是一台筆記型電腦，其他的都是些零碎的小東西，不知道為什麼，竟然還有一個超人力霸王玩偶。

李夏拿著這個人偶來回變換了幾個姿勢，按了頭頂一下，胸前的小燈立刻亮起來，發出「咻」的聲音。

白昊看著他不動。

李夏自己玩得很高興，擺出一個經典L型發射光線手勢，「這個是傑克超人力霸王，很厲害的！就是他打敗了傑頓……」李夏陷入回憶中，又擺了一個超人力霸王蹲馬步的姿勢，招呼白昊一起來欣賞，「你看，是不是很帥氣？」

白昊小朋友與李夏的審美有差異，他認真地看著李夏手裡的超人力霸王，眉頭皺起來，「醜。」

李夏愣了一下，自己拿起來看，「不醜啊，這不是很漂亮嗎！寶寶，你再看一下，你看這英俊的臉、強壯的胸肌，喔喔，還有必殺斯派修姆光線！哈哈哈！」

白昊看著李夏，絲毫沒有要笑的意思。

李夏自己笑了兩聲，摸摸鼻子，也不笑了。

「那個，真的還不錯……要不然，你玩一下？」

李夏大方地把自己的珍藏版玩偶遞過去，白昊一次一次地推回，都被李夏鍥而不捨地遞過來，大有不說「好看」就不甘休的架勢。

白昊小朋友屈服了，他抱著那個超人力霸王，開始認真尋找好看的地方。他覺得，這個大個子叔叔會這麼堅持，肯定是有原因的。

李夏看到小孩抱著超人力霸王，很是為了他接受自己的最愛而高興。他一邊指導小孩擺放玩偶的姿勢，一邊按掉超人力霸王胸前的小燈。李夏雖然沒有帶過小孩，但是也多少知道一點常識，這種玩具的燈太亮，似乎對眼睛不好。他剛才是讓白昊看個新鮮，現在白昊自己玩還是關掉的好。

丁浩來找他們時，兩人已經就「超人力霸王如何使用」發展出了一定的友情。白昊小朋友拿出自己的魔術方塊，放在雙手舉起的超人力霸王玩偶上，超人力霸王與魔術方塊也有了初步的……友情。

丁浩對此很滿意，李夏還是個孩子，跟小寶貝玩倒是正好。關於把小孩交給李夏照顧的事，丁浩心裡算是通過了。丁浩跟李夏說得很清楚，「就只有星期六一整天，我們有事要忙、不在家時你來照顧白昊，其他時間還是我自己帶。」

李夏點頭答應了，他也喜歡丁浩家的小孩，比常來這邊搶他超人力霸王光碟的孫辰好多了。

李夏提出一點小要求，「我能帶我的超人力霸王一起過去嗎？」

丁浩有點沒聽清楚，「什麼東西？」

李夏從自己房間裡搬出一個大紙盒，裡面滿滿的都是超人力霸王的玩偶和光碟，甚至還有一個超人力霸王的毛絨玩具。

李夏的眼睛跟超人力霸王胸前的小燈一樣閃亮，「帶著我的超人力霸王，可以嗎？」

丁浩有點明白客廳裡那個沉迷在超人力霸王世界裡的孫辰，是受到誰的影響了。帶著這些也不是不可以，不過這得看他們家白昊的意見了，丁浩抱著小孩親了一口，「寶貝，你要讓他帶著嗎？」

白昊看了看那箱超人力霸王，又看了看李夏，點頭答應了，「好吧。」

◆

李夏照顧小孩的第一天，就把白昊弄哭了。

起因是這樣的。白斌最近加班，好幾天都忙得沒回家，丁浩去送衣服給他，臨走前特意做了一點小餛飩之類的麵食留給李夏，讓他等等熱一下給小孩吃。

丁浩走到半路，忽然想起李夏那毀滅廚房的技術，猶豫了一下，還是打電話給李華茂，讓他去救場。

李華茂到了之後，手腳俐落地開始做飯。這本來沒事，偏偏李夏提前幫小孩戴上圍兜——這玩意兒不能隨便戴，戴上的信號就是開飯了。

白昊小朋友戴著圍兜等了半個鐘頭，終於餓哭了。

等到丁浩和白斌下午回來，李夏都恨不得剖腹謝罪了。李夏連聲的對不起念下來，還是被丁浩敲了腦袋，外加沒收一個超人力霸王。

晚上的時候，丁浩試著讓李夏照顧白昊。

原本小孩是自己睡的，但是這畢竟不是他家，自己睡容易想起爸媽。丁浩怕小孩難過，一直都陪著他睡，這才惹得白斌找了李夏這個保姆。

丁浩再三囑咐李夏，還預留了一個小落地燈給他，「要是半夜白昊怕黑，你就打開這個。晚上也別睡太熟，白昊會自己上廁所，但是我們的床有點高，他下不來。」

李夏聽著，保證自己這次一定會小心照顧。

「丁浩你放心吧，我這次一定不會弄哭他的。」

白昊睡的小床還是之前白斌買的那張，現在睡剛好夠大，要是再過一段時間，估計就要換了。

白昊趴在小床的防護圍欄旁跟丁浩親了親，眨著眼睛看丁浩，「小爸爸，睏了。」

丁浩被他親得一臉奶味，刮了他鼻子一下，「那快睡吧，明天我們去放風箏啊。」

白昊點了點頭，軟軟地應一聲，「好！」他看著丁浩走出去，還在探出腦袋張望，似乎有點不明白丁浩為什麼出去了，回過頭又問李夏，「小爸爸呢？」

李夏抓了抓腦袋，「去睡了吧。」他走過去抱著白昊，讓小孩躺下，又幫他蓋上被子，還耐心地拍了兩下，「白昊，你也睡覺好不好？」

白昊小朋友不買帳，他被李夏放到小床上之後，又自己掀開被子爬起來。小孩趴在嬰兒床的護欄旁往門口張望，一臉擔心丁浩走丟的表情。

「小爸爸……」

李夏生怕他再哭，抱起來在房間裡轉了一圈，「我帶你去找他啊，不要哭。」他又不敢真的帶著小孩去找丁浩，只能又在房間裡轉了一圈，嘴裡哄著：「馬上就到了啊，再等等……唔，要爬一個大山……」

好吧，連睡前童話故事都出來了。

白昊被李夏抱著來回走，不一會兒就閉上了眼睛。小孩累了就想睡，剛才只是惦記著自己的小爸爸，一直強撐著，現在李夏抱著一晃就慢慢睡著了。李夏看著白昊閉上眼睛，剛想把他放回去，可一停下來，小孩就又醒了。

李夏沒辦法，抱著他走了一整晚。

李夏第二天紅著眼睛去找丁浩商量辦法，可是被白斌拒之門外。

白斌連續加班多日，好不容易才回來住一晚，看不出來有多疲憊，倒是神清氣爽的。

白斌把臥室的門小心地關上，叫李夏去陽臺，「浩浩還在睡，你有什麼事？」

李夏也快暈倒了，他又睏又累，哪還有心思去琢磨別人。聽見白斌這麼問，他也沒多想，直白地問出自己的疑惑，「白，小孩必須抱著不停地走才能睡嗎？我不知道要怎麼讓他自己睡覺……」

白斌問了一下具體情況，得知是因為孩子一整晚都要找丁浩才會這樣，所以他先誇獎了李夏，之後又幫忙給了一個主意。

白斌說的方法很簡單，「你以後白天跟他玩的時候，讓他稍微活動一下，累了，自然就沒力氣再去找丁浩了。」

李夏似懂非懂地點了點頭，「要累一點嗎？」

白斌想了想，補充道：「也不要太累，我跟你說幾個遊戲吧。像是智力拼圖，白昊很喜歡玩，你打亂順序，讓他去組裝，大概十次左右，他晚上就不會鬧了。」

李夏明白了，「這個方法好！是不是房間裡那個三角形的拼圖啊？」

白斌搖頭，「那個三角形的是單面初級的，他玩膩了，你把剛買來的立體的那個拆給他玩。」

李夏取經回來，果然取得了不錯的成績。小孩跟他的親密度有一定程度的上升，雖然還是不及丁浩的零頭，但是好歹有另一項重要收穫——白昊晚上沒力氣去找他小爸爸了。

白昊大概不知道，他小爸爸也沒力氣來找他了。

李夏同學第一個月的工資發下來後，白斌為了表示滿意，還特意加了一些給他。

李夏拿著錢，試圖贖回自己被扣押的超人力霸王。但是，看見小白昊把魔術方塊跟玩偶放在一起玩，又不捨得去要回來了。

他知道白昊有多愛惜自己的魔術方塊，會像這樣並排放在一起，可見他已經正式認可魔術方塊與超人力霸王的友情了。李夏被這樣的友情感動了，他決定不收回自己的超人力霸王，讓魔術方塊跟超人力霸王繼續在一起。

李夏沒看到的是，魔術方塊旁邊的超人力霸王是被一根電線綁住的，而且被綁住的超人力霸王明顯地有一支手臂快要掉下來了。

丁浩昨天砸核桃，實在沒有適合的工具，隨手就抓了那個倒楣的超人力霸王玩偶來。這玩意兒沉甸甸的，用來砸核桃很順手，只是還沒砸完兩個，手臂就壞了。

當時丁浩是當著小孩的面砸核桃，實在不好毀屍滅跡，只能用電線綁起來放在一邊，以示「充電」，馬上就會好了。

白昊小朋友大方地讓自己的魔術方塊去探望病患「超人力霸王」，因此造成了李夏美好的誤解。大概等白昊再次來看的時候，那邊就只剩下自己的魔術方塊了……

超人力霸王？超人力霸王回自己家了。超人力霸王的住址？這個啊，大概連李夏都不知道吧。

◆

白傑和麗莎到最後還是捨不得小寶貝，兩人都剛當爸媽沒多久，哪能讓自家小孩離開這麼久，因此給丁浩帶了沒多久就來了。

麗莎的眼睛都哭紅了，抱著小孩不放手，「寶貝，媽咪好想你……嗚嗚……」

白傑在旁邊默默站著，但是視線一直沒離開過自家孩子，看樣子也確實是想念得很。

白斌倒是很希望他們兩個能把小寶貝帶回去，雖然星期六日有李夏照顧，但小孩在這邊，丁浩總是不能專心。

這裡的不專心是說的正經事。丁浩帶孩子帶上癮了，一大一小玩起來都不回家，有時候都要他出去抓人才回來。小孩去上幼稚園時，丁浩老早就提前在外面等著，公司裡的事都不怎麼放在心上了。

白斌喜歡丁浩以家庭為重，但是這個家庭的前提是他們自己家，最起碼，重心裡應該有個他。翻譯過來就是——白斌搶不贏孩子，心裡不舒服了。

小寶貝跟著白傑和麗莎回家，現在只會偶爾來看看丁浩。當然，這個偶爾的發生機會還是建立在丁浩主動去幼稚園接人的基礎上。

白傑和麗莎在短時間內不準備要第二個孩子了，他們喜歡小寶貝，想先好好把這一個孩子照顧到長大。

丁浩的生活裡沒了小寶貝，頓時就空閒下來，休息的時候會跟白斌去打打球、爬爬山，做些有益身心的活動。

白斌的部門辦了考察活動，說白了就是去旅遊。開發區內的幾家企業知道了，也跟著組團去湊熱鬧。李盛東的公司算是大頭，自然也有一份，只是李盛東太忙，讓經理帶隊一起去。丁浩就更不用說了，沒他們公司的事，白斌也都要帶著他。

這次出門還很有規矩，無論職位高低都統一服裝、統一旅遊包、統一戴著小紅帽，一看就是一夥的。

丁浩長得好看，穿著那身米白色的運動服也好看，尤其是帽子底下那張沒事都笑著的小臉，更是討人喜歡。他跟白斌提前到了集合地點，去機場的遊覽車已經到了，車上除了司機，還沒人來。

司機開了車門，示意他們先去挑位置，就自己點根菸去一旁消磨時間了，因為車上有空調，不能抽菸。

丁浩拎著相機包就上去，找了個靠後面的雙排位置坐下，自動空出走道旁的位置給白斌。白斌則把他們的旅行包放到上面，坐下來的時候還微皺眉頭，「浩浩，我們還是別去了吧？到了那邊，肯定會一連坐好幾天的車，你受得了嗎？」

外面的天色還很黑，隔著車窗都看不見人。丁浩歪著腦袋，倚在白斌肩上擺弄自己的相機，「沒事啊，我現在好多了，也能自己開車了，昨天不是還開車去接你了嗎……」

按開相機，他聽到小東西發出滴滴的聲音，伸長了鏡頭，丁浩又開始轉移話題。

「白斌，你幫我看看。這台相機是我昨天從李華茂那裡拿的，說是他手裡最好的，但我怎麼看都不像貴的啊？」

白斌對他那台相機不感興趣，依舊皺著眉頭，「要不然，我們現在回家吧？」

丁浩也不玩相機了，笑了一下，在黑漆漆的車廂裡勾著白斌的脖子親了好一會兒。

「真的沒事，我好久沒出來了，上次生日也因為一些事耽誤了……我們就當做彌補上次吧？」

白斌貼著他的唇又親了一下，被他的軟言軟語打動了，「好。但是累了一定要告訴我。」

這次去的是桂林，一路風景如畫，名不虛傳。

只是去灕江的時候有點美中不足，天上飄著小雨，霧濛濛的，看不真切。

導遊生了一張巧嘴，幾句話就把整船的人逗笑了，「各位長官大概不知道，我們這裡還真是很少有這樣的天氣！這也算是難得一見啦！大家看看煙雨濛濛的灕江，也是很美的！」

丁浩覺得有趣，還沒抵達景點就跑到第二層的觀光臺上拍照。

船開得很慢，還放著小曲，這時候二樓的露天臺上人很少，丁浩拿著相機裝模作樣地拍著，還真有幾分攝影師的感覺。

白斌在後面幫他撐傘，細雨如絲，頂多也只會把人的頭髮淋濕，但他就是捨不得。

丁浩回頭看他一眼，白斌還跟丁浩解釋，「鏡頭上有雨水，你拍起來會看不清楚。」

話雖如此，那滿目溫柔哪能掩蓋過去呢。

丁浩拍了一下，就到一旁找遮雨的地方坐下。

灕江山水好是好，但是船開了半個鐘頭，風景都沒什麼太大的變化。依舊是溫柔的水，連綿的山，一座接一座地沒有間斷。

白斌收起傘，靠著丁浩坐下，看著丁浩剛才拍的照片，大部分是風景，竟然還有一兩張偷拍的他。丁浩笑得很得意，「我拍得很好吧？李華茂教我拍照的時候有說，拍照一定要貼近生活，貼近自然，我拍的你自然嗎？」

白斌也笑了，彈了他的額頭一下，「是，太自然了，我都沒發現你是什麼時候拍的。」

旁邊坐著一對印度來的老夫婦，兩人一起披著一條毯子，也是說說笑笑的。丁浩湊過去，用自己半生不熟的爛英語跟人家打招呼，竟然還勉強聊了幾句。

老夫婦是學歷史的，對各國的文化都很喜歡。他們的兒女已經成家，這次是特意來中國旅遊，看看這片美麗的土地的。

他們告訴丁浩，「年輕時約好了，等到有時間了，我們要一起走遍所有美麗的地方。」

丁浩聽完後，讓白斌幫忙翻譯一下，說想幫他們拍張照。那對印度夫婦很大方地擺好姿勢，還入鄉隨俗地舉起兩根手指，擺了個「耶」的手勢。

丁浩按下快門，鏡頭裡，兩位老人擠在飄著薄薄雨霧的毯子下，交疊在一起的手緊緊相握，幸福地依偎。丁浩覺得雨水有點飄進眼睛裡，不自覺地有些濕潤了。

沿途路過幾個景點，大家都擠出來拍照，導遊說的「黃金拍攝」地點更是被搶著用。丁浩也湊熱鬧地去搶了兩次，遇見熟人還被請求幫忙拍了幾張，也有要跟丁浩合照的女同事，被丁浩委婉地拒絕了。

丁浩笑著告訴人家，「我這次來是想當攝影師的，大家可要成全我！來來來，美女們站好了，笑一個啊！」

白斌沒過去照相，他坐在那裡看著人群中的丁浩，看到丁浩拍幾張照片就抬頭尋找他。

兩人也不說話，看見就笑一下。

等著過了風景區，丁浩就回去倚著白斌坐下，跟他炫耀成果。白斌也會指著相機的螢幕，潑丁浩一點冷水，「快沒電了。」

丁浩毫不在意，眼睛彎得讓人心情都好起來，「沒事，你的不是還沒用嘛！等等我就用你的拍照吧！」

路途漫長，那麼多的風景順水划過去，被拋在船後。有被介紹了典故的，也有甘願默默無聞地存在於這片山水中的，白斌看著被層層綠色渲染的天地，心情也像被雨洗過一樣清透，果然出來散心還是有好處的。

他回頭看一眼身邊的丁浩，那位已經拍膩了景色，開始拉長鏡頭去拍追著船來的竹筏了。

幾個小商販划著竹筏，帶著成筐的新鮮水果和一些玉石雕刻的小東西來販賣。運氣好的，也賣出了幾大件水晶石頭的製品，正隔著客船的窗戶收錢。

丁浩一邊拍一邊壞笑，「白斌！你說，我要是拍下來舉報，也算警方臥底吧？警察會給錢嗎？」

白斌氣笑了，敲了他腦袋一下，「淘氣。」

拍完照片的時候，天氣已經放晴了。丁浩跟白斌從二樓下來，臨走前特意看了一眼那對印度老夫婦。他們依舊親密地擠在狹小的簷下，看著拍照的人群來往，偶爾交換一個笑容，雙手還是緊緊相握著。

丁浩跟在白斌後面走下樓梯，沾了雨水的鐵梯很滑。丁浩被白斌牽著手，走得很慢，話也說得慢吞吞的。

「白斌啊，回去之後你幫我填個志願吧？上次你提了之後，我就跟徐老師說了想繼續上學深造的想法，老師說現在在職的學生管理不嚴格，英語考試也很簡單……」

白斌在前面聽著，嘴角忍不住挑起來。他覺得就跟握在手心裡的那隻手一樣，整個人都暖了。

他聽著後面的人說話，怎麼聽都覺得滿意，「好，等我們回去。」

陽光灑在山水裡，江面上波光粼粼，映得人心裡也帶著暖洋洋的幸福，跟這綿延不斷的圓潤小山一樣，沒有間斷。

◆

從桂林回來之後，丁浩的日子比以前稍微忙碌一些。他想繼續深造的願望是好的，但是前提是要通過考試，尤其是該死的英語考試。

白斌在丁浩複習英語的時候，好好回味了一把當年的滋味。丁浩被白斌教得雙腿發軟，差點沒能從床上下來。白斌的要求很嚴格，單字不對就畫線，一道線用手，兩道線用嘴，三道線就不是丁浩能控制的事了。

丁浩的腦袋遠沒有他那副皮相好，雖然聰明，但是不學好的啊。沒念幾個詞就被白斌捉住，開始往單字底下畫線。

「錯了。」白斌被丁浩躲來躲去的舌頭弄得心情大好，含住使勁吸了一口，「浩浩，位置不對，要放在這裡……」

丁浩色欲熏心，一如既往地被白斌親到腦袋裡一團漿糊，哪知道什麼位置不對！起初還順著白斌的舌頭規規矩矩地學發音，後來被纏了一下立刻就腰發軟，抱著白斌的脖子，不知道怎麼地就啃上了。

白斌早已沒有當年的青澀，對付只用嘴巴的丁浩還是沒問題的。他抱著一邊親吻一邊教他，知道懷裡的人滿腦袋都是他，根本聽不進去，白斌的心情莫名更好了。

「又錯了啊，呵呵。」

丁浩的眼睛已經濕潤了，喘著氣看白斌，嘴巴上不知道是被自己磨蹭的還是被白斌親得有點發紅。可是就這樣，還是抱著白斌的脖子沒放開，他聽見白斌說他剛才念錯了。

果然，手和嘴巴之後，換了白斌的進來。

丁浩被他占得滿滿的，實在不知道該怎麼念那一句話繞幾個彎的英文，雙手緊抱著白斌，只剩下小聲的喘息。

「白、白斌……別！太深了……啊……」

白斌抱著跨坐在自己身上的人，親吻他的額頭，對紅著臉的丁浩有一份別樣的心動。白斌甚至開起丁浩的玩笑，「浩浩，你是故意錯的吧？你也想要我欺負你，對不對？」

丁浩被他欺負得說不出話來，透過脊髓傳來的滅頂快感一陣強過一陣，丁浩忍不住在白斌背上抓出幾道紅印。

「嗚……」

再之後，就真的不是他能控制的了。

考試前的這段時間，白斌教英語教得非常愉快。他覺得英語教學這件事呢，無論是口語還是單字背誦，真是很美好的事情。

丁浩忙著考試，小寶貝來這邊玩的時間又打了折扣。白傑在白斌的授意之下，為了幫丁浩爭取更多的考試準備時間，體貼地將大部分的工作攬了過去。上次的工程已經弄完了，徐老先生他們拿到了不錯的薪資，對丁浩的「刻苦」學習更是大加讚揚。

老先生鼓勵丁浩，「年輕人嘛，就應該朝氣蓬勃的！趁著年輕多學點東西，沒錯！丁浩，老師支持你！」

丁浩的嘴角抽了抽，實在不好跟徐老先生解釋自己的難言之處。

◆

小寶貝被自己父母接回去之後，丁浩也不需要照顧小孩的人了，保姆李夏同學再次失業了。

李華茂這幾天對李夏非常照顧。原因無他，之前想介紹給李夏的那個翻譯工作，李學長本著肥水不流外人田的想法，自己接了。現在都做了一半，流程跟人員都熟悉了，也沒辦法再讓李夏去頂替，因此他對李夏有那麼一點虧欠的意思。

李夏倒是覺得沒什麼，原本就是能幫就幫一把的事，幫不上忙也一樣感謝。況且李華茂負責煮一天三餐，菜色都沒重複，讓李夏很是感動。大個子捧著飯碗，常年被便當占據的胃感受到了家的溫暖，眼淚都快下來了，「學長，真好吃。」

旁邊也有來蹭飯的，李華茂的上司、在隔壁藏嬌的李盛東李老闆發話：「吃飯時別說話，都噴出來了！你讓別人怎麼吃啊！」

話雖這麼說，但是他吃得不比大個子慢，活生生是兩個飯桶。

李華茂在對面坐著，吃得相對比較文雅，但也捧起碗了。吃了幾口，他又扭頭問李夏，「你今天還要去照顧大米羅？」

李夏點了點頭，「是啊！今天要幫米羅洗澡。」

米羅是一條大黃金獵犬，蹲著都有半個人高。

這是李夏新找到的工作——幫人照顧寵物。李夏心思單純，對動物是真心的喜歡，對這份工作也很滿意，這等於是幫自己找寵物來玩，還不用付狗糧、打針的錢，多好啊！

李華茂把最後一隻雞腿夾給李夏，「那多吃點吧，幫那麼大一條狗洗澡也很累。」

李夏去照顧米羅的第一天，臉上、腿上都有幾道像被鞭子抽的紅印，讓李華茂嚇了一跳，還以為這孩子被揍了。後來一問才知道，那是大米羅熱情打招呼造成的。

黃金獵犬喜歡跟人親近，要是李夏拿著飛盤過去跟牠玩，牠更開心。跟成人手臂一樣粗的大尾巴來回一甩，跟用鞭子抽沒什麼兩樣，隔著牛仔褲都能抽紅！何況是李夏那個傻大個穿著短褲短袖就過去了……臉上？廢話！抽了腿不會痛嗎？一痛，飛盤就掉到地上了。掉了之後，李夏立刻蹲下來撿，這下好了，臉上也被抽了一道。

李華茂也去看過一次，就遠遠地看著。大米羅不怕生，看見李華茂還晃著尾巴要撲過來，嚇得李華茂一溜煙就跑了。他覺得一般人遛不了大米羅，也只有李夏那種身高的能牽著走，換成他這個小身板，那就不是人遛狗了，是狗遛人，完全會被拖著跑啊。

李盛東吃飽了，把碗往前一推就歪在椅子上。他從口袋裡掏出打火機來回撥了幾下，點起火又熄滅，皺著眉也不知道在想什麼。

李夏是個直腸子，用筷子指了指客廳陽臺，提醒他，「這裡不許吸菸，陽臺那邊可以。」

李盛東哼了一聲，還在玩打火機。

他來這裡也不是一次兩次了，自然知道李華茂的破規矩，他不是沒掏出菸，只過個乾癮嗎！

自從接了那個和德國公司合辦的工程，這些日子他常來李華茂這裡湊熱鬧。這次的資金龐大，李盛東得親自盯著，但是他學歷不高，壓根不懂鳥語，恨不得把翻譯官李華茂同學隨身攜帶。

李盛東的這個翻譯工作不是很好幹，雖說要求是會講英文就行，但是來對接的外籍工程師是幾個德國大鬍子。兩邊說話何止是口音不一樣，要不是李華茂還有一點德語基礎，根本就無法交談。

李盛東會來這邊，還有一個原因。昨晚隔壁的女人打電話來，半是哀求半是撒嬌地請李盛東來看看孩子。女人的語氣很軟，說孫辰那個搗蛋鬼又惹她生氣了，這次比較嚴重，老師還要開除他。

李盛東昨晚忙到半夜，過來之後就直接到李華茂這邊睡了。

這是丁浩的房子，在李盛東的想法裡，他比李華茂還有優先占有權，睡一覺沒什麼大不了。現在睡到中午起來，也差不多該去看看隔壁那兩個了。

孫辰正在被他媽罰站，腦袋上頂著書蹲馬步，估計剛被修理完，臉上還有沒乾的眼淚。

小孩看見李盛東進來，也只吸了吸鼻子，低頭沒說話。

孫辰他媽也紅著眼眶，不過還不至於流出來，毀了那臉精心描畫的妝容。

「我一個人實在教不好他，老師說要讓他退學，我不知道該怎麼辦才好……」

李盛東看著女人的那張苦瓜臉，頭痛得很。他不怕會鬧的女人，就怕這種要哭不哭、一副「求你做主」的柔弱模樣。

那女人似乎還沒察覺到，細聲細語地把事情說了一遍。

原來孫辰的年齡偏大，李盛東託人辦了入學手續，送進幼稚園的時候，人家一看年齡就直接把他塞進了大班。而孫辰撒野慣了，哪能乖乖坐下來聽老師講故事、畫畫啊？東戳一下，西跑一下，老師也忍了。

偏偏這孩子還特別喜歡他們班的女老師。那個小老師是剛從師範畢業的，短頭髮、小圓臉，一笑就會出現一個酒窩，特別可愛。老師教他們唱歌，她千不該萬不該地誇了孫辰一句「聲音洪亮」，就這一句，就讓孫辰放在心上了。

剛才說過，孫辰撒野慣了，哪懂什麼歌啊。這邊放著《蝸牛與黃鸝鳥》，他就在後面跟著嗷嗷地嚎。小老師教到「門前一顆葡萄樹」，孫辰在後面扯著嗓子喊「葡～萄～樹～」，老師唱到「一步一步地往上爬」，孫辰依舊大喊「往上～爬～」……無論如何，都慢半拍。

老師最後氣哭了，孫辰不太會安慰人，跑過去拍老師的肩膀，試著用自己的方式誇獎她：

「老師，妳哭吧！妳哭了也好看！」

老師哭得更凶了，她覺得這孩子是故意來搗亂的。

幼稚園試著把孫辰調到中班，這次更不得了。雖然沒有孫辰喜歡的那個老師了，但是那首歌他熟啊！這邊也在教《蝸牛與黃鸝鳥》，孫辰終於有一個比這班小孩懂的事情了，老師剛按下鋼琴，還沒有音節出來，他就開始唱了！

中班的老師被他氣得發抖，他們這一班花了半年才把秩序建立起來，半個下午就被這個熊孩子徹底毀了。

幼稚園園長很重視這件事，他們打電話給孫辰家長，委婉地說明了原因，告訴孫辰他媽：對不起啊，您的孩子我們實在管不了。

女人抽抽噎噎地說完了，這次真的含著眼淚，要掉不掉的，分外可憐。

「他從小沒有爸爸，我也不知道該怎麼管教才好……每次管太嚴，他都跟我不親。我一個人帶著孩子，實在很辛苦。我知道你為我們母子費了很大的心思，東哥，我……」

李盛東多少也知道這個女人打著什麼心思，礙於往日的情分還有兄弟的面子，不好說開，以免大家難看，只是這樣也實在不是辦法，李盛東覺得需要跟她好好談談。

李盛東看著貼在牆角蹲馬步的小孩，喊了他一聲，「孫辰！」

小孩抬頭看著他，臉上的眼淚已經沒了。

他還小，傷心事跟眼淚一起流光就忘了，哭出來就不會再難過，的確是個沒心沒肺的，就是聲音還有點鼻音，「幹什麼？」

李盛東笑了，把書從小孩的頭頂拿下來，塞到他懷裡，「我跟你媽說一點事，你去隔壁罰站！」

孫辰眼珠一轉就明白了。到隔壁哪會罰站啊，他從剛才就聞到隔壁的雞腿香味了！

他應了一聲，抱著書就跑走，「好！」

女人跟李盛東在房間裡談了一會兒，孫辰就在李華茂那裡鬧了半天，非要他再煮一盤雞腿。他都啃光三根雞骨頭了，李盛東他們才過來。

孫辰吸了吸嘴裡的雞骨頭，眼睛滴溜溜地轉，看看剛進門的李盛東又看看他媽。

這次李盛東叔叔不是一臉壞笑了，他的臉都黑了，他媽也沒好到哪裡去，眼淚都把妝都哭花了，看起來是傷心了一場。

「……我知道你幫了我們很多，我心裡也實在過意不去。」孫辰他媽還跟在李盛東後面，被李盛東看了一眼，又低下頭。「東哥，能不能幫我們一把？孩子還小，這樣會被人欺負……」

李盛東的臉色不好，氣極反笑，「妳男人進了監獄，也不用這麼急吧？妳來之前的事，我多少也知道一點。」

後面跟著的女人低著頭不說話，肩膀都發抖起來。

李盛東罵了一句，他做人剩下最後的原則就是不動女人和孩子，可他媽這女人也太會惹事了！

李盛東有點不耐煩，「孫辰也不用去學校了，上次妳不是和我借錢嗎？好，我全給妳！拿了錢就帶孩子回家，該幹什麼就幹什麼！我他媽吃飽了撐著，才會管這些鳥事！」

女人抖著肩膀哭起來，「東哥，我不是想要錢……不是錢的事，對、對不起……」

李盛東煩躁極了，從沙發上拿起自己的衣服、摸出錢包，把裡面那一點錢和一張卡都塞到那女人手裡。

「給妳，密碼是六個八！我明天就讓人送你們回去。妳男人的事我也問過了，關不了幾年就能放出來，這筆錢也夠妳等到那時候了！」

那女人還在哭，甚至伸手想去抓李盛東的衣袖，不過被李盛東乾脆地甩開了。

李華茂躲在廚房裡看，見到李盛東不準備把女人一起帶走，立刻喊了一聲，「李、李盛東！」

李盛東回頭，看到躲在廚房裡，綁著圍裙、拿著長柄鐵勺伸長脖子看的人——怎麼看都覺得李華茂這造型像小時候養的烏龜，探頭探腦的，一副有風吹草動就準備立刻縮回去的模樣。

李盛東說話大聲慣了，他從隔壁一直吼到這邊，估計嚇到李華茂這個知識份子了。這麼想著，他倒是心情好了一點，「幹什麼？」

李華茂真的被這個流氓嚇到了，平常穿著西裝時，勉強還像個文明人，現在連女人都吼，那對男人就更不用說了。李華茂勉強笑了一下，語氣溫和地提示李盛東，「那什麼，老闆，您走的時候把這位小姐……不不不，我不是那個意思！我是說，這位女士，也送回隔壁吧？」

那女人以前的確從事過不正當職業，本身就很敏感，聽到李華茂這麼說，她就忍不住多想。她覺得是自己的出身問題，說不定李盛東是因為這樣才討厭她，當年一起玩的時候，說的那些話哪能當真呢。尤其是李盛東又把她送給自己兄弟，李盛東對兄弟也沒話說……

也許她跟李盛東真的沒辦法有結果。

這邊的心思正千回百轉，但李華茂不知道，依舊小聲建議，「李總，您順路送回去吧？我等等也要出去了，真的。」

李盛東盯著李華茂看了一會兒，也不知道是怎麼想的，竟然真的順路把那女人帶回去了。李華茂剛鬆口氣，一回頭又看見了孫辰，「咦？你怎麼沒一起回去啊？」

孫辰把嘴裡的雞骨頭扔進廚房的垃圾箱，踮著腳尖看爐上其他的雞肉，「我還沒吃飽……」

李華茂又拿了一塊肉多的給他，想給他一個小碗裝，孫辰這個皮猴子已經抓著啃起來了。

李華茂也懶得再洗碗了，用不用碗裝都一樣，反正都是啃。他一邊幫孫辰倒水，一邊問他，「我把這一鍋油燜雞都給你，你回家好嗎？」

孫辰舔了舔手指頭，「我不要，李夏剛出去的時候，你說晚上要吃紅燒肉，我都聽見了！」

李華茂頓了一下，「那我馬上做一份給你，你一起帶走，怎麼樣？」

看見孫辰還是搖頭，他也有點惱怒了，「又不要？我都做紅燒肉給你了，你怎麼還不要啊？」

孫辰瞇起眼睛笑，「你老是想把我趕走，肯定還會做好吃的！」

李華茂被他氣笑了，拍了孫辰的小腦袋一下，「哪有那麼多事瞞著你啊！你吃的這鍋，李夏都還沒吃呢，你怎麼就不說了……我等等得出去買菜，你一個人在這裡……」

孫辰跳起來，「我不在這裡！」

李華茂還來不及高興一下，他立刻又接一句：「我跟你去買菜！我要吃軟糖！還要吃仙貝！哥，你買給我吧！」

李華茂被孫辰抱著腿，一口一聲哥。這熊孩子求人的時候特別沒原則，別人要他說什麼就說什麼，上次李華茂被他喊了句「大爺」，差點氣得吐血，威逼利誘地讓他叫哥哥。這熊孩子學會後，每次求李華茂的時候都會喊幾句。

李華茂也只是逗他玩的，但是真的看到這個小孩眼巴巴地看著他，就不忍心拒絕。

大概是自己小時候被寵得很厲害，現在看見沒爸沒媽的孩子就格外心疼。孫辰那個媽，有跟沒有沒什麼區別……

李華茂看過她跟別的男人出去幾次，這個人可不止撤了李盛東這一條網。

孫辰自動去門後幫李華茂拿來環保購物袋。他跟著去過好幾次了，雖然每次李華茂都嚇唬他，但是去了之後也疼他，都會買一點糖和零嘴給他，而且李華茂喜歡跟他玩。

孫辰還小，但也能分辨出誰對他用心。就像剛才李華茂拍他腦袋的那巴掌，下手很輕，也只有碰到那麼一下，像摸了一把一樣。

孫辰很喜歡李華茂，他覺得這個人真好——不是因為他媽的關係都對他好！

李華茂摘下圍裙，拿了一件外套，依舊跟平時一樣嚇唬他，「孫辰，最後一次啊，再跟著我，我就把你賣嘍！」

想到李盛東說過幾天要把孫辰他們母子送回去，李華茂對這孩子還是有點捨不得，畢竟也餵了這麼久，看到那雙使壞的三角眼都覺得有點親切。

孫辰應了一聲，笑嘻嘻地，也不怕他，「沒事！我能跑回來！我很會記路的！」

李華茂只當作孫辰說了一句玩笑話，也沒放在心上，但後來發生的事，讓他有些心驚。

——下集待續

高寶書版集團
gobooks.com.tw

FH053
全職搭檔（上）（限）

作　　者　愛看天
插　　畫　EnLin
編　　輯　陳凱筠
封面設計　林　檎
排　　版　彭立瑋
企　　劃　方慧娟

發 行 人　朱凱蕾
出　　版　朧月書版股份有限公司
　　　　　Hazy Moon Publishing Co., Ltd
地　　址　臺北市內湖區洲子街88號3樓
網　　址　www.gobooks.com.tw
電　　話　(02) 27992788
電　　郵　readers@gobooks.com.tw（讀者服務部）
傳　　真　出版部　(02) 27990909　行銷部 (02) 27993088
郵政劃撥　19394552
戶　　名　英屬維京群島商高寶國際有限公司台灣分公司
發　　行　英屬維京群島商高寶國際有限公司台灣分公司 / Print in Taiwan
初版日期　2023年1月

本著作物《沒事偷著樂》、《結婚日記》，作者：愛看天，由北京晉江原創網絡科技有限公司授權出版。

國家圖書館出版品預行編目(CIP)資料

全職搭檔/愛看天著.-- 初版. -- 臺北市：朧月書版股份有限公司出版：英屬維京群島高寶國際有限公司臺灣分公司發行, 2023.01-
面；　公分. --

ISBN 978-626-7201-28-2(上冊：平裝). --
ISBN 978-626-7201-29-9(下冊：平裝). --
ISBN 978-626-7201-30-5(全套：平裝)

857.7　　111017615